Qui ne tente rien

MISHA BELL

♠ MOZAIKA PUBLICATIONS ♠

Dépôt légal © 2025 Misha Bell
www.mishabell.com/fr/

Publié par Mozaika Publications, une marque de Mozaika LLC.
www.mozaikallc.com

Couverture par Najla Qamber Designs
www.qamberdesignsmedia.com

Traduction : Annabelle Blangier pour Valentin Translation

e-ISBN : 979-8-89796-007-1
ISBN imprimé : 979-8-89796-006-4

CHAPITRE 1
Jane

—Pourquoi ne pas attendre à la bibliothèque ? m'interroge ma mère.

Même si nous sommes au téléphone, je perçois l'inquiétude sur son gentil visage.

— Je croyais que cet entretien était important.

C'est un euphémisme. Ce boulot de bibliothécaire est l'Anneau Unique, et je suis Gollum.

Je serre le téléphone plus fort et regarde le paysage pittoresque de Central Park autour de moi.

— Je savais que ça me rendrait nerveuse si je restais dans la salle d'attente, alors je suis sortie musarder.

Même si ça ne m'a pas fait tellement de bien. Ma mère émet un hoquet bien audible.

— C'est comme ça que les jeunes surnomment la prise de Xanax, de nos jours ? « Musarder » ?

Je manque de faire tomber mon téléphone dans les eaux sereines du lac.

— Musarder, c'est faire une balade tranquille dans

un lieu public. Désolée… encore un de ces mots tirés d'une romance historique.

— Ah.

Ma mère semble bien trop soulagée, sachant que je n'ai jamais pris de drogue.

— N'oublie pas de leur dire que tu apprécies tous ces livres.

Hmm. Dire que *j'apprécie* la romance historique reviendrait à dire que le personnage de Glenn Close en pinçait un peu pour Michaël Douglas dans *Les Liaisons Dangereuses*. Ou qu'Hannibal Lecter avait un petit faible pour les foies humains accompagnés de fèves dans *Le Silence des Agneaux*.

L'alarme de mon téléphone se déclenche et mon rythme cardiaque accélère.

— Il est temps que j'y aille, annoncé-je à ma mère. Mon entretien commence dans dix minutes et j'ai un trajet de cinq minutes à faire.

— Vas-y, alors, répond ma mère. Dépêche-toi. Je suis sûre que tu vas assurer.

— Merci.

Je raccroche, lisse la jupe de mon costume acheté avec l'argent qu'il me restait – une tenue que je devrai rapporter si je n'obtiens pas ce boulot.

Mais je vais l'obtenir, bien sûr. Cette bibliothèque contient la plus belle collection de romances historiques du monde, et je suis la plus fervente lectrice de romances historiques de l'univers. Nous sommes autant faits l'un pour l'autre qu'un couple de l'Angleterre victorienne.

Miss Miller resserre son corset étouffant, rajuste sa coiffe et lève le menton. Durant les périodes difficiles comme celle-là, une dame doit conserver son flegme.

Oui, c'est mieux. Quand je veux me calmer ou m'encourager, je me projette souvent dans le rôle d'une dame du dix-neuvième siècle nommée Miss Jane Miller. C'est la fille d'un baron ayant mis sa mère enceinte hors mariage, avant de mourir sur un bateau parti chasser le cachalot. D'après les survivants, le bon baron s'est fait agresser par le sexe de deux mètres quarante de la bête majestueuse – à mes yeux, c'est un coup du sort ironique, pour un donneur de sperme inutile.

Pour me détendre un peu plus, je mets mes écouteurs et lance le générique de la série Netflix *Bridgerton.*

Une ombre blanche et menaçante apparaît à la périphérie de ma vision.

Je me retourne et mon cœur qui battait déjà la chamade manque de me remonter dans la gorge. Je me fige sur place et une douzaine de questions s'accumulent dans ma tête.

C'est un mouton ? Si oui, qu'est-ce qu'il fabrique à Manhattan ? Pourquoi est-ce qu'il me fonce dessus ? Est-ce qu'il remue la queue ? Est-ce qu'on peut se faire tuer par un…

Je sors brusquement de mon hébétude et tente de m'écarter du passage du ruminant, mais c'est trop tard. La bête énorme est déjà sur moi. Elle se dresse sur ses sabots arrière diaboliques et laisse retomber ses pattes avant sur mes épaules avec la force du marteau de Thor.

Je suis propulsée en arrière.

Je heurte le sol de plein fouet.

Tout l'air s'échappe de mes poumons et j'ai du mal à respirer.

Je sens un liquide épais tout autour de moi.

Du sang ? De la cervelle ?

Non, c'est pire que ça.

C'est de la boue. Elle m'a sûrement empêchée de me blesser, mais elle a anéanti tous mes espoirs d'avoir l'air présentable.

Je prends une brusque inspiration. Dieu merci, je suis encore en vie. Dans le genre mort embarrassante, se faire tuer par un mouton est au même niveau que se faire attaquer par un hamster ou lécher à mort par un chaton. Cerise sur le gâteau de merde sur plusieurs couches, je mourrais à vingt-trois ans, et encore vierge.

Le mouton est désormais collé à mon visage. S'apprête-t-il à me dévorer les paupières ? Ou à mâchonner les lunettes qui, par miracle, sont encore sur mon nez ?

Non. Il me lèche la joue.

Il a une haleine de poulet et de patates douces.

Qu'est-ce qui se passe ?

Une seconde. La fourrure de ce mouton a une odeur suspecte de chien mouillé. Presque comme si...

— Je suis vraiment désolé, dit le mouton d'une voix grave, aussi riche et onctueuse que du chocolat fondu. La laisse m'a échappé des mains.

— Tu es un chien ? demandai-je au mouton, l'esprit encore embrouillé.

— Non, répond-il. Je suis Adrian. Le chien s'appelle Léo, et il parle comme ça…

La voix monte d'une octave et accélère, comme si la personne avait mangé un écureuil dopé à la caféine.

— Tu sens bon. La boue, c'est drôle. Désolé de t'avoir fait tomber. Parfois, j'oublie que je ne suis plus un chiot.

Le chien qui n'est pas un mouton – Léo – s'écarte de mon champ de vision et j'aperçois enfin la personne qui a parlé.

À cette vue, le peu d'air que j'avais retrouvé s'évapore.

Le visage de cet homme – Adrian – est parfaitement proportionné, avec un nez aristocratique, un menton puissant et des yeux argentés qui pétillent de malice. Oui, de malice. Avec ses larges épaules et ses cheveux sombres, balayés par le vent et qui lui arrivent au-dessous des oreilles, il pourrait être copié-collé sur une couverture de romance historique ; il suffirait d'ajouter des vêtements de la bonne période avec Photoshop.

Conquise par le duc, s'appellerait cette romance. Ou *La mariée réticente du marquis. Votre nom est Earl. La maîtresse vierge du baron. La giroflée du vicomte scélérat…*

Il s'agenouille à côté de moi.

Ce sont mes lunettes qui sont embuées, ou mes rétines ? Une beauté aussi absolue devrait être assortie d'un avertissement.

— Vous allez bien ? demande-t-il.

Est-ce que je vais bien ? Je suis anxieuse, secouée, et trop excitée compte tenu de ma situation fâcheuse, mais surtout, j'ai l'impression d'oublier quelque chose d'extrêmement important.

Puis je me souviens.

L'entretien ! Comment ai-je pu oublier ça, ne serait-ce qu'un instant ? Est-ce que j'ai des moulins à vent dans la tête ?

— Je suis en retard, annonçai-je en essayant de m'asseoir.

Vingt dieux. Mes bras s'agitent et projettent de la boue dans toutes les directions – y compris vers Léo, qui s'empresse de la lécher, et Adrian, qui encaisse avec stoïcisme.

— Vous êtes sûre d'être prête à vous lever ? demande Adrian en tendant la main vers moi.

— Peu importe que je sois prête ou pas.

Je lui prends la main, avant de manquer de retomber par terre dans un accès de vapeurs.

Sa peau est aussi chaude qu'un fourneau furieux, et cette chaleur imprègne tout mon corps, faisant tout fondre sur son passage.

Oh oh. Mlle Miller éprouve un désir ardent dans son intimité la plus secrète. Un chatouillis presque inélégant qui...

— Je ne crois pas que vous soyez remise, dit Adrian en m'aidant à me remettre sur mes pieds. Laissez-moi vous faire asseoir sur ce banc, là-bas.

— Je ne peux pas, haletai-je en ôtant ma main de la sienne avant d'entrer en combustion. Je dois filer.

Son expression se durcit.

— Vous avez peut-être un traumatisme crânien.

— La faute à qui ? rétorqué-je en plissant les yeux. Je suis en retard pour un entretien. Pour le boulot de mes rêves. Vous voulez bien arrêter de vous mettre sur mon chemin ?

— Un entretien ? répète-t-il en me parcourant de la tête aux pieds. Dans cet état ?

Je baisse les yeux, et le regrette aussitôt.

— Oh non. Je suis plus crasseuse qu'un cochon.

— Les cochons ne sont pas crasseux, en réalité, répond Adrian. Ils utilisent la boue pour se rafraîchir, en guise de crème solaire et de répulsif à insectes.

Mlle Miller lutte contre l'envie d'asséner une gifle à ce scélérat aux pommettes hautes.

— Une leçon d'élevage bien utile, merci, rétorqué-je en sortant de la boue.

Au début, j'ai les genoux qui tremblent, mais à chaque pas que je fais, je me sens un peu plus moi-même – mais en beaucoup plus sale.

— Attendez, me rappelle-t-il. Laissez-moi au moins vous aider.

Je n'attends pas, mais il me rattrape et me retient par le coude – comme si on s'apprêtait à partir flâner avant l'heure du thé.

Une fois de plus, mon corps perfide réagit à ce contact avec une intensité des plus inappropriées.

Pfiou. Si par miracle, j'obtiens ce boulot, je devrais

faire passer le Projet Grand Dépucelage tout en haut de ma liste de trucs à faire. Ça fait si longtemps que je suis abstinente que de toute évidence, ça m'a transformée en poudrière hormonale, prête à exploser au premier inconnu que je rencontre.

Mlle Miller trouve cette dernière pensée inconvenante.

— Est-ce qu'ils accepteraient de reporter l'entretien ? demande Adrian sans lâcher mon coude.

— J'en doute, dis-je. Je ne le ferais pas, à leur place.

— C'est juste que je vis de l'autre côté de la rue, explique-t-il. On pourrait avoir lavé vos vêtements d'ici une heure.

Je rougis comme la pucelle que je suis.

— Vous essayez de me mettre toute nue ?

Il esquisse un sourire insolent.

— Faites-le ou ne le faites pas. Il n'y a pas d'essai.

Je dégage mon bras du sien.

— Gardez Yoda dans votre pantalon.

Un vrai débauché. J'aurais dû m'en douter.

J'accélère et le laisse en arrière – pendant une seconde, en tout cas.

— Attendez.

Il me rattrape, Léo haletant sur ses talons.

— Je parlais de ma proposition de laver vos habits.

— Et *moi*, je vous réponds que même si je n'étais pas pressée, la réponse serait quand même « hors de question ».

Il soupire.

— Est-ce que je peux au moins…

— C'est ma destination, lâché-je, essoufflée, en

m'arrêtant à côté de la bibliothèque. Ce n'était pas un plaisir de vous rencontrer.

Il sourit d'un air rusé.

— Toute l'absence de plaisir était pour moi.

~

Quand j'entre dans la bibliothèque, l'odeur des livres apaise mes joues brûlantes et me calme un peu, jusqu'à ce que les gens se mettent à me lancer des regards apitoyés, en tout cas.

— Je suis ici pour l'entretien, lancé-je au type derrière le comptoir.

— Mme Corsica est par là, répond-il avec un geste vers la porte derrière lui.

Il grimace et ajoute :

— Elle ne va pas être contente que vous soyez en retard.

Alors en plus d'être excitée de manière inappropriée et couverte de boue, je suis aussi en retard ? Quoi d'autre ? Des fientes d'oiseau sur la tête, pour que mon odeur soit accordée à mon apparence ?

Je cours vers la porte du bureau comme si j'étais pourchassée par des chevaux sauvages. Tout en frappant à la porte, je m'efforce de reprendre le contrôle de ma respiration haletante.

— Entrez, répond une femme d'un ton mécontent qui n'annonce rien de bon.

J'entre.

Dire que Mme Corsica a l'air sévère serait

grandement sous-évaluer la situation. Avec sa tenue formelle, sa posture raide, ses yeux gris et froids, elle me rappelle une duchesse douairière malveillante qui vient de rencontrer l'héroïne qu'elle considère comme étant bien en deçà du rang du héros.

Seigneur. Même si j'étais arrivée à l'heure et que j'avais eu l'air présentable, j'aurais craint de n'avoir aucune chance, face à une recruteuse comme ça. Autrement dit, je peux tout aussi bien faire une croix sur ce boulot.

— Quand pensiez-vous que cet entretien devait débuter ? demande Mme Corsica.

Je me tourne de manière à lui montrer la boue, puis réponds :

— J'ai eu un accident en chemin pour ici. Je suis vraiment désolée.

Je doute que ça arrange la situation si j'ajoute : « Un chien appartenant à un homme très sexy m'a poussée. » Ça ressemble à une version encore moins plausible de l'excuse « le chien a mangé mes devoirs ».

Mme Corsica hoche la tête d'un air désapprobateur.

— Ça vous dérangerait de faire l'entretien debout ? Cette chaise est une antiquité.

— Pas de problème, dis-je avec une bonne humeur feinte.

En réalité, ça me paraît impoli de rester debout devant une femme plus âgée et assise, mais qu'est-ce que j'y peux ? Ce n'est pas comme si j'avais encore le moindre espoir d'obtenir ce boulot, ma meilleure option est donc de considérer ça comme une occasion de peaufiner mes techniques d'entretien dans des conditions extrêmement difficiles.

— Dites-moi pourquoi je devrais vous embaucher, dit Mme Corsica.

Je l'entends presque ajouter : « Non pas que vous puissiez dire quoi que ce soit pour me convaincre. »

C'est le moment le plus difficile, dans le processus d'entretien, parce que je suis humble par nature et que me vendre est bien plus difficile que de répondre à des questions spécifiques, pour moi. Néanmoins, je me lance dans le laïus que je répète dans ma tête depuis plusieurs années, qui souligne mon caractère organisé et méticuleux, mes compétences avec les dernières technologies utilisées dans les bibliothèques, et mon talent pour les recherches. En guise de coup de grâce, je lui explique que j'adore la lecture et que mon plus grand rêve est de bosser parmi les livres.

Tout du long, l'expression de Mme Corsica demeure si indéchiffrable que je commence à me demander si elle a abusé du Botox, si c'est une championne du poker ou si elle a été remplacée par une statue de cire quand j'ai cligné des yeux.

— Vous n'êtes intéressée que par les livres ? s'enquiert-elle. Une conservatrice doit être qualifiée dans de nombreuses autres formes de médias.

Je lui explique que je me tiens au courant des sorties au cinéma ou à la télévision. Je la mets même au défi de me poser des questions sur l'une d'elles.

Elle s'exécute et pour la première fois de la journée, j'ai de la chance. Elle m'interroge sur *Raisons et*

Sentiments, que j'ai vu et lu, évidemment, puisque j'ai été nommée en l'honneur de Jane Austen et que c'est l'un des rares films de romance historique.

Puis elle m'interroge sur ma thèse de Master et mon expérience professionnelle à la bibliothèque de l'université de Columbia.

Tout en parlant, j'essaie de me retenir de remuer d'un pied sur l'autre et de ne pas penser à Adrian. Deux tâches herculéennes.

Au bout d'un moment, Mme Corsica doit avoir le sentiment d'avoir posé le nombre de questions que la politesse exige, dans le cas où l'on n'a aucune envie d'embaucher quelqu'un – un peu comme ma conversation avec mon rendez-vous galant, l'autre jour, quand le type s'est avéré avoir au moins vingt ans de plus qu'il en avait l'air sur sa photo de profil.

— Merci, lâche Mme Corsica d'un ton glacial. On vous rappellera.

Traduction : il faudra me passer sur le corps pour obtenir ce boulot. Tirez-vous d'ici, et pour l'amour de Dieu, nettoyez-vous.

CHAPITRE 2

Adrian

— L'absence de plaisir était pour moi ? répétai-je à Léo en secouant la tête dès que la femme mystère a disparu dans la bibliothèque. Tu as compris ce que j'ai dit, toi ?

Léo penche la tête.

Je suis plus décontracté que ça. Et mon idée du flirt consiste à renifler le derrière d'une chienne.

— Bon, tant pis, lâché-je. Je dirai peut-être un truc un peu plus intelligent à son retour.

Léo se couche par terre et me regarde d'un air sceptique.

Je croyais que c'était mon truc, d'épier les autres, mais si ça te fait plaisir.

— C'est toi qui m'as mis dans cette situation, lui rappelé-je. Le moins que je puisse faire, c'est proposer de lui racheter des vêtements pour remplacer ceux que *tu* as foutus en l'air.

Léo gémit – ce qui me donne le sentiment d'avoir remporté cette dispute imaginaire.

Pendant qu'on attend, je ne peux m'empêcher de m'imaginer comment je peindrais cette femme mystère. Ou bien je pourrais faire une statue d'elle en utilisant les techniques de soudage au laser que je maîtrise depuis peu.

Un sourire étire mes lèvres. Aux yeux de certains, elle semble peut-être ringarde, ou bien elle fait penser à une bibliothécaire sexy. On pourrait se dire qu'elle ressemble à l'héroïne de *Elle est trop bien* – jolie, mais qui devrait retirer ses lunettes et se faire relooker. Je trouve qu'elle rappelle Mona Lisa, avec un visage aussi proche de la perfection que possible, et que ses lunettes encadrent habilement cette perfection. En fait, je serais prêt à parier un million de dollars qu'en mesurant son visage et en divisant sa largeur par sa longueur le résultat serait le nombre d'or. Pareil pour ses autres proportions : la longueur de ses oreilles doit être exactement égale à celle de son nez, la largeur de ses yeux identique à la distance qui les sépare, sans mentionner…

Mon téléphone sonne.

C'est Bob, l'un des membres de mon armée d'avocat, qui est un véritable expert s'agissant de détruire ma mauvaise humeur. C'est le meilleur dans son métier, mais il a l'habitude agaçante de se comporter comme si l'audition à venir était le truc le plus important de *sa* vie, plutôt que la mienne. Comme si c'était *lui* qui était venu me trouver pour m'aider, et pas le contraire. Parfois, je me demande s'il croit toutes les conneries que ses adversaires ont l'intention de dire sur moi lors de ladite audition – des absurdités auxquelles beaucoup de gens croient, hélas.

— Salut, dit Bob. Tu as eu des nouvelles de l'agence ?

Je fronce les sourcils.

— Aucune des candidates qu'ils ont proposées ne faisait l'affaire.

— Tu es sûr que tu n'es pas trop difficile ? s'enquiert Bob.

— Oh, tu crois ?

J'énumère les problèmes que posaient les candidates, qui incluent, entre autres : une conduite en état d'ivresse, une diatribe raciste sur les réseaux sociaux et des ordonnances de restriction de trois hommes différents.

— Hmm, fait Bob. On devrait peut-être trouver une meilleure agence ?

Je ricane.

— Tu crois ?

— On doit s'occuper de ça au plus vite, insiste-t-il. La relation doit durer depuis un moment pour paraître crédible.

Je contracte la mâchoire.

— Comme si je ne le savais pas… donne-moi de bonnes nouvelles, pour changer.

— Le juge qu'on a le plus de chance d'obtenir n'a pas de préjugés sexistes.

— C'est super, dis-je, mon cœur se serrant d'espoir.

Depuis que j'ai vu ma petite fille à l'hôpital – peut-être même avant ça – je fais tout ce qui est en mon pouvoir pour faire partie de sa vie, et pour ça, je dois obtenir la garde partagée. J'ai même envisagé d'épouser Sydney, sa mère manipulatrice, mais pas avant d'avoir épuisé toutes les autres possibilités.

— J'ai aussi eu des nouvelles de l'entreprise qui écume internet, continue Bob. Ils ont fini leur travail. Assure-toi juste de ne pas leur donner plus de boulot et reste loin des substances illicites.

Je pousse un soupir.

— Je n'ai plus touché aux champignons depuis plusieurs mois. Et je ne prends plus de LSD depuis encore plus longtemps. Pas la peine de parler de ça tout le temps.

— Désolé, répond Bob. Tu sais que c'est très important.

Bien sûr que oui, et ce n'est pas contre Bob que je suis en colère, c'est contre moi-même. Il y a un an, j'ai mentionné prendre de micro-doses d'hallucinogènes pour booster ma créativité dans des interviews, et Bob a raison de penser que l'autre camp va s'en servir pour monter un dossier contre moi et arguer que j'ai un problème de dépendance à la drogue. Mais s'ils se lancent sur cette voie, ils vont être déçus quand ils essaieront de trouver la moindre preuve que j'ai dit ça. Il se trouve que je fais aussi des tests de dépistage réguliers pour prouver que je suis aussi clean que le sifflet d'un arbitre avec des TOC.

— Autre chose que je devrais savoir ? demandé-je à Bob.

Il se lance dans un compte-rendu, mais je dois l'interrompre avant qu'il ait terminé, parce que je repère la femme mystère qui sort de la bibliothèque.

À en juger son expression malheureuse, son entretien n'a pas dû bien se passer, et si c'est le cas, je lui dois plus qu'une nouvelle tenue.

— Je te rappelle plus tard, dis-je à Bob avant de raccrocher.

La femme descend les marches, perdue dans ses pensées. Puis elle nous remarque et plisse les yeux en deux petits éclats d'ambre.

— Vous me suivez ?

Je fais un geste vers Léo, imite « sa » voix et réponds :

— J'ai merdé, alors j'oblige mon humain à faire amende honorable.

Elle réduit la distance entre nous et pointe un doigt vers ma poitrine.

— Comme je vous l'ai déjà dit, je n'irai pas chez vous.

— Bien sûr, dis-je de ma voix normale. Mais il y a une boutique de vêtements pas loin d'ici. Et si je vous achetais une nouvelle tenue ?

Elle soupire.

— C'est ma seule façon de me débarrasser de vous ?

Je hoche la tête et Léo se redresse de toute sa hauteur, avant de remuer la queue. Elle sourit au chien, et ce n'est pas un sourire de Mona Lisa, il est bien plus large.

— Sa tête pelucheuse me rappelle quelqu'un, dit-elle. Mais je ne me souviens pas qui.

— Oh, on lui dit ça souvent, dis-je d'un ton neutre. Il a l'un de ces visages qui paraissent familiers.

Son sourire s'évanouit.

— Où est votre prétendue boutique ?

J'indique la Cinquième Avenue d'un geste.

— Pas loin.

— Très bien, grommelle-t-elle en se mettant à marcher.

Je la rattrape, et d'un ton aussi désinvolte que possible, demande :

— Comment vous vous appelez ?

Elle s'arrête.

— Ce n'est pas le genre de trucs que je divulgue aux parfaits inconnus.

Je tends la main.

— Juste au cas où vous l'auriez oublié, je m'appelle Adrian. Adrian Westfield.

Je sors mon permis de conduire et le lui tends.

— Vous voyez ? Je ne suis plus un parfait inconnu, maintenant.

Elle fronce les sourcils et prend une photo de mon permis avec son téléphone.

— Il est dans mon cloud, maintenant, dit-elle. Si vous me dévorez, les flics auront des questions à vous poser.

Si je la dévore ? La partie de mon anatomie qu'elle a

surnommée Yoda sent une grosse perturbation de la force, comme si des millions de vagins venaient soudain de pousser un cri d'extase.

À en juger ses joues rouges, elle a dû prendre conscience du double sens de sa phrase.

Quand je reprends mon permis, mes doigts effleurent les siens, et j'ai l'impression d'être heurté par une décharge de force jaillie des mains d'un Sith diabolique. L'énergie afflue droit vers Yoda – et contrairement à son homonyme de film, mon sexe ne l'absorbe pas sans réagir. Au lieu de ça, j'ai l'impression que Yoda va exploser.

— Jane, dit-elle.

Pour une raison inconnue, ses yeux prennent une teinte rose encore plus délicieuse.

— Jane Miller. Ma mère est une grande fan d'*Orgueil et Préjugés.*

Nous nous remettons à marcher et je demande :

— Le livre, ou le film avec Keira Knightley ?

— Le livre, répond Jane d'un ton sec. Ma mère n'aurait pas pu me nommer en référence au film, puisqu'il est sorti après ma naissance.

— Je ne me laisserai pas avoir, dis-je à Léo d'un ton de conspirateur.

Puis je me tourne vers Jane et reprends :

— Que ce soit bien clair : je n'essayais pas de déterminer votre âge... même si, maintenant que vous avez vu mon permis, vous savez que j'ai vingt-sept ans.

— Quel gentleman, répond-elle en levant les yeux au ciel. Puisque vous tenez tant à le savoir, j'ai vingt-trois ans. Et avant que vous posiez la question, je fais quarante-sept kilos.

— Je ne vous aurais jamais demandé ça.

Je me demande si je devrais lui faire remarquer qu'elle pèse exactement pareil que Léo.

— Je fais aussi un mètre soixante-et-un, continue-t-elle. Autrement dit, mon IMC est de dix-neuf et demi.

— Vraiment, je n'ai pas besoin…

— Mon taux de cholestérol est de cent-cinquante, continue-t-elle. Je suis Scorpion. Ma pression sanguine est de 115 à 75, la plupart du temps. Je fais du trente-six en pointure. Vous voulez savoir autre chose ? Si j'ai des grains de beauté ? À quoi ressemble mon caca sur l'échelle de Bristol ?

— Je n'ai rien demandé de tout ça, et vous le savez très bien.

Même si ce serait en partie utile si je décide de sculpter une statue d'elle en taille réelle – mais je ne le précise pas, parce qu'elle risque de déformer mes paroles et de répliquer que seul un cannibale dirait un truc pareil.

— On est bientôt à la boutique ? demande-t-elle.

Je pointe le magasin du doigt, de l'autre côté de la rue.

— C'est là.

Elle regarde dans cette direction, puis s'arrête et secoue la tête.

— On ne peut pas aller là-dedans.

— Pourquoi ?

Elle n'a pas l'air du genre à se faire black-lister pour

vol à l'étalage, contrairement à l'une des candidates que m'a envoyée l'agence.

— Cette boutique vend les vêtements les plus chers de tout Manhattan, répond-elle. Ils refuseront de laisser entrer votre chien et ils vont me snober, comme dans cette scène de *Pretty Woman*.

Je souris.

— S'ils font l'une de ces deux choses, on ira faire du shopping ailleurs, avant de les narguer avec toutes les commissions qu'ils ont ratées, comme l'a fait Julia Roberts.

Pour la première fois, Jane me sourit.

— Vous avez vu ce film ?

— Je suis un passionné de cinéma, dis-je pendant qu'on traverse la rue. J'ai tout vu. Et vous ?

— Je suis plus lectrice que cinéphile, dit-elle en remontant ses lunettes sur son petit nez mignon. Mais je regarde des films avec ma mère à chaque fois que j'en ai l'occasion, alors j'en ai vus beaucoup.

J'éprouve un pincement au cœur. Je serais prêt à donner tout mon argent pour regarder un autre film avec ma mère, aussi mauvais soit-il.

— Vous aimez quel genre de livres ? l'interrogé-je avant qu'elle comprenne à quoi je pense et aborde un sujet dont je n'ai pas envie de discuter.

Elle rougit à nouveau et entre dans la boutique au lieu de répondre.

Avant de la suivre, je baisse les yeux sur Léo.

— Tu vas devoir avoir un comportement exemplaire, là-dedans.

Léo penche la tête.

Quelles sont les probabilités pour qu'il y ait un chat qui me mette au défi de le pourchasser ? Ou un écureuil ? Ou ma queue ?

Je pousse un soupir, sors mon portefeuille et vérifie que j'ai bien ma Black Card American Express, que je pourrai montrer si on s'apprête à se faire jeter dehors. Puis je passe la porte – et me cogne dans Jane, qui semble avoir envie de s'enfuir.

— Vous partez déjà ? demandé-je.

— Il n'y a pas de prix nulle part, murmure-t-elle d'une voix forte.

Je fais un signe de la main à une vendeuse toute proche. Vu sa façon d'écarquiller les yeux, je la soupçonne de savoir qui je suis.

— Il y a eu un accident, expliqué-je. Nous voudrions remplacer la tenue de Jane.

J'indique quelques mannequins.

— Elle va essayer ça, pour commencer.

Les vendeurs affluent vers Jane comme des criquets fashionistas.

Bientôt, Jane ressort de la cabine d'essayage dans une jupe tailleur italienne, l'air si professionnelle qu'elle pourrait obtenir tous les jobs qu'elle veut, que ce soit pour un poste de CEO, de banquière d'affaire ou d'entrepreneur des pompes funèbres.

C'est à ce moment-là que je prends conscience de quelque chose. L'autre endroit où elle aurait l'air tout à fait à sa place, avec cette tenue, c'est à mon audition.

Léo lève la tête vers moi, langue pendante. Il a sûrement entendu mon rythme cardiaque accélérer.

Excellente idée. Va pisser tout autour d'elle, maintenant, ou fais ce que font les humains pour marquer leur territoire.

Plus j'y réfléchis, plus je suis emballé. Jusqu'ici, du peu que je sais de Jane Miller, elle est à des années-lumière des candidates envoyées par l'agence.

Ce que j'aime le plus, c'est ce côté fille d'à-côté authentique qui émane d'elle, et qui formerait un beau contraste avec la beauté froide de Sydney.

Est-elle célibataire ? Hétéro ? Non-fumeuse ?

Si la réponse à ces trois questions est oui, ce sera décidé.

Jane Miller sera ma femme.

CHAPITRE 3

Jane

Combien ça coûte ? murmurai-je à la vendeuse blonde à côté de moi.

Je dois mobiliser toute ma volonté pour ne pas me plaindre de l'absence d'étiquettes de prix.

Je sais que ma mère me réprimanderait pour ma radinerie, alors même que c'est quelqu'un d'autre qui paie, mais je ne peux pas m'en empêcher.

La femme me donne un chiffre.

Bouche bée, j'attends qu'elle glousse et m'annonce que c'était juste une blague.

Elle ne le fait pas.

— Je ne peux pas le laisser payer autant, sifflé-je. Les vêtements que son chien a salis coûtent cent fois moins cher.

— Ça ne le dérangera pas, chuchote-t-elle d'un air assuré.

— Qu'est-ce que vous en savez ? m'enquiers-je en étrécissant les yeux.

C'est à son tour de me regarder comme si j'avais fait une blague.

— C'est Adrian Westfield.

— Vous le connaissez ?

Il a couché avec elle ? Avec les débauchés, c'est l'hypothèse par défaut. Elle fronce ses sourcils taillés à la perfection.

— Il est milliardaire, et c'est le célibataire le plus convoité de…

Je cesse d'écouter.

Un milliardaire.

Le célibataire le plus convoité.

Maintenant qu'elle me le dit, je songe que j'aurais dû m'en douter. Il y a quelque chose d'ineffable, chez Adrian, au-delà de son physique sensationnel. Si on était dans l'Angleterre de l'ère victorienne, j'aurais supposé qu'il était duc, ou un autre membre de l'élite sociale, il est donc logique qu'il soit l'équivalent américain moderne. Ajoutez à cela le fait qu'il promène son chien aussi près de Billionaire's Row et qu'il m'achète des vêtements dans une boutique qui semble ajouter des zéros au hasard à ses prix, et ça me semble élémentaire.

— … vous ne lisez pas les tabloïds ? demande la vendeuse, me ramenant à la réalité.

Je secoue la tête.

— Pourquoi lire les tabloïds quand je peux lire des livres ?

Elle hausse les épaules.

— Vous voulez essayer autre chose ?

Je lance un regard à Adrian.

— C'est quoi, votre costume le moins cher ?

Même s'il peut se le permettre, je ne suis pas à l'aise à l'idée d'accepter un truc qui coûte aussi cher.

Mlle Miller approuve. C'est indélicat, d'accepter un cadeau luxueux de la part d'un gentleman, parce que ça ressemble à un moyen d'acheter l'affection de la dame. S'il insiste pour lui offrir quelque chose, il faut que ce soit périssable, pour que le destinataire ne ressente aucune obligation en retour. Comme des fleurs, des fruits ou des légumes – tant qu'ils ne sont pas d'une forme inconvenante, comme les concombres.

— Ce costume est l'un de nos moins coûteux, répond la vendeuse. Tout ce que je peux faire, c'est vous en montrer un autre dans une fourchette de prix similaire.

Waouh. Les riches vivent vraiment dans leur petit monde.

Je me dirige vers Adrian.

— On doit aller dans une autre boutique.

— Pourquoi ? demande-t-il. Vous êtes magnifique, dans cette tenue.

Je le regarde en battant des cils. L'expression « la flatterie ouvre toutes les portes » parle de culottes, n'est-ce pas ?

Mlle Miller considère la chaleur entre ses jambes comme une infraction à l'étiquette.

— C'est trop cher, dis-je. Je ne peux pas accepter.

Il soupire.

— Je m'en veux pour ce qui est arrivé à vos vêtements. Vous me rendriez service en acceptant.

Même si mes résolutions vacillent, je secoue la tête.

— Votre conscience va devoir s'en accommoder.

— Et si je vous offrais à dîner, dans ce cas ? propose-t-il. Et une occasion d'apporter votre costume à la blanchisserie ?

Le dîner implique des aliments périssables, ce serait donc une offre acceptable, même à l'ère victorienne, n'est-ce pas ? Et maintenant que je sais qu'il est célèbre, je n'ai plus à craindre pour ma sécurité… ou plus autant.

Mlle Miller pense qu'on devrait toujours craindre pour la sécurité de la vertu d'une dame. Un dîner sans chaperon est beaucoup plus pernicieux qu'un cadeau luxueux.

— OK, accepté-je à ma plus grande surprise. Je veux bien dîner avec vous, mais pas de blanchisserie. Pour ce que j'en sais, vous êtes peut-être un pervers qui aime sentir les vêtements sales.

Je parie que la vendeuse de tout à l'heure a entendu cette dernière remarque, et qu'elle doit mobiliser toute sa volonté pour ne pas intervenir – sûrement pour le défendre.

— Juste un dîner, acquiesce-t-il. Des préférences ?

Je hausse les épaules.

— Je ne suis pas très difficile.

Ses yeux argentés pétillent.

— Que diriez-vous de sushis ?

— Ça pourrait me convenir, dis-je.

En vérité, je suis assez emballée par ce choix. J'adore les sushis, mais vu que ma mère n'aime pas trop ça, je n'en ai plus mangé depuis un moment.

— Je connais un très bon resto pas loin d'ici, dit-il.

Il me donne le nom, qui ne me dit rien. Ce qui n'a rien d'étonnant, sachant que mon restaurant de sushis préféré est près de chez moi, à Staten Island.

— Et vous êtes sûre, pour ces habits ? demande-t-il en me regardant de haut en bas d'un air appréciateur.

— Certaine.

Mes haillons ont dû sécher, maintenant, non ?

— Je peux au moins vous appeler une voiture pour qu'elle vous ramène chez vous ? demande-t-il.

— Mauvaise idée. Vous sauriez où je vis, ensuite.

Il fronce les sourcils.

— Je ne vais pas le découvrir quand je passerai vous chercher pour le dîner ?

— Pas si on se retrouve là-bas.

Il baisse les yeux sur Léo comme pour lui demander son aide.

— Je n'aime pas l'idée que vous vous baladiez toute sale.

Je me sens vraiment sale, en ce moment, mais pas dans le sens qu'il entend.

— Très bien. Vous pouvez m'appeler un Uber. Économique. Pas une limousine. Ni une calèche tirée par des chevaux… ou tout ce que vous pourriez avoir d'autre en tête.

Il sort son téléphone et pianote plusieurs fois sur l'écran.

— Un Uber. Très bien. J'ai entendu de très bonnes choses sur cette appli.

Je ne suis pas surprise qu'un milliardaire n'ait jamais pris de Uber. Le plus étonnant, c'est qu'il promène son chien lui-même. Ne devrait-il pas disposer d'un promeneur, pour ça ?

— L'appli a besoin de votre adresse, annonce-t-il.

Hmm. Il marque un point, aussi agaçant que ça puisse être, je lui donne donc mon adresse.

— Mais je vous retrouve quand même au restaurant.

— Très bien, mais échangeons nos numéros, au moins.

— Malin, répliqué-je en plissant les yeux. Je suppose que vous ne me laissez pas vraiment le choix.

Je lui arrache son téléphone des mains, m'envoie une émoticône souriant à moi-même et réponds par :

Ici Jane, la femme que vous avez forcée à dîner avec vous.

Quand il reprend son téléphone, il sourit, ce qui provoque un tas de papillons dans le creux de mon estomac.

Mlle Miller aurait giflé le débauché avant de céder.

Je vais me changer, et quand je remets la tenue souillée, des morceaux de terre séchée s'écaillent, tombant sur le sol immaculé de la cabine d'essayage.

Grr. Je regrette presque de ne pas avoir accepté ce cadeau.

Quand je ressors, je vois Adrian écarter sa carte de crédit d'une borne de paiement que la vendeuse doit lui avoir tendue.

— Qu'est-ce que vous venez d'acheter ? demandé-je.

Il se tourne vers moi.

— La tenue que vous avez essayée.

— Pourquoi ? l'interrogé-je en plissant les yeux d'un air désapprobateur. C'est pas comme si je l'avais portée assez longtemps pour que vous puissiez la renifler.

Je n'espère pas, en tout cas. Il esquisse un sourire suffisant.

— Il y a encore une chance pour que vous acceptiez ce cadeau après le dîner.

Je lève les yeux au ciel.

— Il y a aussi une chance pour qu'un ticket de loterie gagnant me tombe sur la tête, mais les probabilités sont assez faibles.

— On verra, répond-il au moment où son téléphone bipe.

Il y jette un coup d'œil et annonce :

— Votre Uber est arrivé.

Ouais. Une voiture se gare contre le trottoir dehors.

— Laissez-moi vous ouvrir la porte, propose Adrian.

Avant que j'aie pu l'arrêter, il joue les portiers, d'abord pour me laisser sortir de la boutique, puis en m'ouvrant la portière de la voiture.

Comme c'est infâme. C'est comme s'il savait que le seul vice de Mlle Miller était son appréciation des gestes de courtoisie.

— Merci, dis-je.

Pour une raison inconnue, je suis réticente à entrer dans la voiture.

Il se penche comme pour une révérence, mais reste immobile, les lèvres à une très courte distance des miennes.

— Aucun problème, murmure-t-il.

Je regarde ces lèvres et mon cœur accélère.

Il regarde les miennes.

Des forces surnaturelles semblent nous attirer l'un vers l'autre. Je distingue la courbe sensuelle de ses lèvres, si coquines, et pourtant si étrangement attirantes, les stries argentées dans ses yeux, la longue ligne de son nez aquilin… Nos lèvres ne sont qu'à un cheveu les unes des autres quand un aboiement sonore retentit dans la boutique, suivi par le son de quelque chose d'énorme qui s'effondre par terre.

— Putain, lâcha Adrian en se redressant d'un coup. Je n'aurais pas dû laisser Léo tout seul là-dedans.

Mon visage est brûlant et mon cœur cogne comme les tambours de Waterloo. Je fais un pas tremblant en arrière, puis me retourne et entre dans la voiture en titubant. La main flageolante, je claque la portière derrière moi et regarde Adrian se précipiter dans la boutique pour gérer les conséquences de ce qu'a fait Léo.

La voiture s'éloigne et je prends une grande goulée d'air, tentant d'obliger mon pouls effréné à ralentir.

J'ai rêvé, ou on a failli s'embrasser ?

Si c'est le cas, est-ce que ça venait de lui ou de moi ? Est-ce que c'est important ?

Mlle Miller pense que c'est très important – puisque c'est ce qui fait toute la différence entre une dame convenable et une femme de mauvaise réputation.

Je m'appuie contre le dossier du siège et ferme les yeux.

Je crois que j'ai commis une énorme erreur en acceptant ce dîner.

CHAPITRE 4

Adrian

Puisque Léo a foutu le bordel, j'achète d'autres tenues de la taille de Jane pour apaiser la vendeuse. Je suis sûr qu'elles s'avéreront utiles plus tard.

Après ça, je ramène Léo à la maison, je prends les réservations pour le dîner, puis j'appelle une voiture pour Jane.

Au déjeuner, nous mangeons tous deux les restes de mes expériences culinaires de l'autre jour – melon fumé aux anguilles pour moi, gésiers de poulets à la sauce aux cacahuètes pour lui. Tout en mangeant, j'envisage de parler de Jane à Bob, avant de décider que ce serait trop prématuré. Je dois en découvrir plus à son sujet, et c'est ce que je vais faire lors de notre dîner. D'un autre côté, vu que j'ai failli l'embrasser, elle risque de me faire faux bond.

C'était vraiment idiot de ma part. Je rencontre enfin la candidate parfaite pour m'aider à obtenir la garde de

Piper, et mon Yoda a peut-être tout gâché en quelques minutes.

La nourriture devient acide dans mon estomac.

Non, je ne peux pas penser à ça maintenant. Je dois me tenir occupé.

Je laisse les assiettes à ma femme de ménage et me dirige vers mon studio pour composer un peu de musique. Je trouve quelques riffs de basse – qui pourraient devenir une chanson pour le groupe de métal dans lequel je suis. Puis j'écris un jingle pour une vidéo que j'ai créée – qui deviendra peut-être une pub pour l'une des millions d'entreprises dont j'ai hérité.

Mes pensées s'égarent encore, elles tentent d'en revenir à Jane, alors je vais derrière mon ordinateur pour travailler sur les contes pour enfants que j'espère pouvoir lire à Piper quand elle sera assez grande. Pour l'instant, j'écris juste les rimes, parce que je réfléchis encore au meilleur choix d'illustrations.

Bordel. Jane s'est encore infiltrée dans mes pensées.

Je prends un livre sur les stratégies de poker. Non. Je vais en ligne et joue une partie d'échecs, avec un type qui affirme être grand-maître, mais vu que je l'ai battu au bout d'une heure, je doute qu'il soit au rang qu'il prétend.

Je n'arrête pas de songer au dîner.

La bonne nouvelle, c'est qu'elle ne m'a envoyé aucun message pour annuler.

Je ne l'ai peut-être pas trop effrayée.

Je me remets au boulot. J'examine quelques investissements, je réponds à des e-mails, puis je fais passer un entretien à un candidat au poste de CEO pour l'une de mes fondations. Après ça, je bosse sur quelques mélodies supplémentaires et j'écris d'autres rimes avant de jeter l'éponge.

Comme souvent à la fin de ce qui constitue ma journée de travail, je fouille au fond de moi-même pour déterminer avec quelle activité j'ai ressenti la plus grande affinité, et comme d'habitude, je suis incapable de répondre.

Bien sûr, le livre pour enfant est un travail fait avec amour, mais il est aussi stimulé par mes sentiments pour mon bébé. Sans eux, je ne suis pas sûr que l'écriture et l'illustration soient ma vocation.

Je soupire. Même si mon père n'est plus là pour me critiquer, j'imagine sans mal son air renfrogné et ses paroles mordantes. « Touche à tout, expert en rien », c'est la version la plus gentille de ses fustigations habituelles, assortie de mots tels que « dans les nuages » et « à la dérive ».

Et il avait raison. J'ai vingt-sept ans et je ne sais toujours pas ce que je veux faire de ma vie.

Pathétique, hein ?

Léo s'approche de moi et me donne un petit coup de museau humide.

On ne doit pas se préparer pour un dîner au restaurant de sushis ?

CHAPITRE 5

Jane

— **C**omment s'est passé ton entretien ? demande ma mère dès que j'entre dans la maison.

Je me retourne pour lui montrer l'état de mes vêtements.

— C'était un désastre.

— Raconte-moi tout autour du déjeuner, répond-elle.

C'est ce que je fais, sans omettre ma rencontre avec Adrian.

Dès que je mentionne les tabloïds, elle sort son téléphone et se met à chercher.

Je soupire. Ça fait un bon moment que ma mère et moi avons plus une relation amicale que mère-fille – pour le meilleur, et parfois, pour le pire. Elle n'a que trente-neuf ans, et de toute évidence, elle m'a eue bien trop jeune, parce que nous sommes si proches en âge que nous avons à peu près les mêmes problèmes : les rencards, la recherche de boulot, et cetera.

Je l'ai déjà vue se comporter de manière maternelle avec ma petite sœur, Mary, et ça me rend parfois un peu jalouse.

— Il est sexy ! s'exclame ma mère.

Je soupire.

— Tu n'as pas entendu quand je t'ai dit que je n'avais pas obtenu le boulot ?

Elle balaie cette remarque de la main.

— Tu es brillante. Tu trouveras une autre bibliothèque. Par contre, aucun autre milliardaire succulent ne te tombera plus dans les bras comme ça.

Je suis bien contente que Mary ne soit pas là pour entendre ce merveilleux conseil maternel.

— Cette bibliothèque aurait été parfaite.

Ma mère me regarde en plissant les yeux.

— Tu ne t'es pas montrée trop irascible avec Adrian, hein ?

— Irascible ?

On ramenait un rencard à la maison une fois et on se retrouvait accablée de ces accusations démentes.

— Tu m'as bien entendue, acquiesce-t-elle. C'est comme si tu n'avais jamais dépassé la phase où tu taquines les garçons qui te plaisent.

— Il ne me plaît pas, rétorqué-je avec une assurance que je ne ressens pas vraiment. Et je ne taquine pas les garçons qui me plaisent.

J'étais plutôt trop timide pour leur parler.

— C'est ça, il ne te plaît pas, raille ma mère. C'est pour ça que tu as accepté d'aller dîner avec lui.

Je lève les yeux au ciel.

— Je suis trop vieille pour me faire émanciper ?

Elle me montre un marque-page.

— Il t'emmène où ?

Je lui réponds. Elle écarquille les yeux.

— Ce restaurant japonais célèbre ?

Je hoche la tête, un mauvais pressentiment au creux du ventre.

Ma mère fouille sur son téléphone pendant quelques secondes de plus, avant de s'exclamer :

— Leur omakase coûte cinquante fois plus cher que le prix du buffet à volonté de ton resto de sushis préféré.

— Montre, demandé-je.

Bonté divine. C'est vrai. C'est comme dans la boutique.

Mlle Miller pense que le gentleman s'attend peut-être à quelque chose d'inconvenant, après ce genre de dîner.

Je sors mon téléphone pour envoyer un message à Adrian, mais ma mère me le prend des mains.

— Ne t'avise pas d'annuler.

— Mais ça coûte trop cher, dis-je d'une voix suppliante.

Elle écarte le téléphone quand je tente de le récupérer.

— Il est milliardaire. Ça lui coûtera sûrement plus d'argent s'il perd son temps à chercher un autre endroit où t'emmener.

Hmm. A-t-elle raison ? Je cherche sur mon téléphone et apprends que certains milliardaires célèbres gagnent près de huit mille dollars par minute. Si c'est le cas d'Adrian, alors ma mère a raison. Le coût de ce dîner ne vaut peut-être pas la peine de l'embêter avec ça. Ce n'était peut-être pas le cas du costume non plus. Même si je ne lui avouerai jamais.

La porte claque au rez-de-chaussée et nous attendons que Mary entre en courant dans la pièce, aussi débordante d'enthousiasme que toujours.

— Salut, mon cœur, dit ma mère. Ton père t'a donné à manger ?

Même si elle ressemble à mon clone de dix ans, Mary est ma demi-sœur, et son père a décidé de faire partie de sa vie, contrairement au donneur de sperme qui m'a engendrée.

— On a mangé de la salade, répond Mary. Je me suis assurée qu'il termine la sienne.

C'est du Mary tout craché, l'enfant qui oblige les adultes à manger leurs légumes – elle fait aussi ça avec ma mère et moi.

— Comment s'est passé l'entretien ? me demande-t-elle.

Je prends une expression malheureuse.

— Oh non, dit-elle. Cette bibliothèque aurait été parfaite pour toi.

— Tu vois ? lancé-je à ma mère avec un regard appuyé. C'était ce que tu étais censée dire.

Ma mère se hérisse.

— C'est pas comme s'ils t'avaient dit que tu ne serais pas prise.

Mary me regarde en plissant les yeux.

— Ils ne t'ont pas rejetée ? Pourquoi tu penses que tu n'as pas eu le poste, alors ?

Je lui explique que j'étais couverte de boue, que je suis arrivée en retard et que je me suis retrouvée face à une recruteuse en pleine imitation de Meryl Streep dans *Le Diable s'habille en Prada.*

— Mais Anne Hathaway a quand même obtenu le job, dans le film, non ? s'enquiert Mary.

— C'est vrai, admets-je d'un ton penaud.

Ma sœur écarte les bras comme pour dire « mon plaidoyer est terminé ».

Ma mère sourit fièrement.

— Je l'ai déjà dit, et je vais le répéter : cette enfant régnera sur le monde, un jour.

L'alarme de mon téléphone se déclenche.

— C'est mon rappel, expliqué-je. Je dois me préparer pour ce dîner ridicule.

Mary nous regarde tour à tour, ma mère et moi, avant de poser les yeux sur moi.

— Quel dîner ?

— Jane a un rencard, annonce ma mère d'un ton de conspiratrice.

Mary grimace. Bien que sur beaucoup de sujets, elle soit aussi mature que si elle avait quarante ans, elle trouve encore les garçons dégoûtants – et parfois, je me demande si elle n'est pas plus avisée que ma mère et moi, en la matière.

— Tu veux m'aider à la maquiller ? lui demande ma mère.

Les yeux de ma sœur s'illuminent.

— Un relooking ?

— Pas de relooking, protesté-je d'un ton sévère. Mais vous pouvez me maquiller un peu.

— Bien sûr, acquiesce ma mère avec un clin d'œil à Mary. Juste un peu.

Ouais. C'est ça. Elles s'en satisferont… quand les poules auront des dents.

CHAPITRE 6
Adrian

Je lance un regard sévère à mon chien.

— Mon pote, hors de question que tu viennes au dîner avec moi.

Il me fait ses yeux de chien battu et laisse échapper un gémissement.

Mais Jane sent si bon. Emmène-moi. Emmène-moi. Emmène-moi. Dois-je te rappeler que sans moi, tu n'aurais jamais rencontré Jane ?

— Tiffany est en route pour rester avec toi, expliqué-je.

Cela semble le réconforter, parce qu'il aime bien son ancienne éducatrice canine – qui est désormais sa dog-sitter occasionnelle.

— Elle va t'emmener en balade. Où tu voudras.

Avec un timing impeccable, Tiffany arrive à cette seconde précise. Je la laisse avec Léo et vais me préparer pour le dîner.

— Je ne sais pas trop à quelle heure je vais rentrer, dis-je à Tiffany avant de sortir.

Elle hausse les épaules.

— Je n'ai rien de prévu. Quand Léo sera couché, je m'en irai.

— Tu es la meilleure, lui lancé-je.

Elle sourit.

— Tu es si fringant. Je peux te demander où tu vas ?

— Tu peux, dis-je. Mais j'invoque le cinquième amendement.

— Très bien, capitule-t-elle. Amuse-toi bien.

Quand j'arrive en bas, ma limousine m'attend déjà.

J'appelle Jennifer, qui fait partie de mes chauffeurs, mais qui se fait actuellement passer pour un chauffeur Uber. Suivant mes instructions, elle a loué une version blindée de la Toyota Camry, pour que Jane n'ait pas conscience que son trajet est bien plus sûr que dans une banale voiture Uber.

— Allô, dit Jennifer.

Après une pause, elle ajoute :

— Non, vous vous êtes trompé de numéro.

OK. Super. C'est un message codé signifiant « on est en route, et à l'heure ».

J'ai l'impression de sentir ma poitrine enfler, ce qui n'arrive qu'après un bon entraînement à la salle, d'habitude. Je dois être impatient de revoir Jane, mais uniquement pour savoir si elle accepterait d'être ma femme, bien sûr.

La romance n'est pas du tout mon objectif.

Pas tant que je n'aurai pas obtenu la garde partagée de Piper.

CHAPITRE 7

Jane

Quand j'entre dans le restaurant, je laisse échapper un hoquet bien audible – et pas à cause de la déco sublime, un mélange de thèmes japonais et de touches d'art moderne. Ni des arômes qui donnent l'eau à la bouche et me coupent le souffle. Ce n'est même pas parce que le restaurant est totalement vide, en pleine heure du dîner.

Non. C'est le fait de voir Adrian vêtu d'un costume chic qui me donne du mal à respirer. Ses cheveux sont coiffés avec soin et…

— Bonjour.

Il se lève de la seule table au milieu du large espace et me tire une chaise.

— Vous êtes magnifique.

D'un coup, je pardonne ma mère et Mary de m'avoir bichonnée. Presque.

— Asseyez-vous, m'invite Adrian. Je vous en prie.

Il tient la chaise jusqu'à ce que je sois installée, et je sens une bouffée de son eau de Cologne – elle a des notes boisées, de miel et de mandarine, associée à quelque chose de viril qui est unique à Adrian.

Les genoux flageolants, je me laisse tomber sur la chaise et dès qu'il est installé en face de moi, je lâche :

— Où sont tous les autres clients ?

J'ai bien ma petite idée, bien sûr.

— Itamae-san m'a laissé réserver tout le restaurant, explique Adrian, confirmant mes soupçons. On ne sera donc pas dérangés, si c'était ce que vous craigniez.

— Oh, je ne craignais pas d'être dérangée. Mais je n'imagine même pas combien ça a dû vous coûter, de réserver un restaurant qui a la réputation de proposer les plats les plus coûteux de tout Manhattan.

Zut. C'est de ça que parlait ma mère, quand elle m'a qualifiée d'irascible ?

Mlle Miller considère cette remontrance comme justifiée, même si c'est mal vu de parler d'argent, en temps normal.

— Si ça peut vous rassurer, je n'ai pas réservé le restaurant pour vous, dit Adrian. J'aimerais discuter d'une affaire privée avec vous, et je ne lésine pas sur les dépenses, s'agissant de cette affaire précise.

Mlle Miller soupçonne ce gentleman – même si le terme est un peu galvaudé – de s'apprêter à faire une proposition déshonorable.

— De quoi voulez-vous parler ?

J'ai une sensation de froid au creux du ventre, et je ne sais pas du tout pourquoi.

Adrian ouvre la bouche, mais à cet instant, un

gentleman d'un certain âge approche de notre table avec une planche à découper qui ressemble à une peinture abstraite faite à partir de fruits de mer.

— Pas de sauce soja, s'il vous plaît, dit-il avec un fort accent japonais.

À ma grande surprise, Adrian répond en japonais, et ils se lancent dans un échange poli, jusqu'à ce que le chef – je suppose – s'éloigne, nous laissant avec son œuvre d'art.

— Vous parlez japonais ? demandé-je.

Adrian secoue la tête.

— Je ne fais que le parler, je ne le lis pas. Le plus difficile est de maîtriser le kanji, ce que je n'ai pas encore fait.

— Bien sûr, c'est *ça*, le plus dur, dis-je avec un sourire. Il y a d'autres langues que vous ne « faites que parler » ?

Il hausse les épaules.

— Je parle couramment le mandarin, grâce à ma nounou Hua. Je me débrouille en hindi, grâce à un long voyage en Inde. Pareil pour l'arabe et le russe. Mis à part ça, je sais lire l'italien, mais je ne le parle pas, et j'ai des notions…

— Je ne vous crois pas une seconde, l'interromps-je.

Il arque un sourcil, avant de dire quelque chose dans chacune des langues qu'il vient de mentionner – ou c'est ce que je suppose, en tout cas.

Avec un soupir agacé, je sors mon téléphone et ouvre gazzetta.it. Nonna – ma grand-mère – m'a un peu appris l'italien, assez pour me permettre de faire défiler le site d'actualités jusqu'à trouver un article sans photos. Je lui colle le téléphone sous le nez.

— Si vous savez lire l'italien, qu'est-ce qu'il y a d'écrit ?

Il regarde la page.

— Ça parle d'un scandale sexuel dans lequel leur président s'est retrouvé impliqué.

Hmm. Ne faisant pas confiance à mon faible niveau d'italien, je vérifie sur Google Translate. Et bon sang, il a raison.

— Vous avez des facilités avec les langues, ou vous avez dû étudier comme nous autres simples mortels ?

Il hausse les épaules.

— Quand j'étais petit, mes parents m'ont fait atteindre l'oreille absolue en employant la méthode d'Eguchi. C'est la première fois que j'ai été exposé à la langue japonaise. Mais plus important encore, l'oreille absolue aide à apprendre les langues, surtout les langues tonales.

— Waouh.

La seule formation musicale à laquelle j'ai eu droit quand j'étais petite, c'est quand ma mère m'a offert un sifflet dans lequel souffler au cas où un inconnu approchait trop de moi.

— L'oreille absolue, ce n'est pas quand on peut reconnaître chaque note d'une chanson rien qu'en l'écoutant ?

Il hoche la tête.

— Une capacité bien utile, pour un musicien.

— Une seconde, vous êtes aussi musicien ?

Il sourit.

— Je suis beaucoup de choses.

Un peu prétentieux, non ?

— Comme quoi ?

Je prends mes baguettes et attrape un morceau de mon merveilleux plat – mais je ne le mets pas aussitôt dans ma bouche.

Il prend un morceau de sushi à son tour.

— De combien de temps disposez-vous ?

— Tant que ça, hein ? m'étonnai-je, réprimant l'envie de me montrer désagréable. Et si vous me parliez du plus important. Les talents que vous avez utilisés aujourd'hui, par exemple ?

Il sourit et me raconte sa journée. Plus il parle, plus je suis impressionnée.

— Je n'ai pas eu l'occasion de peindre, aujourd'hui, termine-t-il. Mais d'habitude, je le fais tous les jours.

— Vous êtes un homme aux multiples talents, remarqué-je sans même plaisanter.

Je dois bien admettre que ça le rend encore plus sexy. Je me ressaisis avant de me mettre à baver.

— Vous avez des exemples de votre art ?

— Regardez.

Il sort son téléphone et me montre une peinture du chef cuisinier qu'on a vu plus tôt – sauf que là-dessus, le vieil homme semble plongé dans ses pensées. Il se demande sûrement comment préparer le meilleur sushi du monde.

— Incroyable, dis-je, avant de fourrer enfin le morceau de sushi dans ma bouche.

Je laisse échapper un gémissement de plaisir involontaire.

Le regard d'Adrian se voile.

— C'est délicieux, hein ?

Je rougis encore plus que le saumon sur la table et hoche la tête.

Il fourre son morceau de sushi dans sa bouche et je ne sais pas si c'est pour se moquer de moi, mais il ferme les yeux aussi et grogne, exactement comme je l'imagine le faire quand il jouit.

Mlle Miller n'arrive pas à croire qu'une dame convenable ose entretenir une telle pensée.

— Goûtez le vivaneau œil doré, ensuite, suggère Adrian quand il rouvre les yeux.

Il fait un geste de sa baguette pour indiquer un sushi identique à celui qu'il vient de manger.

Je m'exécute et cette fois, je maîtrise mon gémissement, mais à peine. Ce sushi a un goût plus léger, avec une touche sucrée et une gourmandise indicible qui ne peut vouloir dire que deux choses : soit le chef assaisonne ses plats avec de l'héroïne, soit il a fait un pacte avec le diable.

En parlant de ce genre de pactes, je n'arrive pas à croire que j'ai oublié ce que m'a dit Adrian quelques minutes plus tôt – il m'a fait venir ici dans un but infâme.

Le vivaneau œil doré a soudain un goût de paille – un crime contre tous les sushis.

— De quoi vous vouliez me parler ? l'interrogeai-je

quand j'ai réussi à déglutir ma bouchée. Un truc privé, vous disiez ?

L'expression d'Adrian redevient sérieuse et il prend distraitement une autre création culinaire tout en rassemblant ses pensées.

— Qu'est-ce que vous avez lu à mon sujet ? s'enquiert-il après avoir avalé un sushi qu'il n'a pas l'air d'apprécier.

— Rien. Ça ne m'a pas paru convenable.

J'ai été *très* tentée, par contre.

— Je vois.

Il entrouvre les lèvres, me donnant envie de les mordiller.

— Je suppose que je vais devoir vous l'annoncer moi-même, reprend-il en grimaçant. À en croire les tabloïds, j'ai couché avec toute personne possédant deux chromosomes X.

Mlle Miller pense que le mot « débauché » résumerait la chose plus succinctement.

— Et ce n'est pas vrai ? m'enquiers-je.

Il pousse un soupir.

— Ce n'est jamais aussi extrême qu'ils le laissent entendre, et depuis récemment, je suis abstinent ; ce qui n'empêche pas ces articles ridicules.

Hmm.

— Si votre requête concerne une envie de mettre un terme à ce célibat…

— Non, répond-il d'un ton catégorique.

Un peu trop catégorique pour ne pas être insultant, si vous voulez mon avis.

— Je peux vous assurer que le sexe ne ferait pas partie de cet arrangement.

J'étrécis les yeux.

— Quel arrangement ?

Il grogne.

— Je m'y prends comme un pied, hein ?

— Je n'en ai aucune idée, dis-je d'un ton appuyé. Vu que je ne comprends toujours pas de quoi on parle.

— J'ai une fille, lâche-t-il.

Mlle Miller commence à soupçonner ce gentleman de chercher une préceptrice.

— C'est encore un bébé, continue-t-il. Vous aimez les bébés ?

Un sourire idiot s'étire sur mes lèvres.

— J'ai une sœur bien plus jeune que moi, et depuis que je suis née, je suis obsédée par les bébés. J'aime surtout les sentir, les câliner ou simplement les tenir.

— C'est super.

Il sort son téléphone, passe le doigt dessus et me le tend.

— Waouh, hoqueté-je en voyant la petite fille en question. Elle est vraiment adorable. Et je ne dis pas ça pour être polie. Elle pourrait jouer dans des pubs pour lait maternisé, ou tenir le rôle principal d'un reboot de *Allô maman, ici bébé*.

— Merci.

Il est si rayonnant de fierté que mon cœur de fille sans père se serre un peu d'envie, et qu'Adrian remonte un peu dans mon estime.

— Alors, compte tenu de votre expérience avec

votre sœur, est-ce que vous êtes douée pour vous occuper d'un bébé ?

— Je suis une vraie pro.

Devrais-je mentionner que je suis surqualifiée pour être nounou – vu que c'est le chemin que semble prendre cette discussion ? D'un autre côté, un milliardaire a sûrement les moyens d'embaucher une personne avec un doctorat en physique nucléaire à ce poste.

— Je ne comprends pas le rapport entre votre fille et votre réputation de débauché, ne puis-je m'empêcher de faire remarquer. À moins que vous ayez décidé de lui montrer le bon exemple ? Mais non. Elle est encore trop jeune pour se soucier de ce que vous faites. À moins que... vous essayiez d'éviter de faire plus de bébés ?

Cette dernière question le fait grimacer.

— Je n'essayais déjà pas de faire des bébés quand je n'étais *pas* abstinent. La mère de Piper, Sydney, m'a dit qu'elle portait un stérilet. Et j'utilisais toujours un préservatif.

Il prend un sushi surmonté d'un poisson jaune et le mâche un peu férocement.

— On dirait que Piper est un miracle, remarqué-je d'une voix douce. J'ai un stérilet, et le médecin m'a dit que c'était efficace à quatre-vingt-dix-neuf pour cent.

Adrian écarquille les yeux.

Zut. C'était trop personnel, comme info ?

Mlle Miller pense que ce sujet de conversation n'est jamais approprié, en bonne compagnie. Jamais.

Je rougis comme un homard bouilli et termine :

— Les préservatifs sont moins sûrs, mais les deux combinés auraient dû rendre une grossesse impossible.

Ce que je ne précise pas, ce sont les raisons de ma mère pour m'avoir fait mettre ce stérilet – pour m'empêcher de devenir une mère adolescente, comme elle. Pour sa défense, elle n'a jamais dit que ma naissance avait gâché sa vie, mais je pense pouvoir dire avec certitude que le stérilet le sous-entendait lourdement.

J'ai bien conscience de l'ironie de ma situation de vierge, et ma mère aussi – mais je ne compte pas parler de ça avec Adrian non plus.

En vérité, s'il existait un moyen de le faire avec délicatesse, Mlle Miller s'assurerait que le gentleman a conscience de sa vertu intacte.

Adrian parcourt des yeux le restaurant vide, puis murmure :

— Entre vous et moi, j'ai appris plus tard que cette histoire de stérilet était un mensonge.

— Elle a menti ?

J'en reste bouche bée, l'énormité de cette tromperie ébranle mon cerveau virginal.

— Oui, et même si je n'ai aucune preuve qu'elle a percé un préservatif, j'espère que vous comprendrez pourquoi je le soupçonne aussi.

— Pourquoi ferait-elle une chose pareille ? m'enquiers-je, incrédule.

— Il s'est avéré par la suite qu'elle voulait qu'on soit ensemble, explique-t-il avec un soupir. Mais j'espère que vous serez d'accord pour dire que ce n'était pas la meilleure façon de s'y prendre. Surtout sachant qu'on ne va pas du tout ensemble.

— Je ne sais trop que penser, dis-je. Elle veut votre argent ?

Il secoue la tête.

— C'est une héritière. Je crois qu'elle aime la façon dont tout le monde la verrait, si elle m'épousait.

— Je vois.

Je ne vois pas vraiment.

— Je ne comprends toujours pas ce que tout ça a à voir avec moi.

À moins qu'il s'agisse d'un boulot de nounou, auquel cas il m'en dit beaucoup trop.

— Sydney refuse de me laisser voir Piper à moins qu'on se marie, explique Adrian. J'ai prouvé ma paternité et je peux voir Piper de manière limitée, mais je veux obtenir la garde partagée. J'espère que vous trouverez ça raisonnable ?

— Bien sûr, acquiescé-je.

C'est le plus gros euphémisme de tous les temps. J'aurais tout donné pour que le donneur de sperme qu'était mon père ait envie de ça aussi.

— Je ne vois toujours pas…

— Ses avocats vont faire tout leur possible pour me faire paraître inapte à élever un enfant, à notre audition, dit-il. Il y a de fortes chances pour qu'ils utilisent mon prétendu « comportement dévergondé »… et c'est là que vous entrez en jeu.

— Je ne comprends toujours pas.

Il veut que je lui apprenne comment se retenir de coucher à droite à gauche ? Et je suis qualifiée pour ça parce que je suis vierge ?

— Si je me mariais… et si je donnais l'impression d'être fou amoureux… ça renverrait une impression de stabilité.

Non.

Il n'est pas sérieux.

Il repose ses baguettes.

— À en juger votre expression, vous avez compris ce que je voulais, dit-il d'une voix pleine d'inquiétude. Et maintenant, vous arborez un air dégoûté.

Je rougis encore.

— Ce n'est pas du dégoût. Je suis plutôt mortifiée.

Ses épaules s'affaissent.

— Ce n'est pas beaucoup mieux.

— Je ne dis pas non… même si vous ne m'avez encore rien demandé.

— Oh.

Il se redresse, les yeux pétillants d'espoir.

— Dans ce cas-là, laissez-moi vous poser officiellement la question.

Il se lève de sa chaise et se met sur un genou.

— Jane Miller, me feriez-vous l'honneur de faire semblant de m'épouser ?

Ouais. J'avais raison, mais tant qu'il n'avait pas dit les mots, ça pouvait encore n'être qu'un malentendu.

Maintenant, tout est clair comme de l'eau de roche.

Je vais faire un mariage arrangé… avec un débauché.

CHAPITRE 8

Adrian

C'est officiel. Les émotions sur le visage de Jane sont plus difficiles à déchiffrer que celles de Mona Lisa.

Je me sens soudain idiot, ainsi agenouillé, alors je me rassois sur ma chaise et fais de mon mieux pour savourer un morceau de thon rouge pendant que Jane rassemble ses idées.

— Écoutez, commence-t-elle, ses baguettes planant au-dessus d'un morceau d'ahi. Je trouve ça admirable, que vous vouliez faire partie de la vie de votre fille…

— Mais ? demandé-je avec un soupir.

— Mais pourquoi voudriez-vous m'épouser, *moi* ?

Elle referme ses baguettes sur le sushi et le dépose sur son assiette.

— Ce ne serait pas plus réaliste d'engager une mannequin célèbre, pour ce rôle ? Il n'y a pas un genre de marché matrimonial, chez les gens comme vous ?

Un marché matrimonial ? On dirait le frère obsédé par le mariage de Walmart.

— Quand je vous ai vue dans ce costume à la boutique, je vous ai imaginée dans le tribunal, et je me suis dit que vous seriez parfaite, dis-je en toute franchise. Il y a quelque chose de respectable, chez vous. De convenable. Quelque chose qui ne hurlerait pas « elle n'est avec lui que pour l'argent ».

— Merci ? hésité-je. Je crois.

Ai-je encore mis les pieds dans le plat ?

— C'était vraiment un compliment, lui assuré-je. Vous êtes un genre de femme que je n'ai encore jamais vu, alors il devrait être plus facile de faire croire aux gens que je me suis mis en couple avec *vous* qu'avec une mannequin ou une actrice.

— Encore une fois, ça ne ressemble pas vraiment à un compliment.

Elle sépare distraitement le poisson du riz sur son sushi, et j'espère que le chef ne verra pas ce sacrilège, ou il risquerait de me bannir.

— Encore une fois, je vous assure que je disais ça comme un compliment, dis-je. Je vous le jure.

— Très bien.

Elle se mordille la joue.

— Je ne voudrais pas paraître indélicate, sachant que la garde de votre fille est en jeu et que je compatis, mais… pourquoi est-ce que j'accepterais ce faux mariage ? demande-t-elle avant de fourrer enfin l'ahi torturé dans sa bouche.

Très bien. Nous sommes sur mon territoire, maintenant.

— Vous allez m'épouser parce que je suis prêt à vous payer dix millions de dollars pour ça.

Je croyais que les gens ne recrachaient ce qu'ils ont dans la bouche que dans les films, mais c'est exactement ce qu'elle fait. Son poisson à moitié mâché retombe dans son assiette.

Si le chef avait vu *ça*, il aurait peut-être commis le seppuku avec son yanagiba le plus affûté.

— Désolée pour ça, marmonne-t-elle.

Elle remet le sushi dans sa bouche et l'avale sans mâcher.

— Vous m'avez prise par surprise avec ce montant indécent.

Je hausse les épaules.

— Je sais que je vous demande un truc dingue, et qui mettra trois ans à se résoudre.

— Ah, dit-elle.

— Oui, acquiescé-je. Trois ans sans pouvoir sortir avec personne.

— Oh.

Elle prend son verre d'eau et en boit une gorgée.

— Raison pour laquelle ça ne me dérangera pas si vous voulez une somme plus élevée.

Je sens qu'elle est sur le point de recracher à nouveau ce qu'elle a dans la bouche, mais elle se retient à temps.

— Ce montant suffira, assure-t-elle. À supposer

qu'on se mette d'accord sur ce que vous entendez par « faire semblant » dans le contexte de ce mariage.

Oserais-je espérer qu'elle envisage d'accepter ?

— Comme j'ai essayé de le dire tout à l'heure, aucune intimité ne serait requise, m'empressé-je de la rassurer. Mis à part quelques démonstrations d'affection pour laisser une trace numérique, peut-être.

Merde. Elle s'est remise à rougir. J'aurais dû garder cette histoire de démonstrations d'affection pour plus tard, quand elle aurait dit oui.

— Il faudrait se mettre d'accord à l'avance sur ce qu'on fera ou ne fera pas, suggère-t-elle.

Ouf.

— Bien sûr. Je pense qu'on devrait faire établir deux contrats. Un secret, qui précisera les détails tels que les démonstrations d'affection, et un contrat prénuptial standard dont le monde pourra connaître l'existence, et qui déterminera que si nous divorçons au bout de trois ans de mariage, vous repartirez avec dix millions de dollars. La raison de notre divorce sera stipulée dans notre contrat secret – quelque chose qui paraîtrait plausible, comme des valeurs différentes s'agissant d'élever un enfant, ou quelque chose comme ça.

— Et vous conserverez la garde même si on divorce ? s'enquiert-elle.

Je hoche la tête.

— Une fois que l'enfant sera habituée à passer du temps avec moi, la cour ne voudra pas la perturber. Bob, mon avocat, pense que deux ans devraient suffire, mais j'ai décidé de partir sur trois pour être sûr.

Elle rougit encore.

— Et juste pour que ce soit clair… on ne pourra sortir avec personne durant cette période ?

Merde.

— Je suis vraiment désolé. J'ai complètement oublié de vous demander si vous étiez célibataire. Si ce n'est pas le cas et que vous voulez voir votre petit ami en parallèle, ce serait un problème, alors…

— Ce n'est pas ça, répond-elle. Plutôt l'opposé, en quelque sorte.

Je l'observe, perplexe.

La couleur que nous appelons « rouge » est en réalité un rayonnement électromagnétique à une longueur d'onde entre 625 et 740 nanomètres, et les joues de Jane semblent traverser tout le spectre avant qu'elle articule d'une voix étranglée :

— J'ai vingt-trois ans, et je ne suis jamais passée à l'acte.

Waouh. Je ne sais pas quoi répondre – mis à part les solutions très inappropriées que me propose Yoda, telles que « Le problème, je peux régler ».

— Quinze millions ? proposé-je.

C'est le mieux que je puisse trouver.

Elle n'a pas l'air de m'entendre. Ses joues passent en infrarouge et elle ajoute :

— Dans trois ans, j'aurai vingt-six ans… et j'espère que j'aurai connu mon GD, d'ici là.

— Je suppose que vous ne parlez pas du Gadolinium, un élément terrestre rare dont le numéro atomique est soixante-quatre ?

Quoi ? Pourquoi prendre la peine de parler si c'est pour dire des absurdités pareilles ?

Jane rougit encore – une drôle de réaction à mon anecdote alchimique de geek.

— GD signifie Grand Dépucelage, murmure-t-elle. Et pas des lettres du tableau périodique.

Bordel. Yoda est en train de se transformer en Hulk.

— Vingt millions ? hasardé-je.

— Je n'arrive pas à croire que je viens de vous parler de mon GD, lâche Jane. Je n'en parle jamais avec personne. Jamais.

— Voyez le bon côté des choses, dis-je. En parler vient de vous rapporter dix millions de plus.

Elle secoue la tête.

— Je ne peux pas accepter une telle somme. Pas alors que vous essayez juste d'être un bon père.

— Je n'accepterai pas votre aide sans une compensation adéquate, dis-je d'un ton ferme. Pour moi, vingt millions, c'est l'équivalent de trois mois de salaire d'une personne moyenne.

— Mais pour moi, c'est une fortune, proteste-t-elle d'un ton buté.

— Ce qui me fera me sentir moins coupable à l'idée de vous priver de votre GD pendant trois années de plus, et de vous soumettre à toutes les migraines inattendues que cet arrangement provoquera.

Elle garde le silence, plongée dans ses pensées, et prend distraitement un sushi surmonté d'un morceau de saumon chinook – par le plus grand des hasards, ce dernier est assorti à la teinte actuelle de ses joues qui n'arrêtent pas de changer de couleur.

— OK, répond-elle quand elle a fini de déglutir.

— OK... vous voulez dire que vous acceptez ma proposition ?

Elle esquisse un faible sourire.

— Vous n'allez pas vous remettre à genou, hein ?

— Je le ferai si ça peut vous aider, dis-je.

Je me lève, prêt à me mettre en position.

— Pas la peine, assure-t-elle.

Je me rassois. Puis sur un coup de tête, je prends sa main fine dans la mienne et la maintiens en l'air devant moi.

— Jane Miller, me ferez-vous l'honneur de devenir ma femme ?

Cette fois, je n'oublie pas de sortir la boîte à bijoux de ma poche gauche, celle qui contient la bague de fiançailles que mon père a offerte à ma mère vingt-huit ans plus tôt.

Quand elle voit la bague, les yeux de Jane deviennent embués, et une pointe de culpabilité me serre la poitrine à l'idée d'embarquer une femme innocente là-dedans.

— Oui, hoquette-t-elle.

Je glisse la bague à son doigt – et comme un signe de l'univers, elle est parfaitement à sa taille, comme si elle avait été faite sur mesure pour Jane.

CHAPITRE 9
Jane

Je regarde mon doigt, stupéfaite.

Je suis fiancée.

Moi.

À un milliardaire.

Qui va croire ça ? C'est aussi plausible qu'une femme de chambre fiancée à un pair du royaume.

Mlle Miller a des palpitations.

— Qu'est-ce que je vais dire aux gens ? demandé-je, les yeux toujours rivés sur la bague.

Elle semble sortie tout droit d'un conte de fées.

— Excellente question, répond Adrian. On doit se mettre d'accord sur notre histoire, et s'y tenir.

Je lève enfin les yeux.

— Une histoire ?

Il sourit.

— Les gens ont beau me considérer comme un bon parti, ils auront des soupçons si on leur dit que vous avez accepté de m'épouser le jour de notre rencontre.

— Je n'en suis pas si sûre, dis-je, les joues brûlantes. Mais l'inverse n'est pas plausible du tout, c'est sûr.

Au mieux, un membre de l'élite peut faire d'une domestique sa maîtresse, mais pas son épouse.

Adrian fronce les sourcils.

— Vous vous sous-estimez.

Ma poitrine me paraît soudain légère et flottante.

— C'est comme ça qu'opèrent les débauchés comme vous, en général ? Pas étonnant que ça fonctionne.

— Vous venez de me traiter de débauché ? demande-t-il avec un petit rire.

Je ricane.

— C'est un terme souvent employé dans les romans historiques. C'est un synonyme de « coureur de jupons », mais en plus classe.

— Ah. Dans ce cas-là, l'époque où j'étais un débauché est révolue. Tout comme celle où j'étais un déguenillé, un détesté ou un dédaigné.

Malgré ses mots, il affiche un sourire canaille et passe la main dans ses longs cheveux sombres, qui sont tout aussi canailles.

— En fait, je savais déjà ce qu'est un débauché, ajoute-t-il. Et vous devez bien admettre que les débauchés de romans historiques sont généralement détestés.

Ouais. C'est ça. Bien sûr qu'il savait.

— Revenons-en à l'histoire de notre rencontre, suggéré-je.

Je prends mes baguettes et récupère une bouchée

sur le plateau à sushis géants, fière de voir que mes mains ne tremblent pas… ou pas beaucoup.

— Très bien, acquiesce-t-il en prenant lui aussi un sushi. Nous nous sommes rencontrés comme aujourd'hui, ce sera plus facile de s'en souvenir. Par contre, c'était il y a six mois. À cause de ces foutus tabloïds, vous vouliez que notre couple reste secret tant que vous ne seriez pas certaine que j'étais repenti et que c'était du sérieux entre nous. Mais maintenant, nous sommes prêts à parler de notre relation, puisque nous nous sommes fiancés et que vous vous apprêtez à emménager avec…

— Je vais quoi ?

Mes baguettes et mon sushi tombent dans mon assiette avec un claquement.

— Eh bien, oui, répond-il. Si on doit se marier bientôt, il serait logique qu'on essaie de vivre ensemble. Je suis désolé. Je supposais qu'on vivrait chez moi, mais…

— Ce n'est pas l'emplacement qui me surprend, l'interromps-je. C'est le fait qu'on vive sous le même toit. C'est assez dingue.

Il penche la tête.

— Vous pensiez qu'on allait se marier et vivre séparément ?

Je pousse un soupir.

— Je n'avais pas réfléchi aussi loin, je suppose.

Il me regarde avec inquiétude.

— Votre compensation est toujours négociable.

Je serre les dents.

— Vous voulez bien arrêter avec ça ? Je ne vais pas vous faire faux bond, j'essaie juste de digérer tout ça.

— Je sais que ça fait beaucoup à encaisser, répond-il. Mais pour ce que ça vaut, mon appartement est très sympa, et l'immeuble dispose d'excellentes commodités.

— Un appartement somptueux de milliardaire qui est « très sympa » ? Quelle surprise.

Je n'arrive pas à croire que j'ai refusé d'aller chez lui un peu plus tôt et que maintenant, je m'apprête à emménager là-bas sans même l'avoir vu.

— Vous pourrez venir le visiter aujourd'hui, propose-t-il comme s'il lisait dans mes pensées. Pour vous assurer que ce ne sera pas un frein.

Je secoue la tête, mais ça n'éclaircit pas mes idées pour autant.

— Vous pensez vraiment que les gens vont croire qu'on est en couple ?

— Pourquoi pas ? s'étonne-t-il. Il faudra juste qu'on soit vigilants, qu'on apprenne tout ce qu'il y a à savoir l'un sur l'autre et qu'on détermine les détails de notre « flirt secret ».

— À ce propos, dis-je en me massant les tempes. Vous attendez de moi que je mente à ma famille ?

En parlant de famille... il est peut-être assez fou pour vouloir épouser quelqu'un bien au-dessous de son rang, mais ses parents vont sûrement piquer une crise.

Il hausse les épaules.

— Vous pensez qu'ils y croiront ?

— Aucune chance, dis-je. Ma mère est ma meilleure amie et on se dit tout, même si je le regrette parfois.

— Ça doit être cool, remarque-t-il, son regard devenant distant. On peut lui dire la vérité, alors, mais laissez-moi d'abord la rencontrer, pour voir si elle est aussi digne de confiance que vous.

— Et pour vos parents ? l'interrogé-je.

L'éclat malicieux toujours dans ses yeux argentés disparaît.

— Ils sont morts dans un accident.

Oh, mon Dieu. Comment ai-je pu être aussi maladroite ? Les indices étaient là, maintenant que j'y réfléchis. Le pire, c'est que me je sens brièvement soulagée à l'idée de ne pas avoir à affronter la désapprobation de ses parents issus de la crème de la crème. Ce soulagement est suivi par un élan de culpabilité assez puissant pour tuer un cheval de course.

— Je suis désolée.

— Ce n'est pas votre faute si mes parents sont montés sur ce foutu yacht, répond-il d'une voix plate.

— Je n'en suis pas moins désolée que ça vous soit arrivé, répété-je en couvrant machinalement sa main de la mienne.

— Arrêtez de vous excuser, répond-il fermement. Il fallait que vous le sachiez, ça fait partie des trucs que vous devez connaître à mon sujet. Mes parents sont morts depuis cinq ans. Ils m'ont eu assez tard, alors de manière hypothétique, je savais que je les perdrais plus tôt que quelqu'un dont les parents sont plus jeunes, mais je ne m'attendais pas à ce que ça arrive comme ça ni aussi tôt.

Je lui caresse gentiment la main.

— Vous n'êtes pas obligé de m'expliquer tout ça maintenant.

Il secoue la tête.

— J'étais fils unique, pareil pour mes parents. Mes grands-parents des deux côtés sont morts de vieillesse quand j'étais trop jeune pour le comprendre. Piper est ma seule famille encore en vie.

Mon cœur se serre douloureusement. Il n'essaie pas seulement d'être un bon père pour Piper. Il veut se rapprocher de ce qui lui reste de famille.

— Je ferai tout ce qui est nécessaire pour vous aider à la récupérer, promets-je d'un ton solennel. Absolument tout.

CHAPITRE 10

Adrian

Je dois mobiliser toute ma volonté pour ne rien faire de stupide, comme essayer à nouveau d'embrasser Jane. C'est à cause de cette tristesse que j'éprouve à chaque fois que je parle de mes parents, et de la douceur de la petite main rassurante de Jane. Sans parler de ses paroles sincères.

Mais je suis bien content de réussir à garder mon sang-froid. Si je l'embrasse – ou si je fais quoi que ce soit d'autre du même genre – ça réduira à néant tout ce que j'ai accompli aujourd'hui. À chaque fois que je suis sorti avec quelqu'un, nous avons rompu dès que la femme en question a appris à mieux me connaître – et ce serait pareil avec Jane, sauf que dans ce cas précis, une rupture serait désastreuse.

Sans oublier que mes fantasmes sont présomptueux. Jane ne voudrait sûrement même pas de moi. Elle m'a qualifié de « débauché », après tout, ce qui n'a rien d'un compliment. Et même si elle m'apprécie pour l'instant, elle perdra tout intérêt pour moi dès qu'elle verra que je suis complètement dans le flou s'agissant de la direction que je veux faire prendre à ma vie. Contrairement à moi, elle était focalisée sur son objectif de bosser dans cette bibliothèque – autrement dit, c'est un truc auquel elle accorde de l'importance.

Quoi qu'il en soit, je n'ai aucune envie d'envisager de sortir avec qui que ce soit tant que mes efforts pour récupérer Piper n'auront pas été couronnés de succès. J'ai encore moins envie de sortir avec une femme qui veut un Grand Dépucelage. Je ne peux pas être le bon type pour ça. Cet honneur revient à l'homme dont elle tombera amoureuse, et qui l'aimera en retour.

— Vous voulez apprendre quelque chose sur moi ? suggère Jane, me ramenant sur terre.

— Je vous écoute, dis-je en ôtant doucement ma main de la sienne. Parlons de votre famille. Jusqu'ici, vous avez mentionné votre mère et meilleure amie, ainsi qu'une sœur beaucoup plus jeune.

— C'est ça, acquiesce-t-elle. J'ai aussi une grand-mère, la mère de ma mère, qui vit en Floride. Mon père ne fait pas du tout partie de ma vie, alors je ne peux pas vous dire grand-chose sur lui ou ce côté de ma famille.

— Je vois.

Devrais-je préciser que je pense que son père est un connard ?

— Le point positif, c'est que ça fera moins de gens à qui mentir, continue-t-elle. Mary, ma sœur, croira qu'on sortait ensemble en secret, et Grand-mère aussi.

Vous pourrez faire signer un accord de non-divulgation à ma mère. Elle est terrifiée par les avocats, vous pouvez être sûr qu'elle ne dira rien.

Elle fronce les sourcils.

— Je suis étonnée que vous ne m'en ayez pas fait signer un aussi, avant de m'exposer tout votre plan.

— Vous semblez digne de confiance, dis-je avec un clin d'œil. Et puis je ne pensais pas que vous accepteriez de signer quoi que ce soit sans explication. C'est déjà un miracle que vous ne vous soyez pas enfuie en voyant le restaurant vide.

Elle sourit.

— C'est pas comme si quelqu'un allait me croire, si je lui disais que vous voulez m'épouser.

Je soupire.

— Vous continuez de vous sous-estimer.

Elle agite la bague à son doigt.

— Je suppose que les gens me croiront, quand vous aurez annoncé à tout le monde qu'on est fiancés.

— OK, vous avez gagné, dis-je. Notre contrat secret sera assorti d'une section de non-divulgation.

— Merci, fait-elle d'un ton sarcastique. Vous devriez aussi me menacer avec vos avocats hors de prix.

— Dire que mes avocats sont des requins serait les faire paraître plus mignons et câlins qu'en réalité, dis-je en conservant une expression sérieuse. Et je ne vous parle même pas de Bob. Il ressemble littéralement à un ratel.

— Merveilleux. Bientôt, vous allez me dire que vous pouvez aussi vous payer un assassin.

— Pourquoi prendre cette peine quand mes avocats peuvent vous faire regretter de ne pas vous être fait assassiner ?

Elle glousse, mais nerveusement, alors j'ajoute :

— Je vous donnerai un million avant la signature du moindre contrat. Comme ça, vous pourrez embaucher votre propre avocat requin pour tout passer en revue.

Elle lève les yeux au ciel.

— Vous optez toujours pour la solution la plus coûteuse, hein ?

— Non, dis-je. J'aurais pu acheter une île privée pour le repas d'aujourd'hui, et vous faire prendre un jet privé pour vous y rendre, aussi acheté pour l'occasion. Je n'ai pas fait ça.

— Oh, ça a dû vous demander tellement de retenue, raille-t-elle en pressant une main sur sa poitrine.

Au moment où j'ouvre la bouche pour rétorquer, j'entends un coup sourd contre les portes du restaurant, puis elles s'ouvrent et Léo accourt à l'intérieur, sa laisse pendant derrière lui.

Qu'est-ce qu'il fout là, bordel ?

Quand il me voit, Léo se précipite et tente de me convaincre de le caresser – en se plaçant sous notre table.

Je suis si content de te voir. Non, je suis aux anges. Non, fou de joie. Ma queue me fait mal tant je la remue.

Merde.

La petite table se renverse, le plateau tombe au sol et des sushis volent dans tous les sens.

Jane bondit sur ses pieds, craignant sans doute d'être à nouveau taclée au sol.

Mais elle n'avait pas à s'en faire. Quand Léo repère les sushis, il nous oublie tous les deux et commence à se repaître comme s'il était affamé depuis un mois.

— Comment tu es arrivé ici ? demandé-je.

Léo lève la tête de sa tâche acharnée et tente de prendre un air innocent – ce qui n'est pas facile, quand votre visage est couvert de riz et de poisson que vous venez de renverser par terre.

Je passais juste dans le coin. Je t'ai senti. Je me suis dit que j'allais passer te dire bonjour.

— Vous avez oublié de le nourrir ? demande Jane.

— Bien sûr que je l'ai nourri, dis-je. Tout comme sa dog-sitter, j'en suis sûr.

À ce moment précis, Itamae-san sort de la cuisine en courant. La fureur sur son visage me rappelle les masques menpō que portaient les samouraïs pour insuffler la peur dans le cœur de leurs ennemis.

Quand il voit cette expression, Léo cesse de manger, gémit et se cache derrière moi.

Je n'ai rien fait. J'ai été piégé par un chat... d'où tout ce poisson.

— Je te l'ai déjà dit un tas de fois. Tu ne peux pas amener un chien dans mon restaurant, s'exclame Itamae-san en japonais. Je me fiche que tu sois riche !

— Je ne l'ai pas amené, dis-je. Il...

— La ferme ! s'écrie Itamae-san. Prends ton animal et sors d'ici !

Jane

— **O**n doit partir, m'annonce Adrian quand le chef a fini de hurler.

Gênée même si rien de tout ça n'était ma faute, je me dirige vers la porte – et rentre dans une femme assez sublime pour être mannequin.

Quand il remarque la femme, Adrian plisse les yeux.

— Tu avais un job : surveiller le chien.

C'est elle, sa dog-sitter ? Ça veut dire qu'il la voit souvent ? Je ne me pose pas ces questions parce que je suis jalouse. Mais j'ai le sentiment que c'est le genre de trucs dont une future femme devrait être au courant, non ?

— Je suis désolée, dit la mannequin. Je crois que c'était un hold-up prémédité. Il m'a menée jusqu'ici, avant de m'arracher la laisse de la main.

Le chef hurle quelque chose d'un ton encore plus furieux et Adrian nous pousse tous dehors. Une fois qu'on est sortis, il lance un regard sévère à Léo.

— C'est mon restaurant de sushis préféré. Et je vais sûrement en être banni, maintenant.

Léo a l'air penaud – plus que d'habitude, en tout cas.

— Je suis vraiment désolée, dit la femme sublime. Je...

— Jane, je te présente Tiffany, dit Adrian. Tiffany, Jane est ma fiancée... depuis aujourd'hui.

Il lance un regard appuyé à Tiffany. Cette dernière hoquette.

— C'était votre dîner de fiançailles ?

J'éprouve une certaine satisfaction possessive quand je lui montre la bague à mon doigt – ce qui est ridicule, sachant que nos fiançailles sont fausses et que je ne sais même pas si elle avait des vues sur Adrian.

— Je suis vraiment désolée, dit-elle. Si j'avais su, je ne l'aurais même pas promené.

Adrian soupire.

— Ce n'est rien. Rentre chez toi. Je m'occupe de lui.

— Je suis virée ? demande-t-elle.

— Non, répond Adrian. Mais tu vas beaucoup m'entendre me plaindre, si Itamae-san ne me laisse jamais revenir.

Elle lui adresse un sourire éblouissant.

— Ça me va.

Puis elle se retourne et s'éloigne en faisant cliqueter ses talons – quelle personne saine d'esprit promène un chien en hauts talons ?

— Donc, reprend Adrian une fois que nous sommes seuls. Sacrée histoire.

— C'est sûr, dis-je. Il n'y a qu'un milliardaire pour se faire expulser du restaurant de sushis le plus cher du monde.

Adrian regarde la porte du restaurant avec regret.

— Je vais peut-être me voir obligé d'acheter ce bâtiment, avant de m'en servir comme moyen de pression pour convaincre Itamae-san de me laisser commander à emporter, au moins.

— Je perçois déjà un gros problème dans notre relation, remarqué-je. Je ne sais pas du tout si c'était une blague ou pas.

Adrian sourit, puis regarde Léo d'un air sévère.

— Tu vas être sage pour le reste de la journée ?

Léo rend son regard à son humain, l'air si candide qu'on pourrait croire que c'est le jumeau diabolique du chien qui a presque ravagé le restaurant une seconde plus tôt. Ou un mouton renégat, peut-être.

— Je serai sage, répond Adrian/Léo de cette voix plus aiguë et accélérée. Et félicitations, Jane. Quand je t'ai sentie ce matin, j'ai su qu'Adrian et toi feriez un couple parfait.

Je grimace à ce souvenir.

— Quelle race de chien es-tu ? demandé-je à Léo, avant de me sentir bête et de me tourner vers Adrian.

— Je suis un loup-caniche, répond « Léo ».

Je pouffe de rire.

— Ce n'est pas une vraie race.

— Ma mère était un chien-loup irlandais, répond Léo. Et mon père un caniche royal… raison pour laquelle je n'aime pas les Britanniques et mange d'énormes quantités de pommes de terre… en gratin.

— Ah, dis-je. Moi qui croyais que le cockapoo était le croisement de race au nom le plus marrant. Je me trompais, de toute évidence.

Mlle Miller pense qu'une dame ne devrait jamais prononcer des mots comme « cockapoo ».

— Tu ne trouves pas que Bossi-poo est encore pire ? demande Léo. Ou pomapoo, ou peekapoo, ou shihpoo, ou sheepadoodle ?

— Je pense que si quelqu'un devait être qualifié de sheepadoodle[1], ce serait Léo, dis-je. Vu qu'il ressemble en tous points à un mouton, *sheep* en anglais.

— Mon préféré, c'est le doodleman[2], dit Adrian. On dirait un nom de superhéros qui combat le crime avec ses gribouillis.

Je souris.

— Moi, c'est le huskypoo[3]. Ça ressemble à ce qui arrive quand on est très, très constipé.

Mlle Miller vient d'avoir des vapeurs.

L'estomac d'Adrian gargouille. Mon sourire s'élargit.

— On devrait trouver autre chose à manger.

— Tu veux venir chez moi ? suggère Adrian. J'ai des restes du repas que j'ai préparé l'autre jour.

---

1. Croisement entre un bobtail et un caniche.
2. Croisement entre un doberman et un caniche. « Doodleman » peut être traduit littéralement par « homme-gribouillis ».
3. Croisement entre un husky et un caniche. « Huskypoo » peut être traduit littéralement par « traîneau-caca ».

— D'accord, me surprends-je à répondre. Allons-y.

Mlle Miller considère qu'aller chez un gentleman non marié sans chaperon revient à accepter de travailler dans un bordel.

— J'adore l'architecture de New York, dit Adrian en regardant autour de lui avec une excitation que je me serais attendue à voir sur le visage d'un petit garçon sur une aire de jeux.

— Ah oui ? Pourquoi ?

— C'est l'une des plus belles du monde, répond-il avec révérence. Prends cet immeuble, par exemple.

Il indique le gratte-ciel sur notre gauche.

— Il a été construit peu après la Deuxième Guerre mondiale, et c'était la première fois que certaines techniques étaient utilisées.

— Quelles techniques ?

Il m'explique, mais je n'y comprends pas grand-chose, vu que le peu que je connais à l'architecture, je l'ai glané en lisant *La source vive*, d'Ayn Rand, à l'école. Évidemment, j'étais bien plus concentrée sur l'intrigue amoureuse secondaire que sur le reste.

Mais ça lui fait plaisir de m'expliquer, alors je hoche la tête et le laisse parler, n'écoutant que d'une oreille.

J'essaie de ne pas avoir la sensation de rentrer avec un homme après le premier rencard.

Mon côté rationnel (mon cerveau) sait que ce n'est pas un rencard et qu'Adrian n'est pas n'importe qui. Par contre, le reste de moi (mon intimité ?) a le sentiment qu'on est en route vers mon GD – ce qui ne pourrait être plus éloigné de la vérité.

Vingt dieux. Si je n'ai pas encore perdu ma virginité, c'est en partie parce que je suis trop maligne pour faire confiance aux hommes, encore moins pour leur confier mon cœur. Cette méfiance est redoublée avec les débauchés, en général, et encore plus pour ceux que je trouve attirants, comme Adrian. Les débauchés sont la plus grande différence entre les romances historiques et la réalité. Dans les romans, les repentis font les meilleurs maris, mais dans le monde réel, ils disparaissent de la vie de leurs filles, et on n'entend plus jamais parler d'eux.

— Désolé, dit Adrian. Je t'ennuie avec toutes ces anecdotes architecturales ?

Je secoue la tête.

— Non. C'est intéressant, à vrai dire. Tu es architecte ?

— Si ce que tu veux savoir, c'est si j'ai déjà conçu des bâtiments avant de faire en sorte qu'ils soient construits, alors oui, répond Adrian. Si tu parles de quelqu'un qui gagne sa vie en concevant des structures pour des bâtisseurs à plein-temps, alors non.

— Les langues, la peinture, la musique, la ventriloquie, énuméré-je en baissant les yeux sur Léo. Et maintenant l'architecture. Quoi d'autre ? Est-ce que tu jongles sur ton temps libre ? Est-ce que tu élèves des sangsues médicinales ? Est-ce que tu trais des serpents ?

Il émet un petit rire.

— Le terme « traire un serpent » est-il une métaphore d'autre chose ?

Des images d'Adrian en train de se caresser le sexe envahissent ma tête, et je deviens écarlate.

— Quel est ton bâtiment préféré ? lâché-je pour couvrir ma réaction.

— Le Seagram Building, répond-il sans hésiter. Si tu ne parlais pas de mes propres œuvres, en tout cas.

Je regarde autour de moi.

— Il est où ?

— Le Seagram ? Sur Park Avenue, répond-il avant de sortir son téléphone. Il ressemble à ça.

— Ah, dis-je sans prendre la peine de dissimuler ma déception. Je l'ai déjà vu. Qu'est-ce qui le différencie des autres gratte-ciels ?

Il m'explique, mais une fois encore, les subtilités architecturales me passent au-dessus de la tête.

— On est arrivés, dit Adrian quand nous approchons d'un gratte-ciel qui, de mon point de vue, est bien plus impressionnant que la photo qu'il m'a montrée.

Sa structure en acier lui donne un côté très masculin, même si je suis sûre qu'il existe un terme architectural plus adapté pour décrire ça.

— Je vis dans le penthouse tout en haut.

J'émets un sifflement.

— Je croyais que c'était un immeuble commercial, avec des bureaux et tout ça.

Il hausse les épaules.

— C'est aussi ça. Quand je l'ai conçu, je…

— Une seconde, l'interromps-je, bouche bée. C'est *toi* qui as conçu ce bâtiment ?

— Oui, acquiesce-t-il, la nostalgie se peint sur ses traits. Ça m'a même valu un rare signe d'approbation de la part de mon père. Jusqu'à ce qu'il apprenne que je ne comptais pas continuer sur cette voie et devenir architecte, ni ouvrir ma propre agence d'architecture.

Cette remarque semble cacher quelque chose de plus profond, mais je n'ai pas envie de me montrer trop curieuse.

Léo tire Adrian vers une bouche d'incendie étincelante, sur le trottoir près de l'immeuble.

— Bien sûr, dit Adrian avec un sourire, avant de m'expliquer. J'ai fait mettre ça là pour lui.

Ouais. Léo se dirige vers la bouche d'incendie, lève la patte arrière presque à ma hauteur et fait sa petite affaire, l'air si fier de lui qu'on croirait qu'il est en train de se faire adouber par la Reine.

— Un bon repas de sushis, avant de me vider la vessie, ajoute Adrian avec la voix de Léo et une bonne dose de satisfaction. Je n'ai plus qu'à attraper un écureuil et séduire une caniche femelle, et ma vie sera comblée.

Mlle Miller est mortifiée. Même le chien de ce prétendu gentleman est un débauché.

— Allons-y, dit Adrian en me menant dans le lobby.

Pour une raison inconnue, plus de la moitié des agents de sécurité de cet immeuble sont des femmes — ce qui est un bon point pour la personne en charge des embauches, je suppose. Je trouve un peu bizarre que la plupart soient magnifiques, mais je suis sûre que je suis juste parano, parce que certaines d'entre elles reluquent Adrian d'un air appréciateur.

— Salut, lance ce dernier à tout le monde. Voici Jane Miller. Veuillez l'ajouter à la liste permanente des visiteurs approuvés.

La femme la plus grande entre quelque chose sur son ordinateur pendant que j'admire les œuvres d'art qui ornent les murs – des peintures, des statues, des fresques et ainsi de suite, toutes plus belles les unes que les autres.

— Ce sont toutes des œuvres de M. Westfield, dit la femme de grande taille quand elle lève les yeux de son ordinateur.

Je regarde Adrian, bouche bée. Il sourit.

— Je plaide coupable… et grâce à Susan, je n'ai même pas eu besoin de me vanter.

— Alors tu es aussi sculpteur ? m'enquiers-je. Et tu fais des fresques ?

— Je bricole, répond Adrian avec fausse modestie.

— Tenez, dit Susan en me tendant une carte magnétique. Vous devez aussi trouver un mot de passe.

Elle tourne son écran pour me le montrer, avant de glisser le clavier devant moi.

Je range la carte d'identification dans ma poche, puis j'entre le mot de passe que j'utilise partout depuis que je suis ado : LesAilesDeMinuit. C'est une référence à mon roman préféré, *Les Ailes de la Nuit*, de Lisa Kleypas, je ne risque donc pas de l'oublier.

— Ce mot de passe n'est pas assez fort, dit Susan en voyant ce que j'ai écrit. Les mots de passe ne doivent contenir aucun mot reconnaissable. Il doit y avoir au moins un caractère spécial, ainsi que…

— Que dites-vous de ça ?

Je remplace chaque « i » par un point d'exclamation – une ruse que j'emploie chaque fois que nécessaire.

Elle fronce les sourcils.

— C'est mieux, mais…

— C'est pour quoi faire, d'ailleurs ? m'enquiers-je.

— Mon ascenseur privé, intervient Adrian. L'équipe de sécurité n'est pas là la nuit, mais grâce à la carte d'identification et le mot de passe, tu pourras aller et venir quand tu le voudras.

Il se tourne vers Susan et ajouta :

— Son mot de passe suffira. Mon appartement n'est pas non plus Fort Knox.

Il pose délicatement la main au bas de mon dos et me guide vers l'espèce de scanner.

Le contact de sa main me laisse sans voix. Je scanne ma nouvelle carte et teste mon nouveau mot de passe, les doigts tremblants. Puis je me laisse entraîner dans l'ascenseur chic.

Les portes coulissent et je hume le parfum enivrant de l'eau de Cologne d'Adrian – bois, miel et mandarine. Jusqu'à ce que je perçoive une odeur de grange. Un mouton mouillé ? Ça vient de Léo.

— Tu veux voir mes studios ? propose Adrian, le doigt planant au-dessus du bouton de l'avant-dernier étage. Ou tu préfères qu'on aille directement dans mon logement ?

Il déplace son doigt vers le bouton du penthouse.

— C'est toi qui es affamé, lui rappelé-je. À toi de décider.

Il appuie sur le bouton des studios – au pluriel – et l'ascenseur s'y élance avec une vitesse incroyable.

— C'est ici que je peins, explique Adrian quand nous sortons et tournons au coin du couloir.

Ouais. Le loft immense est jonché de pinceaux, de chevalets et d'autres objets divers dont je ne connais pas les noms. J'entends bourdonner un purificateur d'air qui s'efforce d'aérer la pièce, mais on sent encore les odeurs de peinture, de colle et d'autres produits chimiques qui doivent faire partie du processus de peinture.

La pièce d'à côté est celle dans laquelle il sculpte.

La suivante ressemble à un garage où s'entraînerait un groupe de métal.

— Tu sais jouer de ça ? l'interrogé-je en montrant la basse.

Avec un sourire de travers, Adrian la prend et se met à jouer. C'est agréable, à mes oreilles peu connaisseuses en musique. On dirait une mélodie tirée d'un album de Metallica.

Mlle Miller pense que c'est exactement le genre de musique que doivent apprécier les démons, pendant qu'ils batifolent en enfer.

La pièce suivante est remplie d'instruments de musique classique. Je reconnais un piano, un violoncelle, un violon et un hautbois.

À ma demande, Adrian joue de chacun d'eux – s'il

était possible d'avoir un orgasme à force d'être impressionné, j'en aurais un à cet instant.

— Qu'est-ce qu'il y a par là ? m'enquiers-je en montrant l'entrée qu'on vient de dépasser sans qu'il me montre l'intérieur.

— C'est ma galerie privée, explique Adrian.

Il me fait signe de continuer d'avancer, n'ayant pas l'air de vouloir inclure ladite galerie dans sa visite.

Je le regarde en plissant les yeux.

— Tu es aussi taxidermiste ?

— Quoi ?

Il regarde Léo comme pour lui demander son avis.

Je fais mon possible pour garder une expression sérieuse.

— Est-ce que tu conserves des femmes empaillées dans ta galerie ? Les autres idiotes que tu as attirées ici sous prétexte de faire d'elles tes femmes, peut-être ?

Adrian émet un petit rire sans joie.

— C'est juste une galerie privée. Certaines de ces pièces sont faites pour n'être vues par personne à part moi. C'est tout.

— OK, OK. Mais Barbe-Bleue n'avait-il pas aussi une pièce secrète où sa nouvelle femme n'était pas censée entrer ?

Il soupire.

— Tu acceptes que cette pièce soit couverte par l'accord de non-divulgation de notre contrat secret que tu vas signer ?

Je hoche la tête avec empressement.

— Éteins ton téléphone, ordonne-t-il.

— Hmm. Si tu étais Barbe-Bleue, tu me demanderais la même chose, non ?

Il lève les yeux au ciel.

— Je pense que Barbe-Bleue t'aurait fait entrer en douce dans son immeuble, sans alerter la sécurité.

J'éteins mon téléphone et le suis à l'intérieur.

Dès que nous passons la porte, je hoquette – mais pas parce que cette pièce est remplie de cuves de sang, avec le corps assassiné de ses six épouses précédentes suspendues à des crochets, comme dans le conte de Barbe-Bleue. (Et entre parenthèse, la femme numéro sept n'aurait-elle pas dû sentir les cadavres ?). Non, mon hoquet est dû aux œuvres d'art, qui sont toutes plus remarquables les unes que les autres.

— Ce ne sont pas toutes les miennes, précise Adrian en me voyant admirer une armure exposée. J'en ai acheté certaines à des enchères… en guise d'inspiration future.

— Et ça ? demandé-je en montrant une structure en tissu en forme de pyramide, fixée au plafond.

— C'est un parachute inspiré des modèles de Léonard de Vinci, explique-t-il fièrement. Il est conçu avec des matériaux qui étaient disponibles à l'époque, et il fonctionne.

— Waouh. Tu es fan de lui parce qu'il était polymathe, lui aussi ?

Adrian hoche la tête.

— Plus j'en apprends sur cet homme, plus je regrette de ne pouvoir inventer une machine à remonter dans le temps pour aller lui parler.

Après ce que j'ai vu, si quelqu'un doit en inventer et en construire une un jour, ce sera Adrian, c'est certain.

— Il faudra que tu me parles de lui, un de ces jours, dis-je. Le peu que je sais de lui, je l'ai appris dans *Da Vinci Code*, de Dan Brown, et on ne peut pas dire que ce soit un livre scolaire.

Adrian fait un geste vers un point devant lui.

— J'ai une édition originale signée de ce livre dans ma bibliothèque ; ainsi que de tous les autres bouquins qui mentionnent ou dépeignent cet immense génie qu'était Léonard de Vinci. Mais je ne l'ai pas encore lu.

— Tu devrais. C'est sympa… même si ça manque de romance.

Adrian se rapproche de moi, les yeux pétillants.

— C'est quoi, ton livre préféré ?

Je lui réponds, le cœur battant plus fort sous l'effet de sa proximité et du sujet de conversation.

— J'aime aussi beaucoup *Plus qu'une maîtresse*, de Mary Balogh, continué-je dans un souffle. Ainsi que…

— Et que penses-tu des livres dont est tirée la série *Bridgerton* ? murmure-t-il. La série est géniale, mais je…

— Une seconde, hoqueté-je. Tu as vu *Bridgerton* ?

Ce doit être ce que ressent un homme après une overdose de Viagra.

— C'est le cas de toute personne abonnée à Netflix, non ? répond-il. Et comment je pourrais savoir ce qu'est un débauché, sans ça ?

Alors il savait vraiment ce que ça voulait dire. Je réduis le peu de distance qui nous sépare encore.

— *J'adore* ces livres, et tout ce que Julia Quinn a écrit d'autre.

— Tu les adores, hein ? répond-il en étirant les lèvres de manière aguicheuse. C'est très fort, comme déclaration.

Je ne réponds rien. La force surnaturelle qui nous a attirés l'un vers l'autre devant la boutique de vêtements est à nouveau à l'œuvre. La courbe sensuelle de ses lèvres me fait l'effet d'un chant de sirènes et m'attire…

J'aperçois quelque chose dans ma vision périphérique, et ma bulle momentanée de désir – ou quoi que ça ait pu être – éclate comme si j'avais reçu un seau d'eau glacé en pleine face.

Ce quelque chose, c'est une statue nue qui me paraît très familière. Je m'écarte du champ de gravité d'Adrian et pointe un doigt accusateur vers la statue.

— C'est Susan, le grand agent de sécurité du rez-de-chaussée ?

Adrian s'écarte de moi, l'air de sortir d'une transe hypnotique.

— Je m'apprêtais à te prévenir.

Je tourne les talons, m'avance vers la statue et étudie son visage, bouche bée. Oui. C'est bien Susan. Son visage et sa taille sont des copies parfaites de l'original, mais je ne saurais dire si ses seins sont aussi rebondis et ses tétons si durs, sans mentionner son…

— Ce n'est pas pour rien si cette galerie est privée, dit Adrian.

Sans répondre, je regarde autour de moi avec plus d'attention.

Oh, bon sang. Sur le mur sud est accrochée une peinture d'une femme nue que je reconnais aussi. C'est Tiffany, la dog-sitter de tout à l'heure – et elle est tout aussi nue que l'agent de sécurité, avec un corps encore plus parfait.

— Elles sont au courant de l'existence de ces œuvres ? demandé-je.

Ça me semble être une violation de l'intimité, de peindre ou sculpter des femmes nues sans leur permission – et s'il est coupable de ça, c'est terminé entre nous.

Adrian a un mouvement de recul.

— Pour qui me prends-tu ? Bien sûr qu'elles sont au courant. Elles se sont fait un plaisir de poser pour moi, une fois que je leur ai assuré que je conserverais le produit final ici, et que je ne le vendrais jamais.

— Elles *se sont fait un plaisir* de poser pour toi… toutes nues ?

Il hausse les épaules.

— C'est pas comme si je ne les avais jamais vues nues avant ça.

Mes yeux se mettent à tressaillir dans mes orbites.

— Pourquoi tu les avais vues nues ?

Une partie de moi l'a déjà deviné, bien sûr.

— J'ai couché avec beaucoup de femmes, par le passé, je ne te l'ai jamais caché, répond-il. Durant cette période de ma vie, mes rencontres étaient rarement des coups d'un soir. La plupart du temps, il s'agissait de courtes relations, et certaines ont tenu assez longtemps pour leur donner envie de poser pour moi… c'est ce que tu as sous les yeux en ce moment.

Les pensées se bousculent dans ma tête pendant que j'examine les innombrables femmes nues sur les peintures. Je repère aussi quelques hommes très attirants.

— La plupart de ces personnes sont des mannequins professionnels, explique Adrian en suivant mon regard. Et avant que tu poses la question, je n'ai jamais eu d'aventure avec un homme. Je suis à peu près à zéro sur l'échelle de Kinsey.

Vu que je suis toujours sans voix, je continue d'examiner les visages exposés, jusqu'à en trouver un autre qui me semble familier.

— C'est mon chauffeur Uber de tout à l'heure, déclaré-je. Avec combien de femmes as-tu pu coucher, pour qu'une telle coïncidence devienne possible ?

Il prend un air coupable.

— Elle n'est pas vraiment chauffeur Uber. Je n'aimais pas l'idée que tu montes dans la voiture d'un inconnu, alors j'ai demandé à l'un de mes chauffeurs personnels de passer te prendre.

Je le regarde, sourcils froncés.

— Elle travaille *aussi* pour toi ?

Il hoche la tête.

— J'ai toujours essayé de rompre à l'amiable, avec les femmes, et on reste souvent amis. Quand un ami a besoin d'un boulot et que ses compétences sont adaptées à un poste dont j'ai besoin, je me fais un plaisir de lui donner un coup de main.

Je ne sais pas trop si je devrais lever les mains pour l'applaudir ou pour le gifler. Dans un sens, c'est tout à son honneur, de ne pas être un coureur de jupons qui disparaît après avoir eu ce qu'il voulait. Mais d'un autre côté, ça prouve sans l'ombre d'un doute qu'il est un débauché de proportion épique, et pour une raison inconnue, j'éprouve un malaise évident à l'idée que tant de femmes évoluent dans son orbite.

— Un sou pour tes pensées, dit Adrian.

— Tu couches encore avec certaines d'entre elles ? lâché-je.

C'est toujours mieux que d'admettre que j'ai envie de brûler toutes ces peintures et d'abattre un maillet sur toutes les sculptures, avant d'envisager de faire pareil avec les muses qui les ont inspirées.

— Je te l'ai dit, depuis la naissance de Piper, je suis abstinent, répond-il. Mais même si ce n'était pas le cas, je ne coucherais jamais avec quelqu'un qui travaille pour moi. Jamais.

— Tu le penses vraiment ?

Je me demande aussi s'il considérera que je « travaille pour lui », quand on sera mariés – mais je n'ai pas le cran de clarifier ça.

— Je ne vais pas risquer de perdre la garde pour du sexe, répond-il.

OK, mais après ça ? Je ne prends même pas la peine de demander, parce que la réponse ne serait pas « je vais rester abstinent pendant trois ans ». Il va sans le moindre doute retourner à ses habitudes de débauché dès qu'il pourra le faire sans danger – en étant peut-être plus discret, cette fois.

L'estomac d'Adrian gargouille encore.

— Ah. C'est vrai. Allons te nourrir, dis-je, soulagée par cette distraction.

— Tu es sûre ? s'enquiert-il. Il y a d'autres trucs que…

— Je suis sûre. La visite commençait à m'ennuyer, de toute façon.

C'est un mensonge, mais il n'a pas besoin de le savoir.

Avec un soupir, il m'invite à le suivre et repart vers l'ascenseur.

CHAPITRE 12

Adrian

Comment ai-je pu être aussi bête ? Pourquoi ne l'ai-je pas dissuadée d'entrer dans cette foutue galerie ? Pourquoi la mettre face aux manifestations physiques de mon passé de coureur de jupons ?

Bon, tant pis. C'est trop tard, maintenant. Je mérite l'expression désapprobatrice sur son visage, durant le trajet en ascenseur. Même si elle n'était pas une authentique vierge, j'aurais dû éviter de la soumettre à une expérience aussi gênante.

L'ascenseur s'arrête et Léo se précipite dans l'appartement, pressé de jouer avec ses jouets, sans doute.

— On commence par la cuisine ? proposé-je à Jane.

Elle hoche la tête.

— Je crois que j'en ai assez des visites pour l'instant, et je n'ai pas envie d'entendre ton estomac émettre d'autres sons.

Très bien. Je l'emmène dans la cuisine et sors le premier truc que je vois dans le frigo. Je le réchauffe et le dépose sur la table. Pendant ce temps, le silence morose de Jane me rappelle l'erreur que j'ai commise.

Quand je m'assois, je surprends Jane en train de regarder son assiette, perplexe.

— C'est de l'écrevisse ?

Je secoue la tête.

— C'est une langoustine.

— Une quoi ?

— On appelle aussi ça du homard de Norvège, expliqué-je. Contrairement à l'écrevisse, il s'agit d'un crustacé d'eau salée... et on sent la différence.

— Et ça ? demande-t-elle en montrant l'autre assiette.

— Un panaché de cœur de palmier, dis-je. Au cas où ce ne serait pas évident, je m'essayais à la cuisine française.

Avant que mon estomac l'agace à nouveau, j'attaque mon assiette et la regarde faire pareil.

Quand elle goûte la langoustine, elle écarquille les yeux, un autre gémissement clairement sur les lèvres. Yoda remue à cette vue.

— Alors ? l'interrogé-je.

Elle plisse le nez.

— C'est fade. Et trop caoutchouteux.

Ouais. C'est ça. C'est pour ça qu'elle est en train de tout engloutir comme Léo avec du beurre de cacahuète.

— On peut parler affaires une seconde ? demandé-je, songeant que c'est le bon moment pour aborder les sujets déplaisants.

Elle plante sa fourchette dans le panaché avec une violence superflue.

— Pourquoi pas ?

— Je vais devoir effectuer une vérification de tes antécédents.

Elle lève les yeux au ciel.

— Vas-y, s'il le faut.

Ça s'est passé aussi bien que je pouvais l'espérer.

— Tu veux jeter un coup d'œil préliminaire au contrat secret ?

— J'en meurs d'envie.

Elle mâche le panaché avec un plaisir évident, mais quand elle se rend compte que je la regarde, elle plisse le nez et lâche :

— Tu as mis trop de sel.

Devrais-je lui faire savoir que je n'ai même pas ajouté de sel ? Non. Je tends plutôt la main.

— Donne-moi ton téléphone.

— Pourquoi ? demande-t-elle en plissant ses yeux ambrés.

Je résiste à l'envie de soupirer.

— Pour des raisons de sécurité, et pour protéger les arbres, je n'utilise jamais de contrat imprimé. J'ai besoin de ton téléphone pour y installer une application spéciale. Comme ça, je pourrai me servir de celle sur mon téléphone pour te partager les documents légaux.

Ce que je n'ajoute pas, c'est que j'ai aussi employé

cette méthode pour enregistrer les formulaires de consentement sexuel que je me suis toujours assuré de faire signer aux femmes, lors de mes relations passées. Si je lui parle de ça, elle aura la même réaction que dans la galerie.

Jane sort son téléphone, mais ne me le donne pas.

— Comment s'appelle cette application ?

Je lui réponds et elle m'informe qu'elle « est tout à fait capable de télécharger une appli avec ses doigts de dame, merci beaucoup ». Une fois que c'est fait, je lui explique qu'elle doit entrer une adresse e-mail valide dans l'appli, et mémoriser le mot de passe qu'elle entrera, parce que c'est un vrai casse-tête de le restaurer – je l'ai appris à mes dépens.

— Sérieux, je ne suis pas une andouille, lâche-t-elle. En fait, l'une de mes responsabilités principales à la bibliothèque aurait été d'aider les gens à utiliser les outils technologiques. Y compris les applis de lecture assez similaires à celle-ci.

Cette fois, un soupir s'échappe de mes lèvres.

— Je suis désolé. J'essayais juste d'aider.

— Il y a une différence subtile entre aider et se montrer condescendant, réplique-t-elle d'un ton condescendant.

Et adorable, bizarrement.

— Je devine que ton entretien ne s'est pas bien passé ? demandé-je pour détourner mes pensées de Yoda, qui n'arrête pas de réclamer mon attention.

J'aurais sûrement dû poser cette question plus tôt,

mais son expression, quand elle est sortie de la bibliothèque, parlait d'elle-même.

Je ne pensais pas qu'elle puisse avoir l'air plus en colère, mais elle s'avère très douée pour ça.

— C'était un désastre.

Elle se lance dans un résumé de son entretien, et je m'en veux encore plus après ça – je regrette d'avoir abordé ce sujet aussi tôt après mon autre faux pas.

— Je peux faire quoi que ce soit pour t'aider ? demandé-je. Je pourrais faire un don à la bibliothèque, ou bien...

— Tu en as fait assez, rétorque-t-elle d'un ton sec. En plus, je veux obtenir ce poste au mérite.

Je pousse un soupir.

— Et si je t'envoyais le contrat ?

Elle hoche la tête et je m'exécute.

Jane lit le document à une vitesse surprenante, compte tenu de tout le jargon juridique qu'il contient.

— Tout m'a l'air en ordre, à première vue, dit-elle en levant les yeux de son téléphone. Évidemment, ce seront mes avocats qui auront le dernier mot.

— Laisse-moi t'envoyer aussi le contrat prénuptial, proposé-je. Et l'accord de non-divulgation pour ta mère.

Une fois de plus, elle passe les documents en revue bien trop vite, et ne trouve rien à y redire.

— Où est-ce que tu veux que je t'envoie l'argent pour ton avocat ? l'interrogé-je.

Elle me répond et je m'en occupe sur le champ.

Une fois qu'elle m'a confirmé qu'elle a bien reçu l'argent, je me dirige vers le frigo.

— Passons à un sujet plus agréable, maintenant. Tu veux du dessert ?

Elle repousse son assiette entièrement récurée.

— Qu'est-ce que tu as ?

— Un parfait, dis-je. Une île flottante et ma version du macaron.

Elle pose une main sur son ventre.

— Je ne suis pas sûre d'avoir de la place pour tout ça.

Je sors le parfait et deux cuillères.

— Goûte ça.

Elle prend une cuillerée prudente de la préparation semblable à de la crème anglaise, mais quand elle la met dans sa bouche, ses yeux roulent dans ses orbites de plaisir – rendant ma situation avec Yoda encore plus douloureuse.

— Qu'est-ce que tu en penses ? demandé-je en prenant une cuillerée à mon tour et en faisant mon possible pour empêcher ma voix d'être trop rauque.

— Trop de chocolat, répond-elle. Et les fraises ne devaient pas être fraîches.

Cette fois, je ne peux m'empêcher de me défendre.

— C'est du caroubier, pas du chocolat, et c'était des fraises en poudre, à partir de fraises lyophilisées encore parfaitement fraîches et mûres au moment où elles ont été séchées.

Elle hausse les épaules.

— Le goût est quelque chose de très subjectif.

— Quel type de nourriture tu préfères ? l'interrogé-je, décidant de ne pas insister plus. Je pense qu'un mari devrait être au courant des goûts de sa femme.

Je vois sa cuillère approcher du parfait, mais elle se retient.

— J'hésite entre le kedgeree, le Yorkshire pudding, la tarte à la confiture et les crumpets.

Je souris.

— Ce qu'on mangeait dans l'Angleterre de l'époque victorienne ?

Elle ne me rend pas mon sourire.

— Ce ne sont pas *vraiment* mes plats préférés. En fait, je n'ai jamais goûté aucun d'eux. C'est juste une liste que je peux débiter de tête, et si tu la mémorises, on sera en phase en cas de test.

Je mémorise la liste et soupire.

— Je vais te faciliter encore plus la vie : mon plat préféré, ce sont les sushis du restaurant où on est allé ce soir. Celui où je ne suis plus le bienvenu.

Elle penche la tête.

— Ton restaurant préféré est le plus coûteux sur terre. C'est très pertinent.

Je pousse le parfait vers elle.

— Ça te dérange de le finir ? Il n'en reste pas assez pour le remettre au frigo.

— Si tu insistes.

Elle engloutit le dessert, avant de me regarder, attendant la suite.

— La vérification des antécédents, les contrats… tu as d'autres sujets désagréables à aborder ?

— Je ne crois pas, dis-je. Tu veux voir le reste de la maison ?

Elle plisse le nez.

— Il se fait tard.

— Tu vas emménager ici, lui rappelé-je. En plus, ce serait un bon moyen d'en apprendre plus sur moi.

— J'en ai appris assez, réplique-t-elle en se levant. Ma mère m'attend.

Merde. J'espère qu'elle ne va pas faire machine arrière. Je l'accompagne jusqu'à la porte.

— Tu veux que je t'appelle un chauffeur ?

— Non, répond-elle avec véhémence. Je peux appeler mon propre Uber.

Merde. C'est à cause de la peinture de Jennifer.

— Dans ce cas-là, envoie-moi un message quand tu seras rentrée.

— Très bien.

Avec sa plus belle imitation de martyr, elle fonce vers l'ascenseur sans même un au revoir.

J'entends un bruit de griffes sur le sol de granit, puis Léo approche et me donne un petit coup de son nez humide.

Où est passée la dame qui sent bon ?

— Elle est partie, dis-je. J'ai vraiment tout foutu en l'air en lui montrant la galerie.

Léo remue la queue.

Je pense qu'elle va revenir. On peut acheter beaucoup de beurre de cacahuète, avec vingt millions de dollars humains.

— J'espère vraiment que tu as raison.

Parce que si j'ai tout fait foirer, je ne me le pardonnerai jamais.

CHAPITRE 13

Jane

Est-ce que je suis folle, de m'être montrée impolie avec un type qui m'a offert vingt millions de dollars ?

Je ne sais même pas pourquoi j'étais si agacée par Adrian, après le fiasco de la galerie. Il m'a prévenue de sa réputation, et je n'ai vu que la face émergée de l'iceberg.

Bonté divine. Voilà que je pense à l'iceberg d'Adrian.

Pour me concentrer sur autre chose, je cherche un avocat – au cas où Adrian ne déciderait pas de tout annuler, ce qu'il va sûrement faire.

Contrairement à certains, Mlle Miller estime que les débauchés repentis font bel et bien d'excellents maris, et que celui-ci pourrait devenir acceptable, grâce à l'emploi de charmes féminins rudimentaires.

Quand j'arrive à Staten Island, j'ai pris un rendez-vous vidéo avec une avocate et je lui ai envoyé tous les contrats prérequis. Une fois rentrée, je me glisse dans ma chambre avant qu'on me remarque et m'interroge pour pouvoir discuter avec ladite avocate.

À un taux horaire très rude, cette dernière m'explique ce que je m'apprête à signer, et son interprétation est à peu près la même que l'impression que j'ai eue en parcourant les documents. En d'autres termes, j'aurais perdu moins de temps en jetant tout cet argent par la fenêtre.

— Merci, lui dis-je. On dirait que je vais tout signer.

— Pas de problème, répond-elle. Et appelez-moi si vous avez la moindre question.

Je raccroche et pars en quête de ma mère, qui est en train d'organiser le garde-manger pour la énième fois.

— Depuis quand tu es rentrée ? s'étonne-t-elle quand elle me voit. Et plus important encore, comment s'est passé ton rencard ?

Il serait futile de lui préciser que ce n'était pas un rencard.

— Où est Mary ? demandé-je en scrutant la cuisine au cas où le petit diable ferait son apparition.

— Au téléphone dans sa chambre, répond ma mère. Tu peux me raconter tout dans les moindres détails, aussi classés X soient-ils.

Elle me prend la main et me traîne vers le salon – ce qui ne me dérange pas vraiment, parce qu'il s'avère être raisonnablement éloigné de la chambre de Mary.

Une fois qu'on est assises sur le canapé, je pousse un soupir.

— Il faut que tout ça reste entre nous. En fait, tu vas

devoir signer un accord de non-divulgation avant que je puisse te dire quoi que ce soit.

— Ça fait très *Cinquante Nuances de Grey*, remarque ma mère, les yeux pétillants d'excitation. Je suis prête à signer tout ce que tu voudras, si ça peut te persuader de passer à table.

J'installe l'appli spéciale sur son téléphone et lui envoie l'accord de non-divulgation, qu'elle signe aussitôt. Puis je lui raconte tout – ou j'essaie. Quand j'en arrive aux vingt millions de dollars, elle donne l'impression d'être à deux doigts d'avoir des vapeurs.

— Tu vas être riche ! couine-t-elle au moment où j'envisage d'aller chercher des sels.

— Et célèbre, ajouté-je en fronçant les sourcils. Tu te souviens des tabloïds ?

— Quelle importance ? On pourra vivre dans ton manoir, Mary et moi ?

— Qu'est-ce qui ne te plaît pas avec cette maison-là ? répliqué-je.

— Les familles de millionnaires ne vivent pas dans des logements de soixante-dix mètres carrés, répond-elle d'un ton ferme. Ce n'est pas moi qui fais les règles.

— Il n'y aura peut-être pas de millions, tempéré-je. Laisse-moi te raconter le reste de l'histoire.

J'en arrive à la visite de la galerie et lui explique comment j'ai critiqué ses incroyables créations culinaires avant de m'enfuir comme une lâche.

— Oh, tu ne devrais pas t'inquiéter pour ça, assure ma mère. Il ne va pas rompre vos fiançailles parce que tu as été un peu jalouse.

Je regarde ma mère en plissant les yeux du mieux que je peux.

— Je n'étais pas jalouse.

— Ah non ? répond-elle en souriant. Comment appelles-tu ce sentiment verdâtre d'angoisse, de colère et de confusion que tu as éprouvé quand tu as vu l'une de ses ex nue, alors ?

— On peut répéter ce qu'on va dire à Mary ? demandé-je dans un effort désespéré pour changer de sujet.

Ma mère lance un regard furtif à la porte.

— On restera aussi près de la vérité que possible : tu as rencontré l'homme de tes rêves par pur hasard. Tu ne lui en as pas parlé tout de suite, mais maintenant qu'il t'a fait sa demande, tu ne peux plus garder le secret.

— L'homme de mes rêves ?

Ma mère affiche un sourire diabolique.

— Comme je l'ai dit, j'essaie de rester aussi proche de la vérité que possible. Le seul mensonge sera le moment où ça s'est passé… et pas grand-chose d'autre.

— Ouais, si tu le dis, dis-je. Le plus important, c'est que tu étais au courant de notre relation depuis le début, mais qu'on n'en a pas parlé à Mary parce qu'il a mauvaise réputation et que je préférais attendre de voir ce qu'il en était.

— Exactement, acquiesce-t-elle. Et je dirai à ta grand-mère que tu t'es fiancée au type dont je lui ai parlé.

— Pardon ?

— Tu te souviens de cet idiot avec qui tu es sorti pendant une semaine, il y a quelques mois ? demande ma mère. Le type avec sa crête ?

Je grimace et hoche la tête.

— Je n'avais pas le cœur de dire à ma mère que tu avais gardé ta virginité.

— Tu as quoi ?! m'exclamé-je.

Mlle Miller trouve que le simple fait d'envisager le matricide est un péché grave.

— Eh, rétorque ma mère, je nous ai facilité la vie. Tu sais bien que Grand-mère ne se souvient jamais des noms. Maintenant, on va pouvoir lui dire que c'était Adrian dès le départ.

— Très bien. Ça va limiter les mensonges, je suppose.

— Exactement, acquiesce ma mère. Maintenant, signe tes documents aussi.

Ah, oui. Je m'exécute – et une seconde plus tard, mon téléphone bipe.

Mon cœur fait un bond dans ma poitrine.

— C'est lui.

Ma mère tente de me prendre le téléphone des mains.

— Si c'est une photo de sa queue, je suis prem's.

Je l'écarte hors de sa portée et lis le message.

On dirait que c'est parti ! Appelle-moi quand tu seras prête à planifier les prochaines étapes.

— Tu vois ? dit ma mère. Il n'a pas fait machine arrière. Alors, appelle-le.

— Demain. Laisse-moi le temps de me calmer un peu.

Parce que j'ai des palpitations, en ce moment.

— Malin, répond ma mère. Pour l'instant, tenons Mary au courant.

Nous nous dirigeons vers la chambre de ma sœur et je lui explique ce dont nous venons de discuter, avant de lui montrer la bague.

— Je n'y crois pas, lâche ma sœur quand je termine.

Zut.

— Je sais ! s'exclame ma mère. Notre Jane fiancée à un sublime milliardaire ? Et pourtant, c'est vrai.

— Pas ça, répond Mary en se tournant vers moi. Je n'arrive pas à croire que maman ait pu garder un secret aussi gros.

Bon sang. Elle est douée.

— J'ai pris son édition originale d'*Orgueil et Préjugés* en otage, dis-je d'un ton suffisant.

À vrai dire, je doute fort que le livre en question, ce que ma mère possède de plus précieux, soit vraiment une édition originale. Ma mère ne laisse jamais personne le toucher, mais de loin, il a l'air très vieux – et Grand-mère a confirmé qu'il était dans notre famille depuis plusieurs générations. Malgré tout, les éditions originales coûtent presque aussi cher qu'une Porsche, alors je suis certaine que ma mère l'aurait vendue depuis longtemps.

— Ah, dit Mary. Ça, je veux bien le croire. Des félicitations sont de mises, je suppose.

— Merci, dis-je en lui ébouriffant les cheveux.

— Tu l'as dit à Grand-mère ? s'enquiert-elle.

— Elle est au courant pour le petit ami, répond ma mère. Mais pas qu'il l'a demandée en mariage.

— Appelons-la, suggère Mary.

Elle sort son téléphone et se met à composer le numéro avant que ma mère ou moi ayons pu suggérer qu'on attende demain matin – parce qu'on approche dangereusement de l'heure du coucher de Grand-mère.

— Allô ? hurle cette dernière si fort que sa voix pourrait porter jusqu'à New York depuis la Floride sans même utiliser de téléphone.

— Salut, maman, dit ma mère.

— Georgiana, c'est toi ? demande Grand-mère encore plus fort.

Contrairement à tout le monde dans ce siècle, Grand-mère possède un vieux téléphone fixe, sans affichage du numéro de l'appelant ni même de mise en attente – un objet qui rend Mary très perplexe, elle qui est trop jeune pour savoir ce qu'est une tonalité occupée.

— Maman, allume tes prothèses auditives, s'il te plaît.

Ouais. Elle a dû les ôter avant d'aller se coucher.

— Mary ? demande Grand-mère. Jane ?

— Je suis là aussi, acquiescé-je.

— Et moi, renchérit Mary.

— Une seconde.

Nous entendons un cliquetis, et j'espère que c'est le signe qu'elle a fini par allumer ses prothèses auditives.

— Tu m'entends, maintenant ? crie ma mère.

— Pourquoi tu hurles comme ça ? demande Grand-mère. Je t'entends très bien.

Bien sûr. Et Adrian est un enfant de chœur.

— On a des nouvelles à t'annoncer, dit ma mère. Tu te souviens du petit ami de Jane ?

— Le pastrami de Jane ? demande Grand-mère.

— Non, son *petit* ami, répète ma mère en articulant avec soin.

— Tu aimes ça, le pastrami ? murmure Mary.

— Elle aimera sûrement celui d'Adrian, répond ma mère à voix basse.

— Beurk, siffle Mary. Dégueu.

Comment une fille de dix ans peut-elle comprendre cette blague ?

— Ah, reprend Grand-mère. Oui. Celui qui a défloré Jane ?

— Double beurk, siffle Mary.

Et comment une fille de dix ans peut-elle déjà savoir ce que *ça* veut dire ?

— Ouais, celui-là, acquiesce ma mère. C'est le fiancé de Jane, maintenant.

— Il a financé Jane ?

Elle se moque de nous, non ?

Ma mère prend le téléphone et le rapproche tout près de sa bouche.

— Ils vont se marier. Il a fait sa demande *aujourd'hui.*

— Oh, mon Dieu ! s'exclame Grand-mère. Quelle merveilleuse surprise ! Je suppose qu'il arrive encore qu'ils achètent la vache, même après avoir bu tout son lait gratuitement.

— Beurk ? murmure Mary.

— J'adore être comparée à une vache, Grand-mère, merci, lancé-je en levant les yeux au ciel. À moins que je sois le lait ?

— Ne sois pas hargneuse avec moi ! s'écrie Grand-mère. Georgiana a cédé sa virginité et regarde ce qui s'est passé. Deux fois. Mary et toi ne devez pas refaire les mêmes erreurs.

Ma mère semble avoir reçu une gifle, et je résiste à l'envie d'écraser le téléphone par terre. Grand-mère est gentille, en général, et c'est d'autant plus choquant quand elle débite ce genre de méchancetés – surtout que dans le cas de Jack, le père de Mary, ce n'est même pas vrai. Ma mère et lui se sont mariés, mais ils ont divorcé un an plus tard, alors pour paraphraser son horrible proverbe, Jack a bien acheté la vache, il l'a juste retournée pour se faire rembourser, malgré tout le lait qu'il a pu boire.

— Eh bien, lance ma mère d'une voix exagérément enjouée, on ferait mieux d'y aller. On doit planifier.

— Une seconde, le mariage est pour quand ? s'enquiert Grand-mère.

— On s'est fiancés aujourd'hui, dis-je. On n'a pas encore parlé de la date du mariage.

— Tant mieux, approuve Grand-mère. Ça veut dire que tu n'es pas en cloque.

Mlle Miller remercie le ciel que cet échange implique

deux femmes, sinon un duel au pistolet à l'aube aurait déjà été lancé.

— OK, dit ma mère. Passe une bonne nuit.

Sur ces mots, elle raccroche. Mary soupire et regarde ma mère.

— Combien de temps avant que tu deviennes sénile aussi ?

Je la pince.

— Grand-mère n'est pas sénile. Elle est juste grossière.

— Ne dis pas ça, me sermonne sévèrement ma mère. Je suis la seule à avoir le droit de me plaindre.

— Très bien, lâché-je d'un ton renfrogné en même temps que Mary.

— Bon, reprend ma mère. Célébrons les fiançailles de Jane, maintenant.

CHAPITRE 14

Adrian

Une notification d'appel vidéo apparaît sur mon téléphone.

C'est Sydney, alors je décroche aussitôt, vu qu'en général, c'est une occasion de voir Piper, même si je dois interagir avec sa mère pour ça.

Piper est la première à apparaître sur l'écran, et comme d'habitude, quand je vois ma petite fille, je sens ma poitrine se contracter douloureusement et s'emplir de joie tout à la fois. Ça a un rapport avec ses petits orteils et ses doigts. Sans oublier ses joues potelées.

Sydney l'écarte de l'écran et sourit, privant cet instant d'une partie de sa joie.

J'ai envie de grimacer en voyant mon ex-amante, mais je conserve une expression amicale. Sydney a hérité son apparence de Barbie de deux générations de femmes trophées, et en plus de ça, elle prend soin de son corps avec une vanité obsessionnelle. Elle a perdu tout le poids pris durant sa grossesse plus vite que quiconque l'aurait cru possible, et elle semble s'être fait des injections aux lèvres, ce qui explique sûrement pourquoi elle a embauché une nourrice la semaine dernière. D'un point de vue objectif, elle est vraiment belle. Hélas, elle est trop superficielle pour comprendre que ce n'est pas son apparence physique que je refuse d'épouser – c'est tout le reste.

— Salut, papa, dit-elle d'une voix mielleuse, faisant parler Piper dans une parodie de ce que je fais avec Léo.

— Salut, dis-je, déterminé à rester cordial.

— À propos de la visite de ce week-end, dit-elle. Je ne suis pas sûre d'être disponible. On peut la repousser à lundi ?

Ma mâchoire se contracte.

— Très bien.

En vérité, ce report me donne l'impression de recevoir un coup de poignard, mais pour l'instant, je dois choisir mes combats.

— Super, dit-elle. Tu vas venir au Bal ?

C'est donc pour ça qu'elle appelle.

— J'avais presque oublié, mais oui. Je serai là.

Ce qui ne changera rien du tout. Sydney aura beau s'ingénier à passer le plus de temps possible avec moi, ça ne me donnera pas plus envie de lui passer la bague au doigt. Bien au contraire, même.

— Le rendez-vous est prêt, alors, lance-t-elle.

Avant que j'aie pu répondre, elle raccroche. Je pousse un soupir las.

Si Jane me lâche, je devrai trouver quelqu'un d'autre

avec qui me rendre à cet événement, autrement Sydney sera vraiment persuadée que c'est un rencard.

Léo entre dans la pièce, remue la queue et pointe son museau vers sa gamelle d'eau vide.

— Désolé.

Je suis en train de lui verser de l'eau quand mon téléphone bipe.

Quand je regarde la notification, mon rythme cardiaque grimpe en flèche.

— Elle l'a fait. Elle a tout signé, dis-je à Léo d'un ton surexcité.

Il lève la tête de sa gamelle d'eau. Tout son visage est trempé, comme d'habitude.

Tu vois ? Tu as la situation en main. Contente-toi de lui renifler les fesses avec délicatesse, la prochaine fois que tu la verras, tout sera oublié et pardonné.

Mon enthousiasme subsiste pendant toute ma promenade du soir dans le parc avec Léo. Entre l'approbation de Jane et la finalisation du nettoyage d'internet, je peux enfin commencer à espérer que l'audition tourne en ma faveur, et que je puisse faire partie de la vie de Piper.

Il n'y a qu'une ombre au tableau. Je n'arrive pas à oublier l'expression de Jane, quand elle a vu ces foutues peintures de nu dans la galerie.

Hmm. Si Jane a eu une réaction négative, ce sera peut-être aussi le cas d'autres personnes. Comme un juge prude, par exemple.

Merde. Ma galerie risque-t-elle de me causer du tort ?

Sydney n'est pas au courant pour ces œuvres, mais c'est le cas de nombreuses personnes, elle et ses avocats pourraient donc les découvrir. Sans oublier que Sydney a accès à mon immeuble, pour faciliter les visites de Piper. Théoriquement, elle pourrait tomber sur cette galerie par hasard, reconnaître l'un de mes sujets comme l'a fait Jane, prendre des photos et les donner à ses avocats.

Non. Je ne peux prendre aucun risque en ce qui concerne Piper – sans oublier que comme ça, Jane pourra revenir dans la galerie sans en être ébranlée.

Je prends une décision rapide et prends contact avec quelques personnes jusqu'à trouver le lieu de stockage le plus sécurisé et privé où déplacer mes œuvres. Dans quelques années, je les offrirai peut-être aux femmes qui ont posé pour elles, mais pour l'instant, mieux vaut qu'elles restent cachées.

Même après avoir fait ça, je me sens encore mal à l'aise – parce que je ne crois pas avoir résolu le problème qui a le plus dérangé Jane : le fait que mes anciennes amantes travaillent pour moi.

Les avocats de Sydney pourraient-ils utiliser *ça* contre moi ? Déformer la situation pour donner l'impression que j'ai couché avec certaines de ces femmes pendant qu'elles travaillaient pour moi, ou même en échange de leur emploi ?

Non. Je ne peux pas prendre ce risque non plus. En fait, je me sens bête de ne pas avoir songé à ça plus tôt.

Je me perche sur un banc, écris un e-mail à Caroline, puis je l'appelle. C'est l'une des personnes dont je vais stocker la peinture, et elle se trouve aussi être l'une des chasseuses de têtes les plus talentueuses de New York.

— Je veux que tu trouves un nouvel emploi à certaines personnes, expliqué-je. Mieux payé que celui qu'elles ont en ce moment.

— Qui ? demande Caroline.

— J'ai envoyé les liens de leur LinkedIn dans ta boîte mail.

J'attends qu'elle les ait toutes passées en revue.

— Une promeneuse de chien ? s'exclame-t-elle. Tu sais qu'en général, je trouve des jobs à des cadres supérieurs.

— Je sais que d'habitude, tu prends une commission sur un pourcentage de leur salaire, mais pour les placements les plus inhabituels, je te paierai directement, dis-je. Oh, et j'aimerais que tu me trouves des remplaçants pour ces femmes… encore une fois, je te paierai tes honoraires.

— Combien ? s'enquiert-elle.

— Donne-moi un chiffre.

Elle le fait.

— Je te donnerai le double, lancé-je. Et il y a autre chose, pour quoi j'ajouterai un zéro à côté de ce chiffre.

— Quoi ? demande-t-elle dans un souffle.

— J'aimerais que tu me recommandes un chasseur de tête, annoncé-je. Quelqu'un d'aussi bon que toi, dans l'idéal.

— Personne n'est aussi bon que moi, répond-elle

avec assurance. Mais je peux faire de mon mieux… si tu m'expliques pourquoi.

Je lui parle de l'audition et du risque posé par ma réputation passée.

— Ah, lâche Caroline. Je vais le répéter : Piper a bien de la chance.

— Merci. Nous pouvons rester amis, toi et moi, bien sûr, et on pourra peut-être retravailler ensemble à l'avenir.

— J'aurai ma propre agence, d'ici là, répond-elle. Et j'envisagerai peut-être de t'accepter comme client… ou pas, ça dépendra si je me sens d'humeur charitable.

— Marché conclu, acquiescé-je. Et je vais te recommander à certaines personnes qui te garderont bien occupée en attendant.

Elle me remercie et je raccroche. J'ai une conversation similaire avec celles qui s'apprêtent à travailler ailleurs, et cela ne semble déranger personne, mis à part Susan, peut-être, parce que son mari bosse aussi pour moi.

— Et si je vous trouvais un emploi ensemble, à ton mari et toi ? lui proposé-je.

— Tu crois pouvoir faire ça ? s'enquiert Susan.

— Bien sûr.

Cela semble la tranquilliser, et je rappelle Caroline pour lui annoncer qu'elle doit ajouter un candidat supplémentaire à la liste.

OK, je devrais me sentir plus apaisé, après ça, mais ce n'est pas le cas.

Je suppose que la perspective de me marier – à Jane – me fait l'effet d'une dose d'espresso.

En parlant de Jane, dès que je suis rentré chez moi, je prends ma Kindle et achète le premier tome des *Chroniques des Bridgerton,* dans un effort pour mieux comprendre ma future femme.

À ma grande surprise, je suis vite accaparé par le bouquin et je n'arrive pas à m'arrêter de lire avant de l'avoir terminé. Waouh. J'ai vraiment bien aimé, même si le public cible de ce genre semble plutôt être les femmes, et même si je savais ce qui allait se passer, puisque la première saison de la série est restée fidèle au livre.

Enfin, à peu près. Le livre contenait plus d'humour, l'une des raisons pour lesquelles je l'ai préféré à la série.

J'achète la suite, mais ne la commence pas tout de suite, parce qu'il est déjà tard. Au lieu de ça, je prends une douche, me brosse les dents, puis me glisse au lit.

Il est temps de passer à l'entraînement à la Force quotidien de Yoda – ou de me polir le jonc, comme on devait appeler ça à l'époque victorienne.

Grâce à toutes les érections que m'a provoquées Jane, je devrais terminer en un temps record.

Merde.

Je ne devrais pas penser à Jane en faisant ça. Je lui ai promis que notre relation resterait platonique, et je suis en train de rompre cette promesse, comme dans tous les fantasmes où je la déflore.

Je me vide la tête et me contente de visualiser des seins et des fesses anonymes.

Non.

Ils sont attachés au visage de Jane.

Merde. Je me rends aussi compte que j'ai peut-être menti à Jane, en lui disant que j'étais abstinent. Est-ce qu'on est toujours abstinent quand on s'astique le poireau ?

Peu importe. Même mes réflexions épistémologiques sont liées à Jane.

Je ne dois penser qu'à des seins désincarnés. Et des fesses.

J'échoue une fois de plus, parce qu'une image des lèvres si tentantes de Jane envahit ma tête – et elles sont fermement enroulées autour de mon sexe.

Je jouis aussitôt.

CHAPITRE 15

Jane

Je me réveille groggy – et certaine d'avoir rêvé qu'Adrian me peignait toute nue pendant que j'étais couverte de crème fouettée. À moins qu'il ait dessiné sur moi avec de la crème fouettée ? Non, je sais. Il a fait une statue de moi... en marshmallows.

Qu'est-ce que ça peut vouloir dire ? Tout dépend s'il a mangé la statue après coup ou s'il l'a transformée en guimauve grillée, je suppose.

— Debout ! hurle Mary en frappant à ma porte. Il faut que tu voies ça !

— Dégage ! lui rétorqué-je.

— C'est dingue, insiste-t-elle. Viens.

— Très bien.

Je m'habille et sors de ma chambre en titubant.

— Le salon, lance Mary.

Je la laisse me mener au rez-de-chaussée, où je salue

ma mère – et manque de trébucher sur un vase rempli de fleurs.

Une seconde. Il y a des vases de fleurs partout : sur la table de la cuisine, par terre, et même dans le micro-ondes.

— Qu'est-ce que c'est que tout ça ? m'étonné-je.

Ma mère me regarde d'un air rayonnant.

— Apparemment, maintenant que votre couple n'est plus secret, Adrian t'a envoyé toutes les fleurs qu'il a toujours voulu t'envoyer, d'un seul coup.

Ouais. Je découvre bien vite que le salon n'est que le sommet de l'iceberg de fleurs. Toute notre allée en est aussi jonchée.

— Tu peux en donner une partie aux voisins ? demandé-je. Je ne crois pas qu'on puisse toutes les faire rentrer, même en recouvrant chaque centimètre carré de la maison.

— Oui, acquiesce ma mère. Il ne doit pas avoir conscience de la petite taille de notre maison. Mais si tu l'invitais ici…

Quand il gèlera en enfer.

— Je vais me brosser les dents, annoncé-je. Si quelqu'un veut bien libérer ma chaise et assez de place pour poser une assiette sur la table, je vous en serais reconnaissante.

Je vais à la salle de bain et je me lave aussi le visage.

Pendant le petit-déjeuner, ma mère me bombarde de questions sur Adrian, auxquelles je ne connais pas la réponse.

Je viens de finir mon assiette quand mon téléphone sonne.

— C'est lui ? demande ma mère.

Je lève les yeux au ciel et décroche tout en me dirigeant vers ma chambre. Je verrouille la porte derrière moi.

— Salut, dit Adrian.

— Salut, dis-je, des frissons me parcourant le dos au son de sa voix grave. On vient de recevoir l'avalanche de fleurs.

— Ah, tant mieux, fait Adrian. Elles te plaisent ?

— Il y en a *beaucoup* à aimer. Combien de fleuristes tu as dévalisés ?

— Comment ça ? s'enquiert-il.

Je pousse un soupir frustré.

— J'ai reçu assez de fleurs pour deux mariages et un enterrement.

— Ah, dit-il. Désolé si j'en ai envoyé trop. Je n'avais encore jamais commandé de fleurs moi-même. En général, ce sont mes assistants qui s'en chargent.

— Bien sûr, bien sûr. Alors tu as appelé le fleuriste et tu as demandé « donnez-moi un million de fleurs » ?

— Non. J'ai appelé, ils m'ont demandé si mon budget était le même que d'habitude, j'ai voulu savoir s'ils pouvaient faire un truc sympa sur ce budget et ils m'ont assuré que oui.

Si par « sympa », ils voulaient dire « assez pour noyer ma maison de fleurs » alors ils disaient la vérité.

Je grimace à l'avance et demande :

— C'était quoi, ton budget ?

— Je ne pense pas que ce serait très élégant de ma part de le dire.

— Mille dollars ? insisté-je. Deux mille ? Trois ?

— Combien serait trop ? s'enquiert-il, l'air penaud.

— Oh, Seigneur, tu as dépensé *plus* que ça ?

— Cinq mille, répond-il. Mais comme je l'ai dit, c'est le budget standard quand mes assistants se chargent des commandes chez le fleuriste.

— Ils achètent des fleurs pour des mariages ? demandé-je d'un ton entendu.

— En général, c'est pour des collectes de fonds. En parlant de ça, c'est pour ça que je t'ai appelée.

— Les collectes de fonds ? répété-je, me rendant compte qu'il a habilement changé de sujet.

— Une seule. C'est un gros événement mondain. On appelle ça Le Bal.

— Jamais entendu parler.

Mais ça a l'air chic.

— Eh bien, j'aimerais que tu m'y accompagnes, annone-t-il d'un ton officiel. Ce serait l'endroit idéal où être vus ensemble.

— Je ne peux pas aller à un truc qui s'appelle Le Bal. Je n'ai rien à me mettre.

— On peut aisément remédier à ça avec un modiste, répond-il.

J'écarquille les yeux.

— Comment tu connais ce mot ?

Il glousse.

— *Les Chroniques de Bridgerton.* J'ai lu le livre sur un coup de tête hier soir et j'ai déjà acheté la suite.

Quoi ? J'ai envie de l'épouser pour de vrai, maintenant, ce qui n'est pas bon signe.

— Quand a lieu cet événement ? l'interrogé-je en m'efforçant de ne pas avoir l'air essoufflée, en vain.

— Demain. Désolé de ne pas en avoir parlé plus tôt. Je…

— On ne s'est rencontré qu'hier, rappelé-je. Te bile pas.

On s'est rencontré hier. Je n'arrive pas à le croire. J'ai l'impression d'être lancée dans cette folle virée avec lui depuis des semaines.

— Ça veut dire que tu acceptes de venir ? demande-t-il.

Je me mords la lèvre.

— Je ne suis pas sûre. Il faudrait que je me maquille, que je me coiffe et…

— Je vais t'envoyer une équipe de professionnels pour qu'ils s'en chargent pour toi. Dis oui.

— N'oublie pas de l'inviter à la maison, hurle ma mère derrière la porte.

Bon sang. Elle m'écoute depuis le début ?

— J'ai entendu quelqu'un parler d'une invitation ? demande Adrian.

— C'était ma mère, dis-je en levant les yeux au ciel. Je lui ai expliqué ce qui se passait et elle est curieuse au sujet de mon fiancé. Ma sœur meurt d'envie de te rencontrer aussi.

— Ce serait un plaisir de passer vous voir, dit Adrian. Pourquoi pas dans une heure ? Je pourrais t'aider à te débarrasser de la surabondance de fleurs.

Mon pouls accélère et j'ai l'impression que mon visage va prendre feu.

— C'est une mauvaise idée.

— Non, pas du tout ! s'exclame ma mère derrière la porte.

Comment a-t-elle pu entendre ce qu'a dit Adrian ? À moins qu'elle ait deviné ?

Je me mordille l'intérieur de la joue.

— Si tu viens ici, tu risques de changer d'avis et de ne plus vouloir m'épouser.

— Ça n'arrivera pas, assure-t-il avec certitude.

— Très bien. Viens, alors, cédé-je avec réticence. Mais je t'aurais prévenu.

Ma mère émet un couinement derrière la porte.

Mlle Miller n'aurait jamais cru devoir exprimer cette opinion un jour, mais les couinements ne sont pas dignes d'une dame, ni aucun autre son généralement émis par des animaux de ferme.

— Je peux amener Léo ? demande Adrian. Je n'ai plus de dog-sitter pour l'instant.

— Qu'est devenue Tiffany ? m'enquiers-je en faisant de mon mieux pour ne pas paraître jalouse, sûrement sans résultat.

— C'est une longue histoire, répond-il. Les peintures et les statues dont on a parlé hier ont été retirées de la galerie, et leurs sujets ont trouvé un nouvel emploi. Hum. Ce n'était pas une si longue histoire, finalement.

— Pourquoi ?

Ce n'était certainement pas pour moi.

— Je me suis rendu compte que ces œuvres pourraient être utilisées contre moi à l'audition. Tout comme le fait que leurs sujets bossent pour moi, explique-t-il. Je dois te remercier de m'avoir fait prendre conscience de ça et régler le problème.

Comme je le pensais, ce n'était pas pour moi.

— De rien ?

— Sérieusement, merci, insiste-t-il.

— Pas de problème.

Plus vite je pourrai oublier les femmes avec qui il a couché, plus notre « mariage » sera heureux.

— Prends Léo et passe à la maison.

— C'est qui, Léo ? hurle ma mère derrière la porte.

— À bientôt, dit Adrian avant de raccrocher.

Je quitte ma chambre et lance un regard meurtrier à ma mère.

— C'est son chien.

— Ah, super. Quand est-ce qu'ils arrivent ?

— Dans une heure.

Je fais mentalement l'inventaire de toutes mes tenues, cherchant désespérément quoi porter.

Ma mère pâlit.

— Une heure ? Mais la maison est complètement en désordre !

Incroyable.

— C'était ton idée de l'inviter.

— Rends-toi présentable, ordonne ma mère avant de s'éloigner en vitesse, donnant des ordres à Mary au passage.

Je me regarde dans le miroir de la salle de bain. Je

ne suis pas *déjà* présentable ? Non. Pas comparée aux femmes de la galerie.

Grr. J'essaie plusieurs tenues jusqu'à en trouver une qui me plaise à peu près, puis je me maquille et me coiffe du mieux que je peux – j'aurais pu demander son aide à ma mère pour mes cheveux, vu qu'elle travaille dans un salon de coiffure. Mais non. Pas tant qu'elle est occupée à nettoyer comme si une tempête était passée.

Quand je m'estime à peu près présentable, la sonnette de l'entrée retentit et je reçois aussi un message d'Adrian :

Je suis là.

Je sors de ma chambre en trombes – et n'arrive pas à en croire mes yeux. D'abord, les fleurs sont désormais rassemblées en un gros et beau bouquet, mais le plus incompréhensible, c'est que les lieux sont immaculés, plus propres que je les ai jamais vus.

— Qui est là ? entends-je ma mère demander en bas.

— Attends-moi ! hurlé-je.

Je manque de tomber dans l'escalier dans ma hâte de rejoindre ma mère et Mary.

— C'est Adrian, répond-il derrière la porte. Et Léo.

J'ouvre.

Adrian nous éblouit toutes avec son sourire.

Mon cœur rebelle rate quelques battements quand j'examine son visage rasé de près, ses yeux argentés et…

— Bonjour, lance ma mère d'une voix coquette. Je suis Georgiana, la grande sœur de Jane pas si âgée que ça.

Ce n'est pas plutôt à l'homme de faire ce genre de blagues ringardes ?

— C'est un plaisir de vous rencontrer.

Adrian prend la main de ma mère et la porte à ses lèvres.

Waouh. Est-ce que je tiens ma tendance à rougir de ma mère ? Ses joues ressemblent aux fesses d'un babouin femelle. Quand elle est en chaleur. Le babouin, je veux dire.

Mary remarque la réaction de ma mère et lève les yeux au ciel de manière si experte que c'est un rappel douloureux qu'elle est à l'aube de l'adolescence, avec toutes les angoisses existentielles et tous les SMS que ça implique… à moins qu'elle soit comme moi, auquel cas ça impliquera beaucoup de lecture et une quantité égale de masturbation.

Hmm. J'ai l'impression que ma vie actuelle n'est pas si différente qu'à l'époque de mon adolescence.

— Et comment tu t'appelles ? demande Adrian à ma petite sœur.

— Mary, répond-elle un peu timidement.

Clairement sous l'influence de la romance historique qu'il a lue il y a peu, Adrian s'incline devant elle et mime le fait de soulever un chapeau inexistant.

— Ravi de te rencontrer, Mary.

C'est au tour de ma sœur de rougir – ce qui est bizarre, compte tenu de son absence d'intérêt pour les mâles de notre espèce. Encore plus étrange, elle arbore une expression d'adoration.

J'ai l'impression que quelqu'un est en train de revoir son paradigme « les garçons sont dégueux ».

— Laissez-moi vous présenter Léo, continue Adrian.

Il fait un pas de côté pour révéler son compagnon aux allures de mouton, dont la queue imite des pales d'hélicoptère.

— Sois sage, lui dit Adrian d'un ton sévère, rapprochant Léo de lui avant qu'il renverse ma mère.

— Il est *si* mignon, couine Mary.

— Elle parle du chien ? me murmure ma mère.

Je ne sais pas non plus.

— Entre, l'invité-je avec un geste de la main. Je t'en prie.

Adrian regarde autour de lui.

— On ne risque pas d'être écrasés sous une avalanche de fleurs ?

Ma mère glousse, un son perturbant.

— J'ai réclamé les faveurs que me devaient certains voisins, roucoule-t-elle. Ils les ont prises.

Aussi vite ? C'étaient des faveurs sexuelles ?

— Je vous en dois une, répond Adrian.

Il entre dans la maison, attirant Léo derrière lui.

— Venez dans la cuisine, dit ma mère en menant nos invités à l'étage.

Mary et moi les suivons. Je reluque les fesses d'Adrian et j'espère bien que Mary pense à tout sauf à ça.

— C'est pour toi, dit Adrian en tendant une boîte de bonbons à Mary.

Je n'avais même pas vu qu'il avait ça à la main. Mary tient la boîte comme un trésor et marmonne un « merci » timide – un comportement étrange, pour l'enfant la plus extravertie de la planète.

— C'est toi qui les as faits ? demandé-je quand elle ouvre la boîte, révélant de magnifiques chocolats.

La boîte et les sucreries ont l'air trop raffinées pour être artisanales, mais avec Adrian, on ne sait jamais.

— Non, répond-il. Ce sont des chocolats To'ak. Mes préférés.

— Je vais aller faire du thé, dit ma mère. Ou du café.

— Je préfère le café, répond Adrian. Merci.

— Un thé pour moi, précisé-je.

— Je vais prendre un café aussi, dit Mary.

Ma mère et moi la regardons comme si des grains de café lui avaient poussé sur les globes oculaires. Quand elle a goûté au café un an plus tôt, elle a dit, je cite : « Pourquoi tout le monde est-il aussi obsédé par une substance aussi amère et dégoûtante ? »

Pendant que ma mère prépare le café et le thé, Mary s'asseoit à la table de la cuisine et lance des coups d'œil discrets à Adrian quand elle croit que personne ne la regarde.

C'est officiel. Elle a le béguin. Mais pourquoi faut-il que ce soit pour mon fiancé ?

À la décharge de Mary, Adrian est le genre d'homme pour qui il est facile d'avoir le béguin.

— Vous voulez que je mette des bougies ? lance-t-elle soudain.

— Comme c'est romantique, répond ma mère. Fais donc ça, ma chérie.

Une fois que Mary est sortie, je demande :

— Tu veux qu'on donne quelque chose à manger à Léo ?

Adrian regarde son ami à poils avec un sourire.

— Il a déjà mangé, mais il ne dit jamais non à de la nourriture.

Je me dirige vers le frigo et cherche quelque chose qui pourrait plaire à un chien.

— Du beurre de cacahuète ?

Léo dresse les oreilles, mais continue de nous tourner le dos, pour une raison inconnue.

— Le beurre de cacahuète est l'élixir des dieux canins, répond Adrian avec la voix de Léo.

Je prends le pot et en étale sur une assiette en carton.

— Voilà, dis-je en déposant l'assiette sur la table à côté d'Adrian. C'est ton chien, à toi de le lui donner.

— Ah, oui, ma friandise préférée délivrée par mon humain préféré, dit Léo d'un ton surexcité.

Avant qu'Adrian ait eu le temps de déposer l'assiette par terre, Mary revient dans la pièce, les bougies dans les mains. Elle regarde le museau du chien d'un air stupéfait.

— C'était Adrian qui parlait à la place de Léo, expliqué-je. Tu n'as pas des hallucinations.

— Ce n'est pas ça, répond Mary. Il est en train de manger l'une des orchidées de maman.

Le temps qu'on baisse tous les yeux sur lui, c'est trop tard. La plante en pot a déjà été mâchée et avalée.

Waouh. Il broute même comme un mouton.

— Il risque de tomber malade ? demande ma mère à Adrian avec inquiétude.

Adrian sort son téléphone et demande :

— C'était quel type d'orchidée ?

— Une papillon de nuit, répond ma mère.

Il fait une recherche rapide et pousse un soupir soulagé.

— C'est sans danger pour les chiens et les chats.

Il regarde Léo et ajoute :

— Mais tu es quand même un vilain chien.

L'expression de Léo pourrait figurer dans un dictionnaire à côté de la définition du mot « innocent ».

— Je vous achèterai une orchidée de remplacement, dit Adrian à ma mère.

— Mais pas un million, intervins-je.

— Pas la peine, répond ma mère en même temps. Grâce à votre chien, vous avez pu vous rencontrer, Jane et vous. Une orchidée est un faible prix à payer pour mes futurs petits-enfants.

Je me demandais combien de temps il faudrait avant que ma famille me donne envie d'être engloutie par le sol. Il s'avère que ça n'a pris que quelques minutes.

Une expression affectueuse se peint sur les traits séduisants d'Adrian.

— On s'est rencontrés il y a des mois, mais je m'en souviens comme si c'était hier.

Il ment si bien. À croire qu'on se parle vraiment depuis des mois, alors qu'en réalité, on s'est *vraiment* rencontrés hier.

La bouilloire siffle.

Adrian retourne s'asseoir et regarde quelque chose sur son téléphone. Mary allume les bougies sur la gazinière pendant que je tends la boîte de sachets de thé à ma mère et commence à verser de l'eau dans la bouilloire. À cause de nos canalisations pourries, ça prend une éternité.

Un mouvement blanc attire mon attention et je me tourne vers la table – avant de rester bouche bée, tandis que plusieurs choses se passent avant même que j'aie eu le temps de cligner des yeux.

Léo se précipite en avant, avec en ligne de mire l'assiette de beurre de cacahuète qu'on a tous oubliée à cause de l'incident de l'orchidée.

Au même moment, Mary approche de Léo et Adrian avec la bougie allumée.

Oh non ! Dans sa hâte d'exécuter le hold-up parfait, le chien se cogne dans Mary, qui perd l'équilibre. Juste assez pour que la bougie entre en contact avec les cheveux d'Adrian.

Que quelqu'un m'abatte. Une odeur qui rappelle celle du poulet brûlé m'indique que je n'ai pas halluciné.

— Oh, mon Dieu ! s'écrie Mary.

— Merde ! s'exclame ma mère.

Oui, toutes ces réactions sont très adaptées à la situation.

De manière ahurissante, alors qu'il a les cheveux en feu, Adrian reste accaparé par son téléphone.

— Adrian ! hurlé-je.

Je verse toute l'eau dans la bouilloire sur un chiffon dégoûtant dont ma mère se sert pour économiser le papier toilette.

— Tu es en feu !

Adrian détourne enfin son attention de son téléphone et écarquille les yeux.

Je réduis la distance entre nous d'un bond et jette le chiffon mouillé sur ses cheveux en flammes.

L'incendie semble maîtrisé, mais je plaque le chiffon humide sur Adrian une dernière fois, juste pour être sûre.

— Tu vas bien ? lui demandé-je.

Il a l'air sous le choc.

— Je crois, répond-il en touchant l'endroit qui était en feu. Qu'est-ce qui s'est passé ?

Je lance un regard noir au chien – qui a déjà dévoré tout le beurre de cacahuète et est occupé à mâchonner l'assiette en carton.

— Quelqu'un a été un vilain chien.

— C'était ma faute, dit Mary d'un ton penaud. Je n'aurais pas dû approcher si près de vous avec la bougie.

— Eh, lancé-je. C'est moi qui ai tenté le chien avec ce beurre de cacahuète.

— Ce n'est rien, assure Adrian. Je vais parfaitement bien.

Je suis certaine que c'est encore un mensonge, tout

aussi habile que le précédent. Ouais. Ce serait ironique si, au lieu de ses cheveux, c'était son pantalon qui avait pris feu.

— Je suis tellement désolée, murmure Mary d'un ton malheureux.

Léo avale le dernier morceau d'assiette, perçoit enfin la tension dans la pièce et gémit.

— Je peux tout arranger, dit ma mère en se redressant pour examiner la section brûlée des cheveux d'Adrian, comme Superman foncerait sur un avion en chute libre. Vous allez juste devoir vous couper les cheveux plus court.

Avant que quiconque ait pu en placer une, ma mère pousse Adrian dans la salle de bain, le fait asseoir sur le siège fermé des toilettes, puis sort ciseaux et tondeuse.

— Vous feriez peut-être mieux de retirer votre chemise, dit ma mère. Ou votre col va vous démanger.

Sérieux ? Il ne va quand même pas…

Adrian déboutonne sa chemise et la retire comme si c'était tout à fait normal.

Il ne porte rien en dessous, bien sûr, et je me repais de sa poitrine dure et musclée, ses tablettes de chocolat et ses bras alléchants.

Que Dieu me vienne en aide. Je vais peut-être devoir changer de culotte.

J'entends un hoquet près de moi.

Oh, zut. Mary regarde les mêmes muscles appétissants que moi.

— Va surveiller le chien, lui dis-je avant de me

poster dans l'encadrement de la porte pour lui bloquer la vue.

Une fille de dix ans est bien trop innocente pour être exposée à ce genre de spectacle. Elle risque de trouver tous les autres hommes insuffisants, après avoir vu ça.

Bonté divine. Mlle Miller éprouve une condensation féminine scandaleuse dans une partie de son anatomie à laquelle une femme non mariée ne devrait même pas songer.

Ma mère allume la tondeuse et le bourdonnement tempère ma libido… un peu.

— Ça me rappelle cette horrible scène de *Thor : Ragnarok,* murmure Mary à côté de moi. Quand ils coupent les cheveux de Chris Hemsworth avec un appareil qui ressemble aux lames d'un blender.

Je l'ignore, parce que je suis agacée par la proximité de ma mère avec mon faux fiancé. Dans le même ordre d'idée, elle est vraiment *obligée* de lui coller ses seins contre le visage, pour raser le haut de sa tête ? Pourquoi elle coupe cette partie-là, d'ailleurs ? C'est l'arrière de ses cheveux qui est brûlé.

Bref.

Au bout d'un quart d'heure qui me paraît durer un mois, ma mère éteint la tondeuse.

— Regardez, dit-elle.

Je sais qu'elle parle à Adrian, mais je suis un être humain et je le reluque aussi – avant de pousser un soupir agacé.

Si quelqu'un me brûlait les cheveux, avant de les couper, je serais hideuse. Mais les pommettes déjà saillantes d'Adrian semblent désormais assez affûtées pour couper de l'acier, et son visage est devenu encore plus anguleux. Mes doigts meurent d'envie de glisser le long de ses traits, et ma langue de…

— C'est super, merci, dit Adrian en lançant à peine un coup d'œil dans le miroir.

— C'est tout ? m'étonné-je. Tu ne vas même pas prendre la peine de demander un autre miroir, pour savoir de quoi ça a l'air de dos ?

C'est magnifique, bien sûr, mais il n'en sait rien.

— Je fais confiance à Georgiana, répond Adrian avec un geste vers la douche toute proche. Ça vous dérange si je lave mes cheveux pour me débarrasser des mèches coupées ?

— Bien sûr que non, répond ma mère dans un souffle.

Elle ne bouge pas. Moi non plus. Adrian attend quelques secondes, puis sourit.

— Je vais avoir besoin d'un peu d'intimité, si ça ne vous dérange pas.

Les joues rouges, ma mère lui fourre une grande serviette dans les mains et s'empresse de sortir de la salle de bain, me piétinant presque.

J'entends le cliquetis quand Adrian verrouille la porte, et il fait bien, parce que lorsque la douche s'allume, je suis très tentée de rentrer – au cas où il aurait besoin d'aide pour se savonner le dos, bien sûr.

— De quoi ça a l'air ? demande Mary.

Elle a posé la question sur le même ton qu'on

demanderait « Vous croyez que le désarmement nucléaire aura lieu de mon vivant ?».

— Et si on l'attendait à table ? suggéré-je.

Ma mère et elle hochent la tête et nous nous asseyons. Le thé et le café ont refroidi, alors ma mère les réchauffe au micro-ondes. Enfin, la porte de la salle de bain s'ouvre et Adrian nous rejoint, sentant le propre et avec une coiffure qui semble avoir coûté mille balles.

— Merci encore, Georgiana, dit-il en s'asseyant. Entre ma nouvelle coupe et ma belle fiancée, tout le monde va mourir de jalousie, au Bal.

À l'aide ! Je viens de me transformer en flaque et je suis incapable de me lever.

CHAPITRE 16

Adrian

Jane tend la main vers l'un des chocolats et je fais mon possible pour me retenir de la reluquer lorsqu'elle le met dans sa bouche. Il y a un enfant à table, Yoda doit donc avoir un comportement exemplaire.

Jane gémit de plaisir.

Bordel. Comment puis-je être *aussi* excité alors que mes cheveux viennent de prendre feu ?

En voyant la réaction de Jane, Georgiana et Mary échangent un regard avant de prendre un chocolat chacune.

— C'est délicieux, dit Georgiana après avoir goûté le sien. Encore meilleur que le s…

Elle jette un coup d'œil à Mary et se reprend :

— Le saumon.

— Le saumon ? s'exclame Mary. C'est encore meilleur que l'odeur des vieux livres.

— Eh, du calme, répond Jane en prenant un autre

chocolat. C'est bon, mais pas autant que l'odeur des vieux livres.

Elle ressemble à Léo devant du beurre de cacahuète, quand elle fourre un autre morceau de chocolat dans sa bouche, avant de gémir à nouveau.

Yoda souffre en silence.

— Ce chocolat est fait avec du Nacional, les fèves de cacao les plus rares, expliqué-je dans un effort désespéré pour penser à autre chose qu'aux gémissements de plaisir de Jane. Il est affiné pendant des années dans un fût en bois – d'où les notes subtiles que vous percevez sûrement.

Jane se retient d'en prendre un autre.

— Tu essaies de nous rendre accros à un chocolat super cher, comme un genre de dealer de drogue ?

Je hausse les épaules et en prends un à mon tour.

— Je n'aime pas avoir à choisir, alors quand quelque chose est considéré comme le meilleur, j'opte pour ça.

— Bien sûr, répond Jane en levant les yeux au ciel. On ne peut pas s'attendre à ce que tu t'abaisses à manger une barre chocolatée Hershey.

Je lui fais un clin d'œil.

— Je pourrais me laisser tenter par des Hershey's Kisses.

— Oooh, fait ma mère.

Les joues de Jane redeviennent écarlates.

Mary boit une gorgée de café et grimace, comme je le faisais à l'époque où ma mère m'obligeait à boire de l'huile de foie de morue.

— Comment ça se fait que ce soit la première fois

que Jane goûte votre chocolat préféré ? demande-t-elle une fois qu'elle a fini de grimacer.

Merde. C'est un bon exemple du genre de trucs qui pourrait nous trahir à l'audition.

— Il est obsédé par la nourriture saine, explique Jane. C'est pour ça qu'il ne mange du chocolat que très rarement… et je ne voulais pas le tenter en en mangeant moi-même.

Ah oui ?

— Et n'oublie pas… Jane est obsédée par les prix raisonnables, ajouté-je d'un ton entendu. Raison pour laquelle je cherche une manière subtile d'apporter ces chocolats « hors de prix » sans qu'elle s'en rende compte… et de toute évidence, j'ai échoué.

— Le terme que vous cherchez est « radine », précise Georgiana avec un sourire.

— Je ne suis pas radine, rétorque Jane. Juste économe. Et j'ai appris ça de toi, Mme « utilise ce chiffon plutôt que du papier toilette ».

— C'est pour protéger les arbres, proteste Georgiana, sur la défensive. Si j'ai été frugale un jour, c'était par nécessité.

Ce ne sera plus jamais une nécessité, maintenant que je suis dans leurs vies – même si Jane ne m'épouse pas – mais je ne le précise pas.

Mary a toujours les yeux plissés d'un air soupçonneux.

— C'était quoi, votre rencard le plus bizarre ?

Merde. C'est un test. Je dois être réactif, faire comme si j'étais à l'audition.

— Pour notre deuxième rencard, on est allés à un enterrement de chat, lancé-je. C'était celui du CEO de l'une de mes entreprises, alors je devais lui montrer mon soutien.

C'était nul, mais bon, j'ai une histoire de prête au cas où on me poserait la même question à l'audition, maintenant.

— Ah oui, acquiesce Jane. C'était ce chat diabolique.

Les yeux de Mary se réduisent à deux fentes.

— Si le chat était mort, comme tu sais qu'il était diabolique ?

Je crois que je suis meilleur menteur que Jane. Cette dernière hausse les épaules.

— C'est juste une supposition. Il s'appelait Poutine.

Elle n'est peut-être pas si mauvaise que ça, même si j'aurais plutôt opté pour un nom comme Hitler.

— C'est bizarre, remarque Mary, dont les soupçons semblent s'apaiser. Il est arrivé des trucs drôles durant vos rencards ?

— Jane a été attaquée par un cygne, dis-je. Mais je l'ai protégée.

— Quel genre de cygne ? s'enquiert Mary.

— Un cygne chanteur, précisé-je. Je m'en souviens parce j'ai dit qu'il allait finir en hamburger pour faire une blague, mais que Jane n'a pas compris.

— Oh, j'avais compris, réplique Jane d'un ton sarcastique. Tu as oublié de mentionner que tu m'avais protégée en laissant le cygne te mordre les fesses.

J'émets un petit rire.

— Et Jane était perturbée parce que mon jean hors de prix était foutu.

Jane me regarde en fronçant les sourcils.

— On devrait peut-être raconter à tout le monde cette fois où tu t'es fait mordre par une vache, pendant qu'on était au zoo ?

Touché.

— Je devrais peut-être raconter à tout le monde la fois où tu t'es déguisée en licorne gonflable pour Halloween, avant que le costume éclate comme un ballon ?

— Au moins, je ne suis jamais allée pisser dans un buisson de sumac vénéneux, rétorque Jane.

Cette image parvient à endiguer l'agitation de Yoda ; à moins que... voulait-elle dire que mon postérieur est entré en contact avec ce sumac vénéneux imaginaire ? Nous allons devoir peaufiner ces détails au plus vite.

Soudain, Mary se met à couiner comme, eh bien, une petite fille. Elle se retourne et pousse un soupir.

— C'était encore le chien, dit-elle. Il m'a touché la peau avec son museau humide.

— Il demande du chocolat, expliqué-je. Mais ne lui en donne pas. C'est toxique pour les chiens. Tout comme le raisin, qu'il soit frais ou sec, mais ça ne l'empêche pas d'en réclamer.

— Tiens, dit Jane.

Elle reprend le pot de beurre de cacahuète, plonge le doigt dedans et le tend à Léo.

Il disparaît en une fraction de seconde, puis Léo se lèche les babines avec satisfaction.

— Tu es peut-être mon humaine préférée, à partir de maintenant, dis-je en adoptant sa voix. Tu fais bien d'épouser mon ancien préféré.

Ma mère sourit à Léo.

— Quand ils auront eu un bébé, ce sera *lui*, ton humain préféré.

— Maman ! lâche Jane d'un ton sévère en prenant une délicieuse teinte écarlate. On n'est même pas encore mariés.

Hmm. Un bébé avec Jane. Je ne sais trop que penser de cette blague – mais ce dont je suis sûr, c'est que je préférerais que Jane ne réagisse pas comme si ce serait la fin du monde si ça arrivait.

— Tu peux arrêter de dire des trucs dégoûtants, pour qu'on puisse en revenir à nos histoires ? demande Mary à Georgiana avec humeur.

Elle se tourne ensuite vers moi et m'interroge :

— C'est quoi, le restaurant le plus raffiné où tu as amené Jane ?

Ça, c'est facile, Jane et moi nous relayons donc pour leur raconter notre expérience d'hier soir au restaurant de sushis, et leur expliquer pourquoi nous sommes bannis de cet endroit.

L'interrogatoire de Mary – ou ses questions amicales, je veux dire – continue.

Elle demande d'autres détails obscurs sur notre flirt imaginaire, et nous inventons au fur et à mesure.

Jane a l'air un peu agacée, pendant qu'elle répond à

sa sœur, mais je suis bien content. Grâce à tout ça, personne ne pourra nous poser une colle. Les histoires folles que nous inventons sont très mémorables.

Je suis en train de raconter comment Jane s'est retrouvée coincée dans une machine à laver, chez moi, pendant une partie de cache-cache qui a mal tourné, quand je reçois un message.

— Ah, dis-je en levant les yeux de mon téléphone. La modiste de Jane est en route pour chez moi.

Mary penche la tête.

— Ça veut dire que vous devez partir ?

— Désolé, dis-je.

Mary soupire.

— Il faudra que vous reveniez. J'ai beaucoup d'autres questions.

Ah oui ? Au point où on en est, elle sait déjà quasiment tout à part mon numéro de sécurité sociale, mon taux de cholestérol et la position de Mercure quand Jane et moi avons connu notre premier baiser (fictionnel).

— Il reviendra peut-être, ou peut-être pas, répond Jane. Tu pourras toujours me poser toutes ces questions à moi.

Mary lève les yeux au ciel.

— Tu ne me raconterais que les histoires qui te mettent en valeur.

Jane me lance un regard affligé qui semble vouloir dire « tu vois ce que je dois supporter tous les jours ? ».

Georgiana bondit sur ses pieds.

— Merci beaucoup d'être venu nous rencontrer.

— Tout le plaisir était pour moi, assuré-je.

J'attrape Léo, rattache sa laisse à son collier et demande à Jane :

— Tu as besoin de combien de temps pour te préparer ?

— Je peux venir maintenant, répond Jane. Surtout sachant que je vais avoir une nouvelle tenue.

Georgiana et Mary nous bombardent de questions à propos de l'événement de ce soir pendant tout le trajet jusqu'au bas des escaliers, puis pendant que nous marchons jusqu'à la limousine.

Quand nous nous éloignons, enfin seuls, Jane lâche :

— Je suis désolée pour tout ça.

— Pas moi. J'ai adoré ta famille.

C'est la vérité – et pas seulement parce que je n'en ai aucune. Elles s'aiment toutes tendrement, c'est évident, et elles apprécient la compagnie les unes des autres, ce qui n'était pas le cas de ma famille même quand mes parents étaient en vie.

Jane pose la main sur ma cuisse.

— Tes parents te manquent, hein ?

— Je suis aussi transparent que ça ? demandé-je en grimaçant.

— On n'est pas obligé d'en parler, si tu n'es pas à l'aise avec ça, dit-elle.

Je soupire.

— Ils me manquent encore terriblement, mais je me sens coupable parce que ma mère me manque bien plus. Mon père et moi avions une relation compliquée.

D'un autre côté, peut-on vraiment parler de

relation compliquée, quand vous êtes une déception pour quelqu'un, ou est-ce tragiquement simple, au contraire ? À l'inverse de mon père, ma mère était fière de tout ce à quoi je m'intéressais, elle n'avait pas besoin de me voir devenir un expert dans l'un de ces domaines.

— Tu n'as aucune raison de te sentir coupable, répond Jane d'une voix douce. Je ne connais même pas mon père, alors je ne me soucie que de ce qui arrive à ma mère.

Je m'oblige à sourire – mais faiblement.

— Entre ça et les questions de ta sœur, je pense qu'on peut arriver à faire croire qu'on sort ensemble depuis six mois.

Elle retire sa main.

— Oui, hein ? On doit juste répéter tout ce qu'on a inventé pour Mary, et ce sera parfait.

Et c'est ce que nous faisons pendant le reste du trajet.

Quand nous arrivons devant mon immeuble, j'observe l'expression de Jane au moment de dépasser la sécurité, parce que même si Susan est partie, un certain nombre de femmes attirantes travaillent encore à l'accueil, avec lesquelles je n'ai jamais eu de relation.

Hmm. Mis à part sa tendance à rougir, Jane ferait une excellente joueuse de poker. Ses pensées sont indéchiffrables pendant qu'on se dirige vers chez moi.

Lorsque nous sortons de l'ascenseur, elle parcourt le vestibule des yeux.

— La « modiste » est déjà là ?

Je regarde mon téléphone.

— Non. Mme Dubois sera là dans dix minutes, environ, et les autres arriveront encore plus tard.

Jane hausse un sourcil.

— La « modiste » a même un nom de famille français ?

— Et l'accent qui va avec, acquiescé-je avec un sourire. Je me suis dit que ça te plairait.

Elle secoue la tête.

— Je n'ai même pas envie de savoir combien tu as dû payer en plus pour la version française.

— En attendant Mme Dubois, tu veux une visite du penthouse ?

Oups. Le mot « visite » semble lui rappeler la débâcle de la galerie, parce que je vois Jane grimacer avant de reprendre son visage impassible.

— Avec plaisir, répond-elle d'un ton un peu réticent. Je sais que tu meurs d'envie de frimer.

CHAPITRE 17

Jane

Juste au moment où on commençait à bien s'entendre, je me souviens de cette foutue galerie et des femmes qu'elle contient. Le monstre vert au fond de moi se réveille.

C'est tout aussi ridicule, parce qu'il s'est déjà débarrassé des peintures et de leurs muses, alors qu'est-ce que je veux de plus ? Une politique d'embauche sexiste pour les agents de sécurité, qui interdit d'engager des femmes attirantes ? Qu'Adrian porte un sac sur la tête pour éviter que les femmes flirtent avec lui ? De toute façon, il est si musclé qu'elles risqueraient de flirter avec lui, même avec le sac.

— Voici le salon, dit Adrian.

— Sans déconner.

Sa télé est si grande qu'elle pourrait servir d'écran de cinéma. Elle est face au canapé à l'air le plus confortable que j'ai jamais vu, ainsi qu'une armée de fauteuils inclinables de massage super onéreux et haut de gamme. Il y a aussi des consoles de jeu, une table de ping-pong et une de billard, un bar et un tas d'autres endroits où pratiquer ce que mes romances appellent « des activités masculines ».

Je repère une bibliothèque et je ne peux m'empêcher d'aller l'examiner. Il s'avère qu'elle ne contient pas que des livres. Il y a aussi des films, des bandes dessinées et des jeux vidéo.

Je les étudie tous avec mon œil de bibliothécaire. Beaucoup concernent Da Vinci, mais tout autant sont des films Marvel, des jeux et des bandes dessinées avec Iron Man.

Hmm. Je repère aussi un poster d'Iron Man sur le mur – signé par Robert Downey Jr.

— Tony Stark est mon personnage de fiction préféré, dit Adrian en suivant mon regard.

— C'est parce que c'est un frimeur vaniteux, comme toi ?

Adrian affiche un sourire suffisant.

— Tu as oublié qu'il était aussi arrogant, trop sûr de lui et narcissique ?

— Pourquoi frapper un homme à terre ? demandé-je d'un ton neutre.

— Tony Stark est doué dans beaucoup de domaines, explique Adrian. Et il a réussi à trouver un moyen de focaliser tous ses talents sur une chose : son rôle d'Iron Man. Je n'ai pas encore trouvé ma version de ça.

Son expression, un mélange d'envie et d'autodérision, me provoque un pincement dans la poitrine, me donnant envie de me rapprocher.

Mlle Miller pense qu'une dame convenable devrait garder ses distances, surtout en compagnie d'un débauché.

— Tu ne trouves pas ça ingrat ? demandé-je. Certaines personnes vendraient leur âme au diable pour peindre aussi bien que toi, ou pour savoir composer de la musique… et ainsi de suite.

Il hausse les épaules.

– Je serais prêt à échanger tout ça contre une passion telle que celle que tu as pour les livres. À moins que ce soit les bibliothèques ?

— Les livres, dis-je sans hésiter. Tu n'as jamais envisagé de trouver un métier multidisciplinaire ?

Ses yeux s'illuminent.

— Comme quoi ?

— Tu pourrais devenir journaliste et couvrir un tas de sujets différents ? Ou bien développeur informatique et inventer des applis dans des domaines variés ? Ou être professeur sur plein de sujets ?

L'excitation d'Adrian s'estompe.

— Rien de tout ça ne me conviendra. Quand j'écris, je n'écris que de la fiction. Quand je code, ce n'est qu'un moyen de parvenir à mes fins, pour accomplir un projet. Je n'ai jamais essayé d'enseigner, mais je ne crois pas que ce soit fait pour moi. En plus, il me faudrait des diplômes supérieurs et je suis autodidacte dans la plupart des domaines qui m'intéressent.

— Tu écris ? m'exclamé-je, me concentrant sur ce qui me touche le plus. Quel genre ?

Il me fait un clin d'œil.

— Pas de la romance historique, désolé.

— Je ne m'attendais pas à ce que tu écrives ça. Je ne pense pas que tu en serais capable, même si tu le voulais.

Il penche la tête.

— On dirait un défi.

Je lève les yeux au ciel.

— Tu fais exprès d'esquiver la question ?

— J'écris un livre pour enfant, admet-il. Pour Piper.

— C'est vrai ?

Je suis à deux doigts de tomber en pâmoison, à moins qu'il s'agisse de ces fameuses vapeurs ?

— C'est merveilleux.

— Tu trouves ? demande-t-il, ses yeux argentés étincelant encore plus. Je me disais que je pourrais en faire un dessin animé, si tout se passe bien, et tout créer moi-même. La musique, l'histoire, les animations à la main et les effets spéciaux.

— Tu vois, dis-je. Si ce projet se passe bien, ça pourrait devenir ton truc à toi. Tu pourrais commencer par les dessins animés, avant de te lancer dans les films. Tout est possible, et tous ces domaines sont très multidisciplinaires.

Adrian se frotte le menton, songeur.

— Cette idée ne me déplaît pas.

Son téléphone sonne.

— Ah, dit-il après lui avoir lancé un coup d'œil. La modiste est en bas.

Je souris.

— On dirait que la visite va devoir être repoussée encore une fois.

— Mais j'avais tellement envie de frimer, répond Adrian. On pourrait peut-être en faire une version abrégée ?

Il me tend la main, l'air malicieux. Je la prends et mes doigts me picotent. Qu'est-ce que j'ai à perdre ?

Mlle Miller pourrait nommer plusieurs choses qu'une dame risque de perdre, dans de telles circonstances : sa vertu, son honneur, sa dignité et son bon sens.

Adrian sourit, et traverse un couloir en courant, débitant le nom de chaque pièce. La moitié du temps, j'ai l'impression qu'il invente des clichés de gens riches, comme quand il évoque la piscine, la cave à vin, la salle de sport, le spa et cetera.

Quand il prononce le mot « bibliothèque », je me fige net et vérifie s'il dit la vérité. Après tout, il y avait déjà des livres dans le salon.

— Oh, mon Dieu, hoqueté-je en regardant de l'autre côté des doubles portes.

C'est une bibliothèque plus grande que ma maison entière – elle pourrait contenir deux fois celle de *La Belle et la Bête.*

— Je suis sûr que tu vas passer beaucoup de temps ici, dit Adrian en me pressant gentiment la main. Après tout, tu emménages… demain.

CHAPITRE 18

Adrian

Jane se tourne vers moi en battant des cils comme les ailes d'un colibri.

— Demain ?

— Si ça te convient, dis-je.

Au départ, je comptais avancer un peu plus lentement, mais maintenant que j'ai vu qu'elle était parfaite, je ne veux plus perdre une seconde.

Parfaite pour l'audition, bien sûr.

Elle fronce les sourcils, puis hausse les épaules.

— C'est toi qui vois. Tu es sûr de ne pas vouloir attendre de voir comment je me débrouille à ce bal ?

— Non. C'est juste une fête ridicule.

En parlant de ça… je me donne une tape sur le front.

— On a complètement oublié Mme Dubois.

Jane sourit et nous courons vers l'ascenseur, où la modiste aussi tape-à-l'œil qu'un paon nous attend déjà, avec les équipes de maquillage et de coiffeurs.

— Bonjour, dit Mme Dubois d'un ton désapprobateur, la voix teintée d'un fort accent français. J'ai fait erreur sur la date du rendez-vous ?

— Je suis désolée, répond Jane.

Elle a l'air étrangement déconfite – peut-être parce que c'est un rappel indésirable de l'entretien d'hier.

Mme Dubois l'examine de haut en bas.

— Pas autant que vous le devriez, dans cette tenue.

Qu'est-ce qui lui prend ? Elle se croit assez douée dans son travail pour pouvoir se permettre d'être impolie avec une cliente ? Je suis tenté de la virer sur le champ, mais on est trop près de l'événement, je vais donc devoir me contenter de la remettre à sa place, ce qui n'est pas compliqué sachant que tout ce que j'ai à faire, c'est m'inspirer de mon défunt père.

— Je croyais que je payais vos employés pour leur temps, dis-je d'un ton impérieux. Est-ce que je me trompe ? Ça n'inclut pas le temps d'attente ?

Mme Dubois écarquille les yeux et hoche la tête.

— Dans ce cas, vous devriez savoir que si je le voulais, je pourrais les payer pendant un an et vous faire attendre près de cet ascenseur tout du long.

Mme Dubois fait un pas en arrière.

— Je ne voulais pas vous manquer de respect, dit-elle.

Son accent français a disparu, remplacé par une note nasillarde de Boston.

— Parfait, dis-je. Faites de votre mieux avec ma fiancée et tout ira bien.

— Fiancée ? répète Mme Dubois.

Elle réexamine Jane et cette fois, il y a un respect indéniable dans son regard.

— Elle va briller, je vous le jure.

Je regarde les autres.

— Ça vaut aussi pour vous, OK ?

Ils acquiescent tous à profusion et l'un d'eux me fait même un salut militaire.

Mon père serait si fier de moi. Je me sens minable.

— Installez-vous dans le salon, reprends-je d'une voix plus douce. Jane connaît la route.

Je lui fais un clin d'œil.

— En attendant, je vais régler quelques affaires.

Ils se dirigent tous vers le salon et j'entre dans mon studio, où je commence à bosser sur un nouveau projet – un film animé pour quand Piper sera assez grande pour avoir envie de regarder ce genre de trucs.

Et oui, je l'admets, j'ai été inspiré par ma conversation avec Jane. L'intrigue du film sera un mélange de *Freaky Friday*, *Big* et d'autres films sur le thème d'un échange de corps, sauf que dans cette version, l'héroïne ne sera pas un humain, mais un chien. Pendant que j'écris le script et dessine quelques croquis des personnages, j'entre dans un état où le temps file et le monde extérieur semble disparaître. L'héroïne s'appelle Piper, bien sûr, et le chien Léo, ce qui rend plus facile de les dessiner : je n'ai qu'à imaginer ma fille avec quelques années de plus et sous forme cartoonesque, et représenter mon chien exactement comme il est.

Je suis si accaparé par mon travail que lorsque mon

téléphone sonne, je le regarde avec perplexité pendant une seconde avant de décrocher.

— Je suis prête, annonce Jane.

Merde. On doit partir bientôt.

— J'arrive tout de suite, dis-je.

Dieu merci, je me suis fait couper les cheveux et j'ai pris une douche chez Jane, tout ce qu'il me reste à faire, c'est enfiler un costume.

Je me précipite dans ma chambre et cherche dans ma penderie jusqu'à trouver la section des costumes, qui se trouve dans le coin le plus éloigné parce que j'ai demandé à mon assistant de tout organiser selon la fréquence à laquelle je le portais.

Une fois habillé, je me dirige vers la bibliothèque, mais quand je dépasse la cuisine, Léo trottine vers moi en remuant la queue.

— Salut, mon pote, dis-je. Tu as faim ?

Il remue la queue plus fort.

Si un jour je réponds « non » à cette question, je ferais un bras de fer avec un lion, je tomberais sur une épée ou je mangerais du chocolat couvert de raisin, quelle que soit la manière la plus pratique de mettre fin à mes jours à ce moment-là.

Je le nourris et regarde mon téléphone pour voir quand le nouveau dog-sitter va arriver. Il s'avère qu'il est là depuis une heure, en train d'attendre près de l'ascenseur.

Je lui apporte une friandise pour chien, histoire d'être sûr que Léo et lui s'entendent bien, puis je vais dans la bibliothèque.

Quand j'entre dans la pièce, je me rends compte que j'ai peut-être bossé sur ce film animé pendant trop longtemps, parce que lorsque je vois Jane, j'ai l'impression de me transformer en loup de dessin animé – ma mâchoire se décroche, mes yeux me sortent des orbites, ma langue se met à pendre et Yoda devient dur comme la pierre.

Jane me voit et rougit.

— Qu'est-ce que tu en penses ?

Oh, putain. J'étais en train de la dévisager, sans voix.

— Tu es magnifique, dis-je, l'impression que c'est un euphémisme.

La robe noire qu'elle porte moule toutes ses courbes juste comme il faut, et sa coiffure sophistiquée me donne envie de la dénouer pour faire courir mes doigts dans les mèches brunes et soyeuses, pendant que je…

— Tu as un air de débauché, déclare Jane, mais je ne crois pas que ce soit une insulte, cette fois. Et tu parles aussi comme si tu en étais un.

Ah, c'était peut-être un peu une insulte, finalement.

L'un des stylistes coiffure s'avance vers moi, l'air penaud.

— Voulez-vous que je vous coiffe, monsieur ?

Je lance un regard interrogateur à Jane.

— Il sait de quoi il parle, répond-elle.

Je me tourne vers le type.

— Faites vite.

Pendant qu'il s'affaire, il me demande si mon costume est un Ermenegildo Zegna et mes chaussures des Scafora. Je lui réponds que je n'en ai aucune idée –

c'est mon assistant shopping qui me les a fournis. Tout ce que je sais, c'est qu'ils ont été faits sur mesure pour moi, ce qui a nécessité une perte de temps agaçante pour la prise des mesures. Je reprends le même costume et les mêmes chaussures depuis lors, pour éviter que la situation se répète.

— OK, c'est terminé, annonce le type au bout de deux minutes.

Je me regarde dans le miroir et ne vois pas vraiment de différence, mais je n'ai rien d'un expert à ce niveau-là.

— Qu'est-ce que tu en penses ? demandé-je à Jane.

— Ça fait encore plus débauché, répond-elle avec un soupir.

— Excellent. On ferait mieux de filer.

Je me tourne vers l'équipe et lance :

— Beau travail, tout le monde.

Je me tourne vers la modiste et ajoute :

— Est-ce qu'on peut oublier le désagrément de tout à l'heure ?

— Quel désagrément ? demande-t-elle, ayant retrouvé son accent français.

Avec un sourire, je prends la main de Jane et l'entraîne vers la limousine, même si ma chambre me paraît une destination bien plus tentante.

— C'est loin ? demande Jane pendant qu'on est dans l'ascenseur.

Je détourne les yeux de son décolleté.

— C'est à distance de marche. Mais puisque tu portes de hauts talons, on va prendre la limousine.

En parlant de talons, je n'avais jamais remarqué à quel point les fesses des femmes étaient sexy, quand elles portaient ce genre de chaussures, ni comment…

— Une limousine ? répète Jane en époussetant une poussière imaginaire sur mon épaule. Pourquoi se priver de prendre l'hélicoptère ?

Je hausse les épaules.

— Parce qu'il n'y a pas d'héliport sur les lieux ?

Elle ricane.

— Le plus effrayant, c'est que je ne sais même pas si tu plaisantes.

— Je plaisantais. Mais j'ai *bien* un héliport sur mon toit, ainsi qu'un hélicoptère. Je sais même le piloter.

L'ascenseur s'arrête et je fais signe à Jane de sortir avant qu'elle ait pu m'accuser d'être un cliché de riche.

— Tu m'as dit que ce bal était une collecte de fonds, remarque Jane quand la limousine se met en route. Pour quelle cause ?

— WSW, dis-je.

Elle fronce les sourcils.

— Je t'en supplie, dis-moi que tu ne fais pas des dons pour le World Series Wrestling[1]

— Quoi ? Non. WSW est l'acronyme de Whales Save Whales. Des Baleines Sauvent des Baleines. Des donateurs extrariches, aussi surnommés « baleines », font don de leur argent pour sauver les baleines des océans.

---

1. Société de lutte professionnelle.

— Hmm, fait-elle. J'aime bien les baleines. Celles des océans.

La limousine s'arrête. Jane me lance un regard interrogateur.

— On est déjà arrivés ?

Je hoche la tête. Elle sourit.

— On était *vraiment* à distance de marche.

Je hausse les épaules, sors et lui tiens la porte ouverte.

Pendant qu'elle sort, je savoure son parfum de goyave avec une touche de bégonia – et je ne sais même pas si c'est l'équipe de relooking qui a vaporisé ça sur elle ou si c'est Jane elle-même.

— Par ici, dis-je en lui tendant mon bras droit.

— Quel gentleman.

Elle glisse sa main au creux de mon coude.

Lorsque nous dépassons mes camarades baleines dans la salle, je commence à comprendre une pratique que je trouvais jusqu'ici détestable – celle des milliardaires superficiels qui se trouvent des femmes trophées. Jane est si belle que je suis fier de l'exhiber à mon bras, même si je ne mérite pas du tout cette fierté. D'un autre côté, l'idée de femme trophée est peut-être une mauvaise analogie, dans mon cas. Les gens qui croient aux stéréotypes sont persuadés qu'elles manquent d'intelligence (même si je sais que ce n'est pas toujours vrai, comme l'a prouvé ma mère), mais Jane est la personne la plus maligne que je connaisse, et ça me rend encore plus fier de l'épouser… ou de faire semblant, en tout cas.

— Oh, mon Dieu, hoquette Jane quand nous entrons dans le hall. C'est comme participer à un bal de l'un de mes romans.

CHAPITRE 19

Jane

Je regarde autour de moi, émerveillée.

Si cette salle aux allures de palais avait un thème, ce serait un truc du genre « sang bleu ». Même le valet du parking et les serveurs ont l'air plus riches que leurs homologues habituels. Les baleines irradient la richesse – ce qui me fait prendre conscience qu'Adrian a plutôt les pieds sur terre, de ce point de vue… en comparaison avec ses pairs, bien sûr.

— Qu'en dis-tu ? murmure Adrian.

— Je suis en compagnie de *l'élite,* dis-je à voix basse. Et je ne suis qu'une paysanne, à côté d'eux.

Il lève les yeux au ciel.

— Tu es un diamant de première qualité.

— On dit l'eau, pas la qualité, dis-je tandis que des papillons font des sauts périlleux dans mon ventre.

— L'eau ? répète-t-il en haussant un sourcil.

— L'éclat d'un diamant est appelé son eau.

Avant d'avoir pu répondre, Adrian remarque

soudain quelque chose derrière moi et fronce les sourcils. Quand je me retourne, je vois une femme nous sourire comme un requin.

Avec ses yeux ambrés, ses cheveux noirs soyeux et son visage fin, elle me rappelle ce à quoi j'aurais pu ressembler, si j'avais mangé du caviar tous les jours depuis la crèche, si j'avais un coach personnel depuis l'école primaire et si je nageais dans une piscine de pièces d'or depuis la naissance.

Mais non. Dans aucun univers alternatif je ne pourrais avoir l'air aussi hautaine. Si l'adage selon lequel il faut dix mille heures pour devenir expert dans quelque chose est vrai, ce doit être le temps qu'elle a passé à regarder les gens de haut, pour être aussi douée pour ça.

— Adrian, dit-elle d'une voix dégoulinante de suffisance. Pourquoi avoir amené ton assistante au Bal ?

Son assistante ? Eh, ça pourrait être pire, elle aurait pu me prendre pour sa femme de ménage.

Mlle Miller trouve le terme « femme de ménage » trompeur – ce sont les domestiques qui font le ménage, tandis que les femmes s'occupent du foyer. Ceci étant dit, le terme « gentleman de ménage » serait encore plus incongru. Oh, et puisqu'on en parle, le terme « folle à chats » soulève aussi beaucoup de questions. Par exemple, pourquoi n'est-elle pas à l'asile ou enfermée dans un grenier ? Tous ces chats sont-ils là pour la débarrasser des souris dans ledit grenier, ou est-elle folle parce qu'elle les utilise comme source de protéine ?

— Jane, je te présente Sydney, dit Adrian d'une voix plus formelle que d'habitude. Sydney, voici Jane.

Il se tourne vers moi et précise :

— Sydney est la mère de Piper.

Oh, zut.

Il regarde Sydney.

— Jane et moi sortons ensemble en secret depuis six mois, et depuis hier, nous sommes fiancés.

Double zut.

Jusqu'à cet instant, Sydney ne m'avait pas vraiment regardée, mais maintenant qu'elle a posé ses intenses yeux ambrés sur moi, je préférerais revenir au bon vieux temps où elle ne me croyait pas digne de son intérêt.

Elle se tourne vers Adrian et son faux sourire me rappelle l'époque où ma mère pratiquait le yoga du rire – qui ressemblait beaucoup à l'interprétation du Joker par Jack Nicholson.

— J'espère que *notre fille* héritera de ton merveilleux sens de l'humour.

Adrian soupire.

— Pourquoi plaisanterais-je là-dessus ?

Me sentant un peu mesquine, je montre à Sydney la bague à mon doigt. Sa jovialité feinte se volatilise sans laisser de trace.

— Vous allez vous marier, dit-elle, articulant chaque mot avec soin.

Adrian croise les bras sur sa poitrine.

— Le mariage est une étape courante, après des fiançailles.

Elle étrécit les yeux.

— Alors tu *peux* te marier, maintenant ?

Elle veut qu'il lui balance en pleine face qu'il n'a jamais eu aucun problème à se marier, mais pas avec elle ?

Adrian fronce les sourcils et se tourne vers moi.

— Sydney et moi allons discuter en privé un instant.

Je hoche la tête, parce que qu'est-ce que je pourrais faire d'autre ? Même si ce qu'il y a entre Adrian et moi était réel, Sydney n'en resterait pas moins dans sa vie pour toujours, ou au moins jusqu'à ce que leur fille soit assez grande pour déménager. Il doit rester en bons termes avec cette femme, et pour les trois prochaines années, moi aussi.

Pendant qu'ils s'éloignent, un homme d'âge moyen que je ne reconnais pas s'approche de moi, une flûte de champagne à la main.

— Bonjour, dit-il en levant la flûte. Je suis Tristan Astor.

Sur ces mots, il me tend la main. Je la serre.

— Jane Miller. Désolée… vous avez prononcé votre nom comme si je devrais le connaître, mais ce n'est pas le cas.

— Ah, répond-il en rougissant. Je suis le père de Sydney.

Ah. Maintenant qu'il le dit, je vois une certaine ressemblance… ses cheveux sont de la même nuance de noir et ses yeux ambrés. Le nom de famille de Sydney est donc Astor. Cette info pourrait s'avérer pratique, parce que je ressens l'envie de la cyberharceler.

— Je vous ai vue lui parler il y a un instant, continue-t-il. J'ai supposé que vous faisiez partie du même cercle.

Il croit que je fais partie de l'élite ? Je vais prendre ça comme un compliment.

— Je ne fais pas partie de leur cercle, dis-je. Par contre, puisque vous êtes le grand-père de Piper, nos chemins se recroiseront peut-être, et nous apprendrons à tous nous connaître.

Il a l'air perplexe.

— Vous êtes liée à Piper ?

Avant que j'aie pu répondre, une voix encore plus hautaine que celle de Sydney lance :

— Tristan, mon chéri, est-ce une candidate pour devenir ta quatrième femme ? À moins que ce soit la cinquième ?

Je me retourne vers la personne qui vient de parler, une femme d'âge moyen qui semble avoir une équipe de chirurgiens esthétiques en appel rapide. Elle pourrait aisément jouer le rôle d'une baronne veuve diabolique dans une série sur l'Angleterre victorienne.

— Juliet, dit Tristan entre ses dents serrées. Tu t'es déjà lassée de ton minet ?

Juliet jette un coup d'œil à un homme ayant à peu près l'âge d'Adrian, avant de reporter son attention sur Tristan.

— Je ne suis pas venue ici pour me disputer avec toi, répond-elle avant de montrer Adrian et Sydney, au loin.

— Tu crois qu'ils sont en train de se réconcilier ?

Tristan hausse les épaules et fait un geste vers moi.

— Jane le sait peut-être ?

Juliet me scrute et pousse l'un de ses sourcils taillés à la perfection à se hausser dans un simulacre de point d'interrogation.

— Vous connaissez ma fille ?

Ah. Il s'agit donc de la mère de Sydney, et il semblerait que Tristan et elle ne soient plus ensemble. Sûrement parce qu'elle ne s'appelle pas Isolde et qu'il n'est pas Roméo.

— Je viens de rencontrer Sydney il y a une seconde, dis-je, sans ajouter que ce n'était pas du tout un plaisir. Je suis venue avec Adrian.

— Ah, lâche les deux parents de Sydney à l'unisson.

Ils m'examinent ensuite comme si j'étais une bactérie et qu'ils venaient d'inventer le microscope.

— *Vous* êtes venue avec Adrian ? répète Juliet en continuant de me scruter. En tant que sa cavalière ?

— Je suis sa fiancée, précisé-je, songeant qu'il vaut mieux crever l'abcès tout de suite.

Ils me dévisagent tous les eux, sous le choc. Surtout Juliet.

— Je croyais que ce n'était qu'une question de temps avant qu'il se réveille et épouse Sydney, dit Juliet, plus à Tristan qu'à moi.

— Et moi, je croyais qu'il refusait de l'épouser parce qu'il avait peur de l'engagement, renchérit Tristan. Mais il épouse quelqu'un d'autre ?

Dois-je vraiment prendre part à cette conversation ?

Juliet rive les yeux sur moi.

— Vous avez aussi un enfant avec lui ?

— Pas que je sache.

Grr. Qu'est-ce que je raconte ?

— Alors pourquoi ? s'enquièrent-ils à l'unisson.

— Il faudra poser la question à Adrian, dis-je.

Je remercie ma bonne étoile, parce qu'à cet instant, je le vois en train d'arriver vers nous.

Pauvre homme.

Il vient d'échapper à Sydney, tout ça pour se retrouver entre Tristan et Juliet.

CHAPITRE 20

Adrian

— **Q**u'est-ce que tu fous, putain ? demande Sydney dès que nous sommes hors de portée de voix de Jane.

— Pardon ? Je suis censé pouvoir répondre à ça ?

— Tu fais ça pour me provoquer ? s'enquiert-elle.

— Encore une fois, je ne vois pas bien de quoi tu parles, dis-je.

Elle a l'air à deux doigts de lancer des éclairs avec ses yeux.

— Je t'invite à une fête et tu amènes une inconnue.

Je soupire.

— Jane n'est pas une inconnue. Comme je te l'ai dit, on sort ensemble depuis six mois.

— Conneries. Je le saurais, si c'était le cas.

— Comment, grâce à tes pouvoirs psychiques ?

Elle étrécit les yeux en deux fentes.

— Tu *sais* que je suis une intuitive.

— Intuitif n'est pas un nom.

Si elle possédait un tant soit peu d'intuition, elle se rendrait compte que notre vie mariée serait affreuse. Et que le strass ne suffit pas.

Elle prend une grande inspiration.

— Écoute, peu importe quand tu l'as rencontrée. Tout ce qui compte, c'est qu'on a un bébé ensemble.

Je fais mon possible pour me calmer aussi. Pour le bien de Piper, nous devons apprendre à nous entendre, tous les deux… d'une manière ou d'une autre.

— Elle ne veut pas qu'on se marie. Fais-moi confiance.

Sydney fait un pas vers moi, les yeux étincelants.

— Ce qu'elle désire le plus, c'est avoir une maman *et* un papa. Tu ne sais pas ce que c'est parce que tes parents sont restés ensemble. Les miens se sont séparés quand j'avais cinq ans. C'était horrible.

On a déjà eu cette conversation un million de fois. Sydney a vraiment souffert au divorce de Tristan et Juliet, mais elle ne m'écoute pas quand je lui dis que ma situation était l'exact opposé. Ma mère *aurait dû* quitter mon père, tout le monde aurait été plus heureux comme ça, mais elle ne l'a pas fait.

— Piper aura une maman et un papa, assuré-je d'un ton conciliant. J'ai bien l'intention de faire partie de sa vie. C'est tout l'objectif de…

— Non, siffle Sydney. Il vaudra mieux qu'elle ne connaisse même pas ton nom.

Sur ces mots, elle s'éloigne à grands pas.

Merde. Une partie de moi espérait qu'en apprenant

que j'ai tourné la page, Sydney ferait pareil et abandonnerait son idée délirante de m'épouser. Et bien sûr, qu'elle arrête de me refuser la garde partagée. Ça aurait sûrement été trop facile.

Bref, j'ai laissé Jane toute seule trop longtemps. Je me tourne vers elle – et n'arrive pas à en croire mes yeux. Les parents de Sydney l'ont acculée comme une meute de hyènes enragées.

Quand je me précipite vers eux, le visage de Jane s'illumine de soulagement, et je comprends que j'arrive juste à temps.

— Vous ne vous êtes pas réconciliés, hein ? demande Tristan en faisant fi des politesses.

Des deux, je préfère Tristan, je choisis donc mes mots avec soin.

— Je crains que votre fille et moi ayons des différences inconciliables.

Voilà. C'est bien mieux que de dire que sa fille est insipide, superficielle et vaniteuse – que son ex-femme et lui ont tellement merdé qu'elle préfère encore priver Piper de son père plutôt que d'accepter un arrangement à l'amiable pour sa garde partagée.

— Quel dommage, déplore Tristan. Si tu ne peux plus jamais parler à Piper, tu le regretteras.

Je crispe les poings et fais un pas en avant sans le vouloir.

— C'était une menace ?

Tristan recule d'un pas.

— Je ne fais qu'énoncer les faits. Il n'y a aucune garantie que tu auras la garde partagée.

Je décrispe les poings. La dernière chose dont j'ai envie, c'est de frapper le grand-père de Piper. Ce genre de truc enterrerait tous mes espoirs de réussir l'audition.

— J'obtiendrai la garde, dis-je d'un ton égal. Le juge se rendra compte que je veux ce qu'il y a de mieux pour Piper.

— Non, tu n'auras rien, rétorque Juliet d'un ton mauvais. Les juges privilégient toujours la mère.

Elle marque un point. Même s'ils sont censés considérer les deux parents sur un même pied d'égalité, les juges sont humains et ont des préjugés humains. Ils privilégient souvent la mère malgré la loi.

Je prends une inspiration pour me calmer, et Jane pose une main rassurante sur mon épaule. Ce geste m'aide énormément. Quand je m'adresse aux deux parents de Sydney, mon ton est presque plaisant.

— Pourriez-vous aider Sydney à comprendre que si elle veut ce qu'il y a de mieux pour Piper, elle doit la laisser connaître son père ?

Juliet ricane.

— Rien ne pourra t'aider après cette insulte, répond-elle avec un coup d'œil vers Jane.

Cette remarque n'est qu'un avant-goût de la raison pour laquelle Tristan aurait dû la fuir.

— Je ne vois pas ce que vous voulez dire, dis-je d'un ton glacial. Et je m'en moque.

Juliet pose les mains sur les hanches.

— L'insulte, c'est d'avoir annoncé que tu allais

épouser une femme qui ressemble à une imitation bon marché de celle qui t'a donné un enfant.

— Jane ne pourrait pas être plus différente de Sydney même si quelqu'un l'avait créée génétiquement dans ce but précis, déclaré-je.

Je me tourne vers Jane et ajoute :

— Je vois ça comme un compliment.

Jane rougit tandis que les yeux de Juliet lancent des lasers. Ouais, Sydney tient ça d'elle.

Je soutiens son regard sans ciller.

— Si vous voulez bien nous excuser.

Je me tourne vers Jane et lui tends la main.

— Puis-je avoir cette danse ?

L'air ravie de se tirer de cette situation déplaisante, Jane me regarde d'un air rayonnant.

— Avec plaisir.

Pendant que je l'entraîne avec moi, elle murmure :

— Une danse sans musique ?

Je lui fais un clin d'œil, passe devant la table du DJ et lui glisse quelques billets de cent, avant de lui lâcher un dossier et de retrouver Jane.

— Le problème de la musique est résolu, annoncé-je. Le DJ devait commencer dans une demi-heure, environ, je n'ai fait qu'accélérer les choses.

La musique se lance. Jane écarquille les yeux.

— C'est un remix du générique des *Chroniques de Bridgerton* ?

Je souris.

— Pas tout à fait. C'est un truc que j'ai composé… et qui en est lourdement inspiré.

Elle se mord la lèvre.

— C'est toi qui as composé ça ?

— Quelque chose me disait que ça te plairait de danser là-dessus.

Et à cet instant, quelque chose me dit aussi que ses lèvres pulpeuses et appétissantes seraient très agréables à mordiller.

— Très bien, dit-elle avant de regarder les quelques personnes déjà sur la piste de danse avec nous. On y va ?

Merde. Entre mon idée de lui mordre les lèvres et notre proximité, le sabre laser de Yoda s'est déployé. Mais nous devons être vus en tant que couple, et le fait de danser ensemble en dit long.

Je prends ses mains dans les miennes et entame une valse, tout en gardant mes distances pour éviter qu'elle sente l'effet qu'elle me fait.

La chanson suivante est plus rapide, nous dansons donc séparément, et je peux la regarder osciller des hanches pendant que ses seins ronds et parfaits rebondissent au rythme de la musique – en d'autres termes, ça ne vaut pas mieux que d'être proche d'elle, en termes de pensées et d'envies inappropriées.

D'ici la cinquième chanson, c'est officiel.

Si je continue de danser avec Jane, mes testicules finiront par ressembler à des œufs de merle bleus.

CHAPITRE 21

Jane

Je ne crois pas que la mouche espagnole soit vraiment un aphrodisiaque qui transforme les femmes en nymphomanes, mais si c'était le cas, l'effet serait très proche de ce que je ressens quand je danse avec Adrian. Je ne sais pas si c'est à cause de notre proximité, de son costume sur mesure ou de l'intensité de son regard argenté, mais mes lunettes n'arrêtent pas de s'embuer, tout comme ma culotte. D'ailleurs, il évolue avec un tel sens du rythme et une telle précision qu'il pourrait ajouter « danseur » à la liste déjà longue des domaines dans lesquels il excelle.

Mlle Miller trouve que la danse en général – et plus particulièrement la valse – n'est pas une activité à laquelle une dame célibataire devrait s'adonner. Une dame ne devrait pas non plus danser avec le même gentleman autant de fois d'affilée. Ni...

La musique s'arrête. Je réprime ma terrible

déception. Il s'avère que je suis l'une de ces filles capables de danser toute la nuit – qui l'aurait cru ?

— Les gens s'apprêtent à faire leurs dons, m'explique Adrian. Beaucoup de frime va en découler.

Je hoche la tête d'un air entendu.

— Autrement dit, il faut que tu participes.

Il sourit.

— En fait, j'ai déjà fait mon don en ligne.

— Je suppose que lorsqu'on est assez riche et que tout le monde le sait, on n'a pas besoin de faire étalage de sa richesse. Tu n'as plus rien à prouver.

Son sourire s'élargit.

— Évite de dire ça aux un pour cent les plus riches… tu risquerais de lancer une mode.

Pourquoi ma poitrine me paraît-elle si légère ?

— Ça reste entre nous, dis-je d'un ton de conspiratrice. Qu'est-ce qu'on doit faire, maintenant ?

Exemple : on pourrait aller danser en boîte.

— Tu veux qu'on discute un peu dans l'espace détente ? propose-t-il en m'offrant son bras.

Je ne suis pas assez courageuse pour insister pour qu'on danse encore, alors j'accepte son bras et nous avançons vers la zone en question, où un serveur nous propose un plateau de champagne.

Adrian prend une flûte et je l'imite.

— Que penses-tu de cet événement, pour l'instant ? demande-t-il.

Je sirote le champagne – qui est divin, bien sûr.

— Dans mes livres préférés, on appellerait ça « le meilleur de la saison ».

Il émet un petit rire.

— J'ai l'impression qu'on parle de jus d'orange.

Je bois une autre gorgée de champagne et me surprends à demander :

— Alors, qu'est-ce qui se passe entre toi et Sydney ? Pourquoi ne pas l'épouser pour de vrai ? Elle est riche et attirante, et juste un peu garce.

Adrian pousse un soupir.

— On est allés à l'école préparatoire ensemble… insérez une blague sur les gosses de riches qui se croient tout permis.

Je ricane.

— Les gens qui se moquent des écoles préparatoires sont juste jaloux de ne pas avoir pu inscrire leurs enfants dedans, ou y aller eux-mêmes. Soit ça, soit ils ont trop regardé *Gossip Girl*.

— Bien vu, répond-il. Sydney était l'une des filles cruelles de cette école, et à l'époque, je trouvais ça exécrable. Mon opinion là-dessus n'a fait qu'empirer au fil des années. Nous étions tous deux des jeunes populaires, alors elle a décidé qu'elle me voulait en guise de fleur à sa boutonnière. Mais je n'étais pas intéressé, alors elle a laissé tomber.

Il soupire.

— Le temps a passé jusqu'à il y a environ un an, quand j'étais dans une phase de ma vie où je faisais trop la fête. J'étais dans un club, sous ecstasy – la drogue, pas l'émotion – et je suis tombé sur Sydney. On a commencé par prendre des nouvelles l'un de l'autre, puis tout s'est passé comme dans l'une de ces campagnes de pub « Contentez-vous de dire non ». J'ai couché avec une femme que je méprise, je l'ai mise enceinte et voilà où on en est.

J'ai la tête qui tourne, et pas seulement à cause de ce délicieux champagne. Il m'avait déjà dit qu'elle avait menti en prétendant avoir un stérilet – et qu'elle avait peut-être percé le préservatif qu'ils ont utilisé. Autrement dit, elle n'a jamais fait une croix sur ses ambitions de l'école préparatoire.

Je pose la main sur sa jambe – un geste rassurant qui n'a rien à voir avec mon envie de sentir le muscle puissant sous mes doigts.

— Je comprends pourquoi tu ne veux pas l'épouser.

— Si je pensais que l'épouser serait bénéfique pour Piper, je ferais ce sacrifice, répond-il. Mais ça ne ferait que du mal à notre fille. Même les mariages d'amour se terminent en divorce la moitié du temps, alors quelles seraient mes chances avec une femme avec qui je m'accorde autant que l'eau et l'huile ?

Je presse sa jambe – toujours pas parce que je suis une perverse.

— Je ne te jugeais pas pour ça.

— Le plus dingue, c'est que même si j'avais une machine à remonter dans le temps, je ne changerais rien à cette nuit-là… pas après avoir rencontré Piper.

— Je comprends, dis-je, mon cœur se serrant dans ma poitrine.

Je suis bien contente que Piper ait un père qui l'aime autant, mais je suis aussi jalouse et curieuse de savoir ce que ça doit faire.

Adrian recouvre ma main de la sienne.

— Nous ne nous connaissons que depuis deux jours, et pourtant je suis certain que si notre mariage était réel, nous aurions une bien meilleure chance de tenir la distance que moi et la mère de mon enfant. C'est bien triste, hein ?

Je le regarde, mon cœur palpitant quelque part au niveau de ma luette. Est-ce qu'il vient de dire qu'on irait bien ensemble pour de vrai ? Non, impossible. Il n'a fait que me comparer à la femme qu'il méprise, alors évidemment que je ressors gagnante.

J'écarte ma main de la sienne, vide mon champagne et sens les bulles assaillir mon nez.

— Désolé, dit-il avec un geste vers le serveur le plus proche pour me procurer une autre flûte. Je ne voulais pas être rabat-joie.

— Tu ne l'es pas, assuré-je en acceptant le verre. Et puis c'est moi qui ai posé la question.

— C'est vrai, admet-il. Autrement dit, c'est à ton tour, maintenant.

— À mon tour de quoi ?

Ses yeux argentés semblent pénétrer au fond de mon âme et jusqu'à mon coccyx.

— Parle-moi de toi, dit-il. Qu'est-ce que tu aimes ?

Je penche la tête.

— Mis à part les livres, tu veux dire ?

Il hoche la tête en sirotant son verre.

— J'aime la musique classique, dis-je en remontant mes lunettes sur mon nez. Et tu es déjà au courant pour les films que je regarde avec ma mère, ainsi que…

— Non, m'interrompt-il en secouant la tête. Dismoi quelque chose de plus intime.

Une rougeur me recouvre les joues.

— Si tu parles de mes anciennes relations, il n'y a pas grand-chose à dire. Je suis sortie avec quelques types au lycée, mais à la fac, j'étais trop occupée à étudier. Mon plan était de m'inscrire sur une appli comme Tinder une fois que je serais devenue bibliothécaire.

Après quoi je connaîtrais mon GD – mais il est hors de question que j'aborde à nouveau ce sujet, surtout pas quand le champagne me donne l'impression d'avoir envie que ce soit Adrian qui se charge de cette tâche.

— Désolé que tu n'aies plus l'occasion de sortir avec personne pendant les prochaines années, dit-il, mais il n'a pas l'air de le penser.

Au contraire, un éclat presque satisfait brille dans ses yeux argentés.

Je fronce les sourcils, avant de décider que ce n'est que mon imagination.

— C'est rien. Même si je m'étais inscrite sur Tinder, je n'aurais pas forcément rencontré quelqu'un.

Il lève les yeux au ciel.

— Tu devrais écarter les hommes avec un bâton. Crois-moi.

Est-ce encore l'effet des bulles de champagne, où des papillons ivres volettent-ils vraiment dans mon ventre ?

— Raconte-moi un secret embarrassant, demande-t-il.

J'esquisse un faible sourire.

— Mis à part le fait que je sois vierge ?

— Oui, ce n'est pas du tout embarrassant, ça.

— Très bien.

Je n'arrive pas à croire que je m'apprête à admettre ça.

— Je pense souvent à la troisième personne, sous l'incarnation d'une dame de l'ère victorienne appelée Mlle Miller.

Il sourit déjà, mais je continue.

— Je me déguise aussi en Mlle Miller pour Halloween, et je possède plus de corsets qu'une dominatrix.

Son sourire devient malicieux.

— Seulement pour Halloween ? Sois honnête.

Mon visage est si brûlant qu'il doit avoir pris une nuance de rose que seules les abeilles peuvent voir.

— Parfois, je me déguise comme ça pour me donner un coup de fouet.

Son regard devient voilé.

— Quand tu auras emménagé demain, n'hésite pas à te balader dans mon appartement dans ton déguisement chaque fois que tu en auras envie. En fait, je serais même prêt à te payer un million de dollars supplémentaire, pour ça.

— Oh, Seigneur. J'avais complètement oublié l'emménagement.

Il balaie cette remarque de la main.

— J'ai embauché les meilleurs déménageurs

possibles. Ils se chargeront de tout. Tu n'as pas à t'en faire.

Ouais, ce n'est pas la logistique du déménagement qui m'inquiète le plus. C'est le fait de vivre avec un sexe sur un bâton.

À partir de maintenant, Mlle Miller renonce à manger quoi que ce soit sur un bâton, incluant notamment : les glaces, les kebabs et – juste au cas où – un sandwich, s'il est maintenu en place par un cure-dents.

— Je crois que tu essaies de me piéger, dis-je pour changer de sujet et parler d'un truc qui me fera moins rougir. Je t'ai raconté mon secret embarrassant. Tu dois me raconter le tien.

— C'est vrai, admet-il. Mais avant ça, je dois te rappeler notre accord de non-divulgation.

Je me mords la lèvre.

— J'ai l'impression que c'est un truc croustillant.

Il prend une grande inspiration, avant de lâcher :

— Je ne peux pas nager.

J'attends la chute, mais elle ne vient jamais.

— Tu ne sais pas nager ?

— Je sais nager. Mais je ne peux pas.

— Ça n'a aucun sens.

J'engloutis mon verre, mais ça ne rend cette histoire qu'encore plus obscure.

Mlle Miller ne pense pas que se soûler au champagne améliorera les compétences de conversation d'une dame.

Adrian hausse les épaules.

— Les chats savent instinctivement nager, mais très peu aiment se mouiller.

— Mais tu as une piscine chez toi, rappelé-je. Sauf si c'était une blague ?

— Oh, j'ai une piscine, répond-il. Mais depuis ce qui est arrivé à mes parents, je ne mets plus les pieds dans les piscines ni dans aucune autre étendue d'eau plus grande qu'une baignoire. Dans le même ordre d'idée, je ne monte jamais sur les matelas gonflables, les bateaux, les navires de croisière, les ferries, les canards géants… ou quoi que ce soit d'autre flottant à la surface de l'eau.

Je m'apprêtais à le taquiner sans pitié à ce sujet, mais si c'est lié à la mort de ses parents, je ne peux même pas sourire.

— La piscine a été transformée en piscine à boules, continue-t-il.

Cette fois, je souris.

— Tu as une piscine à boules ?

— C'est très drôle, en vérité, et je suis sûr que Piper appréciera quand elle sera plus grande.

J'éprouve à nouveau cette attirance pour lui. Je crois que c'est à cause de la façon dont ses yeux se sont illuminés, quand il a mentionné le nom de sa fille. Il doit ressentir la même chose, parce que son regard s'embrase et s'assombrit, puis il se penche vers moi.

Bonté divine. Nos lèvres sont si proches. À tel point que je sens la chaleur qui émane des siennes.

Puis cette fichue musique se relance.

Adrian se libère du sort qui nous avait envoûtés et se redresse.

— J'ai l'impression que l'étape des dons est terminée. Tu veux danser ?

J'en ai envie, mais je ne devrais pas. Tout ça ressemble déjà trop à un rencard. Si nous dansons encore, mon cœur sera encore plus perdu.

Je m'éloigne de lui sur le canapé.

— Je ferais mieux de rentrer chez moi pour passer une bonne nuit de sommeil. Avant le déménagement.

— Ah. Bien sûr. Je vais te ramener.

Devrais-je être flattée par son expression et son ton déçus ?

— Demande à la limousine de me déposer, dis-je, l'impression d'être lâche. Tu n'as aucune raison de rouler jusqu'à Staten Island avant de revenir.

Son visage est difficile à déchiffrer.

— Si c'est ce que tu veux.

— Ça l'est, mens-je.

Il se lève et me tend à nouveau son coude, avant de m'accompagner jusqu'à la voiture. Quand nous approchons, mon rythme cardiaque grimpe en flèche. Cette soirée ressemblait tellement à un rencard que s'il essayait de m'embrasser, je n'en serais pas du tout surprise. Ça me donnerait des palpitations, mais ça ne me surprendrait pas.

Il m'ouvre la portière.

— Rentre bien.

Il se penche vers moi.

Je manque de faire une crise cardiaque.

Il dépose un baiser sur mon front – évidemment.

Je me glisse dans la voiture, les joues si brûlantes qu'on pourrait faire cuire une omelette dessus.

Pendant le trajet du retour, je repense à tout ce qui

s'est passé depuis que j'ai rencontré Adrian, et j'ai l'impression d'être dans un rêve.

Demain, je vais emménager avec lui. J'ai du mal à me faire à cette idée – mais j'essaie, pendant tout le trajet.

Quand j'entre dans la maison, ma mère et Mary exigent que je leur raconte tout dans les moindres détails, alors je m'exécute, et quand j'ai terminé, je me mets à bâiller.

— Allez vous coucher, dit ma mère quand Mary bâille à son tour.

Bonne idée. J'effectue mes rituels du soir et me mets au lit – c'est à ce moment-là que le sommeil décide de me fuir.

Très bien. Apparemment, je suis trop agitée et Adrian est encore trop présent dans mes pensées embrouillées.

Qu'il en soit ainsi. J'entame un nouveau roman, qui me tient occupée jusqu'à ce que j'arrive à une scène très sexy où le duc débauché arrache le corsage de l'héroïne.

Je referme le livre.

J'ai bien une idée pour m'assoupir et relâcher une partie de la tension causée par Adrian.

Mlle Miller pressent ce qui s'apprête à se passer et doit s'emparer des sels de manière préventive.

Ouais. Ce n'est pas parce que je suis vierge que je ne me masturbe pas – et c'est tout à fait ce dont j'ai besoin, si je veux réussir à fermer les yeux cette nuit.

Je plonge la main sous la couverture et commence à

caresser mon clitoris avec mes doigts. En même temps, je visualise Adrian sous la forme du duc du roman, et moi en tant que dame sans corsage.

Boum. L'orgasme me submerge comme un bouchon qui saute d'une bouteille de champagne trop secouée.

Enfin satisfaite, je m'endors et Adrian m'apparaît dans un rêve, nu et dur. Naturellement, il me dépucelle, et il n'y a qu'un mot pour décrire cet acte.

Grandiose.

OUI SERAIT-CE PLUS

CHAPITRE 22
Adrian

À mon réveil, je n'ai qu'une idée en tête : Jane va emménager ici dans quelques heures.

Avec l'aide de ma femme de ménage, je m'assure que la maison soit immaculée, en particulier la plus grande des chambres d'amis, désormais devenue la chambre de Jane.

Tes déménageurs sont arrivés, m'informe Jane par SMS. *Tu les as payés double pour t'assurer que je n'aie pas à lever le petit doigt ? Parce que je n'ai pas eu besoin de le faire une seule fois.*

Je souris.

Non, mais je compte les payer plus, maintenant. Je suis content que le déménagement soit facilité pour toi.

Nous échangeons des messages pendant toute la durée du déménagement, puis les déménageurs assaillent mon appartement comme une nuée de sauterelles très polies et diligentes.

Non seulement ils apportent toutes les affaires de

Jane, mais en plus, ils lui demandent où tout installer, avant de suivre ses instructions de manière si ordonnée que même Marie Kondo approuverait.

— Eh bien, dis-je à Jane une fois l'invasion terminée. J'aimerais t'accueillir officiellement dans mon humble demeure.

Elle parcourt sa nouvelle chambre des yeux – elle fait à peu près la taille de sa maison de Staten Island.

— Humble. Bien sûr.

Léo entre en trottinant et se met à renifler les affaires de Jane.

— Tu vois ? demandé-je en imitant sa voix. Quand j'ai fait tomber la dame qui sent bon, je savais ce que je faisais.

Jane émet un petit rire et ébouriffe la fourrure sur la tête de Léo.

— Laisse-moi te faire visiter, proposé-je. Je crois que tu n'as pas eu l'occasion d'entrer dans la plupart des pièces, lors de la précédente visite.

Elle accepte et je lui montre toutes les pièces, en terminant par la piscine à boules.

— C'est exactement comme je l'imaginais, dit-elle après avoir examiné le million de boules multicolores. Et ça sent encore un peu le chlore.

Je regarde Léo en plissant les yeux.

— Quelqu'un bave un peu trop sur les boules quand il joue dans la piscine, alors le personnel de ménage est obligé d'utiliser du chlore pour désinfecter les lieux de temps en temps.

Je ne sais pas ce que Léo s'imagine que je viens de

lui dire, mais pour une raison inconnue, il se précipite vers moi en remuant la queue à toute vitesse.

Je me fiche de ce que tu dis – tu es le meilleur. Et tu sens bon. Et...

Merde. Je suis au bord de la piscine, et j'agite les bras dans tous les sens comme un épouvantail au milieu d'un ouragan, en priant pour que ça m'aide à retrouver l'équilibre.

Jane bondit vers moi et me prend la main.

Non. Tout ce qu'elle arrive à faire, c'est être entraînée avec moi quand je finis par tomber.

Plouf.

La chute n'est pas douloureuse, bien sûr. C'est drôle, en fait – surtout quand Jane se retrouve au-dessus de moi, la respiration accélérée et les yeux écarquillés.

— Je suis vraiment désolé, dis-je dès que j'ai repris mon souffle.

— Pas moi, répond-elle avant de s'écarter de moi et de plonger dans les boules.

Je souris et plonge aussi. Léo saute après nous.

Durant les dix minutes suivantes, nous nous amusons comme seuls des enfants savent le faire. Nous rions si fort que j'en ai mal à la mâchoire, et le maquillage de Jane coule à cause de ses larmes de joie. Pour Léo, c'est un jour comme un autre, bien sûr.

— Dès que Piper sera assez grande, tu devras la laisser faire ça, dit Jane quand nous ressortons pour nous reposer sur les chaises longues.

— C'est sûr, dis-je.

J'éprouve une pointe d'angoisse en me souvenant

que je pourrais perdre la bataille juridique et ne jamais avoir l'occasion de jouer avec Piper, que ce soit ici ou n'importe où ailleurs.

Léo sort de la piscine à boules avec une balle jaune dans la gueule – sa couleur préférée.

— J'aime jouer avec Piper aussi, dit Léo. Et la renifler. Et la lécher. Elle est supérieure à Adrian à tous les points de vue.

Jane glousse, puis son estomac gargouille. En réaction, elle devient encore plus écarlate que les boules de la piscine.

— Désolée, dit-elle. Je crois que j'ai un petit creux.

Je l'emmène dans la cuisine et lui sers le sandwich aux beignets de crabe avec ce que je prétends être des restes. En réalité, j'ai tout préparé pour elle plus tôt dans la journée.

Quand elle mord dans son sandwich, ses yeux roulent dans ses orbites – ce qui fait tressaillir Yoda, parce que c'est sûrement à ça que ressemble Jane au moment de l'orgasme.

Yoda ne s'apaise pas quand elle déglutit.

Ni quand elle prend une autre bouchée.

Puis une autre.

Même quand elle boit une gorgée d'eau, elle rend ça érotique.

— Alors, dit-elle une fois le sandwich terminé. Qu'est-ce que tu as prévu aujourd'hui ?

Ah. Très bien. En revenir à des affaires plus prosaïques est un bon moyen de calmer ma libido.

Je l'espère, en tout cas.

— Piper me rend visite demain, dis-je. Alors j'envisageais d'installer d'autres décorations dans la nursery.

Jane étrécit les yeux d'un air théâtral.

— Tu ne m'as pas montré la nursery.

— C'est un grand appartement, expliqué-je en faisant mon possible pour ne pas avoir l'air trop coupable.

La vérité, c'est que parmi tous mes projets récents, la nursery est celui dont je me sens le plus incertain. Je suis un homme et Piper est mon premier bébé, alors qu'est-ce que je connais de la déco d'une chambre pour enfant, sans parler d'une petite fille ?

Jane saute sur ses pieds.

— Montre-moi. Tout de suite.

CHAPITRE 23

Jane

Quand nous entrons dans la nursery, mon admiration me fait oublier de respirer l'espace d'une seconde.

Cette pièce est magnifique, d'une manière mignonne, adorable et excessive.

À la place d'un plafond rectangulaire, elle est surmontée d'un dôme qui rappelle un planétarium, avec des étoiles et une lune plus réalistes que tout ce qu'on peut voir dans le ciel de New York. Il y a aussi des planètes, et elles ont tellement l'air en trois dimensions que je demande à Adrian si ce sont des hologrammes.

— Ce sont des répliques de globe en papier suspendues à des câbles très fins, explique-t-il. J'ai installé un système de poulie mécanique pour qu'elles se déplacent comme en vrai.

— Évidemment, dis-je tout en continuant de regarder autour de moi, ébahie.

Le mur sud de la chambre est couvert de papillons à l'air réalistes, de toutes les espèces et couleurs imaginables. Oh, et ils battent des ailes, bien sûr. De la même manière, le mur nord grouille d'oiseaux, celui à l'ouest est couvert d'animaux (avec effets sonores), et le mur regorge de plus de fleurs qu'un jardin botanique.

— Comment ? demandé-je en montrant les murs.

— Grâce à des écrans haut de gamme, répond-il. J'ai fait breveter certaines des inventions de cette chambre, pour que d'autres parents puissent faire la même chose dans quelques années.

— Waouh.

Je scrute un *truc* élégant et futuriste dans le coin de la pièce.

— C'est le berceau ?

Il hoche la tête.

— Il est intelligent et surveille ses signes vitaux. Il peut aussi ajuster la température dans la pièce ou la fermeté du matelas pour assurer son confort optimal. Il peut aussi la bercer automatiquement pour l'endormir dès qu'elle commence à se réveiller la nuit.

Je n'avais encore jamais vu une manifestation physique aussi flagrante d'amour parental.

— Piper est un bébé très chanceux, remarqué-je avec révérence.

Il se tourne vers moi, les yeux pétillants.

— Tu le penses vraiment ? Je m'en veux terriblement à l'idée qu'elle doive rebondir entre Sydney et moi.

— C'est une enfant, dis-je. Ce sera peut-être une

aventure amusante, pour elle, de passer du temps à plusieurs endroits. J'adorais aller chez mes grands-parents, quand j'étais petite. Ce sera pareil.

— J'espère que tu as raison.

— Elle va adorer, assuré-je. Regarde autour de toi.

Il le fait et ses yeux s'illuminent.

— Je viens d'avoir une idée. Je vais ajouter des étoiles filantes dans le ciel, pour qu'elle puisse faire des vœux.

Je souris.

— Et si tu implémentais ça tout de suite ? Pendant ce temps-là, je vais m'installer dans ma chambre.

— Excellente idée, dit-il avant de s'empresser de sortir.

Je scrute à nouveau la nursery et pousse un soupir émerveillé, avant de repartir vers ma chambre.

En chemin, je repère la porte d'une pièce qu'il ne m'a jamais montrée.

J'y jette un coup d'œil.

Ah. C'est sa chambre.

Ce serait mal, si j'entrais, regardais dans ses tiroirs et – même si je ne sais pas bien pourquoi – sentais son oreiller ?

Mlle Miller considère cette question – rhétorique, l'espère-t-elle – inappropriée de bien des points de vue, les bonnes mœurs n'en étant que le point culminant.

Mon téléphone sonne.

C'est Mary.

— Salut, sœurette, lancé-je en décrochant.

Mary se passe des politesses et m'assaille aussitôt les

oreilles avec une avalanche de questions. Je n'en comprends que trois : « L'appartement te plaît ? C'est incroyable ? Tu as déballé tes affaires ? »

— Ralentis, dis-je avant de me mettre à répondre du mieux que je peux.

Dès que j'ai couvert une partie des questions, Mary en fournit un autre lot.

Au milieu de tout ça, je reçois un autre appel.

C'est ma mère.

— Eh, dis-je à Mary. Je te rappelle dans quelques minutes.

Quand je réponds à l'appel de ma mère, elle me bombarde de quasiment les mêmes questions, mais avec plus de sous-entendus. En tout cas, je suppose que c'est à cet effet qu'elle me demande « Elle est *grosse* comment ? »

— Mets-moi sur haut-parleur pour que je n'aie pas à me répéter pour Mary, grommelé-je.

— Je ne suis pas avec elle en ce moment, répond-elle.

Je lève les yeux au ciel.

— Dans ce cas, est-ce que ça peut attendre que tu le sois ?

— Aucune chance, réplique-t-elle. Crache le morceau, maintenant.

Très bien. Je lui autorise son interrogatoire. Dès que j'ai raccroché, mon téléphone se remet à sonner.

Ce doit être Mary. J'ai oublié de la rappeler. Agacée au plus haut point, je décroche, et de mon ton le plus sarcastique, je lance :

— Si tu continues comme ça, tu vas devenir encore plus commère que ta mère, en grandissant.

Quelqu'un qui ne sonne pas du tout comme Mary se racle la gorge à l'autre bout du fil.

— Ma mère est décédée, et hélas, j'ai fini de grandir depuis de nombreuses années, maintenant.

Oh, merde.

Pourquoi cette voix m'est-elle familière ?

— Alors, continue l'interlocutrice, est-ce que j'ai le mauvais numéro, ou est-ce que vous m'avez prise pour quelqu'un d'autre ?

Je reconnais enfin la voix, et mes pieds se figent sur le sol.

— Mme Corsica ?

La femme du film d'horreur qu'était mon entretien à la bibliothèque ?

— Ah, vous êtes donc *bien* Jane Miller, dit Mme Corsica d'un ton froid parfaitement assorti à l'état de mes pieds.

— Je suis vraiment désolée, dis-je. Je croyais que vous étiez ma petite sœur et j'ai décroché sans regarder.

— Je vois, lâche-t-elle sans que sa voix se réchauffe d'un degré. Ça expliquerait ce que vous avez dit... à supposer que votre mère soit *bien* une commère.

— Encore une fois, je suis désolée, assuré-je pendant qu'une question tourbillonne dans ma tête.

Pourquoi Mme Corsica m'appelle-t-elle ?

Il ne peut y avoir qu'une seule explication. Malgré ma piètre performance à l'entretien, elle voulait m'offrir le boulot de mes rêves, finalement. Elle voulait, au passé – parce qu'après ce que je viens de dire, la proposition n'est peut-être plus d'actualité.

— Ma défunte mère était une commère aussi, admet Mme Corsica à ma plus grande surprise. Bien avant Facebook, si je voulais des nouvelles de qui que ce soit, tout ce que j'avais à faire, c'était le mentionner devant elle. Elle connaissait toujours leur statut relationnel et d'autres infos croustillantes.

J'écarte le téléphone de mon oreille pour vérifier que ce n'est pas une farce. Non. C'est bien le numéro de la bibliothèque, autrement dit, la reine des glaces en personne vient de me confier un détail personnel sur elle-même.

— Elle doit vous manquer, remarqué-je avec prudence.

— Beaucoup, répond Mme Corsica d'un ton tout juste un degré au-dessus des engelures. Bref...

Elle se racle la gorge à nouveau.

— Revenons-en à la raison de mon appel.

Oserais-je espérer ? Après tout ça ?

— Nous avons examiné votre candidature avec soin, dit Mme Corsica d'un ton raide. Et nous avons décidé de vous proposer un emploi.

Je sais que je vais sûrement encore risquer ce job, mais je couine comme une ado qui vient de voir son boys band préféré.

Mme Corsica soupire d'un air grincheux.

— Votre enthousiasme débordant pour ce poste a été l'un des facteurs décisifs, à vrai dire. Gardez bien à l'esprit que devant les clients, vous devrez vous comporter avec décence et prestance.

Mme Corsica ferait la chaperonne idéale pour Mlle Miller, ou n'importe quelle jeune dame de bonne famille et de noble tempérament.

Je redresse le dos et me mords la langue pour contenir d'autres couinements.

— Bien sûr. La décence sera ma devise. La prestance aussi.

— Tant mieux, répond-elle. Quand pouvez-vous commencer ?

— Demain, lâché-je d'un ton surexcité, avant d'ajouter d'un ton bien plus calme : ou le jour qui vous conviendra le plus.

— Demain me va très bien, répond-elle. Parlons chiffres, maintenant.

— D'accord.

Elle me propose un salaire et je fais quelque chose que tous les ouvrages de développement personnel sur le thème de la recherche d'emploi recommandent de ne *pas* faire – j'accepte son offre sur le champ. Pourquoi pas ? Grâce à mon futur faux mariage, je n'ai plus à me soucier de payer mes factures.

— Je suis ravie que nous ayons trouvé un arrangement mutuellement acceptable, dit Mme Corsica. Venez demain pour votre premier jour et vous pourrez signer toute la paperasse en même temps.

— Je serai là.

Même si Mme Corsica ne peut pas me voir, je lui fais un salut, comme un soldat devant un général.

— Oh, et je sais que c'est une évidence, mais n'oubliez pas que la ponctualité est extrêmement importante, dans ce métier, ajoute Mme Corsica. Tout comme le fait d'avoir l'air présentable.

— J'arriverai en avance, promets-je d'un ton solennel. Et j'apporterai une tenue de secours au cas où un autre chien me pousserait dans la boue.

— Vous ne me ferez peut-être *pas* regretter cette décision, lâche Mme Corsica. À demain.

Tout en écoutant la tonalité de fin d'appel, je me demande si c'était un compliment, pour Mme Corsica, de dire qu'elle ne regretterait peut-être *pas* de m'avoir embauchée.

Quand on a affaire à un dragon comme celui-là, Mlle Miller considère cela comme très élogieux.

Étourdie d'excitation, je laisse mes pieds me porter jusqu'à la cuisine, où je rentre dans Léo, occupé à boire de l'eau dans sa gamelle.

—J'ai été prise, dis-je au chien. Tu y crois, à ça ?

Léo penche la tête et remue la queue.

—Où est Adrian ? À moins que tu l'appelles papa ?

Les oreilles de Léo se dressent et il sort de la cuisine en courant. Je le suis. Quand nous arrivons devant l'ascenseur, je regarde avec fascination pendant que Léo appuie sur le bouton de l'ascenseur avec sa patte poilue.

Hmm. Cette créature aux allures de mouton est bien plus intelligente que je l'aurais cru.

Quand l'ascenseur arrive, Léo saute dedans et appuie sur le bouton des studios d'Adrian.

Il est vraiment malin.

Dès que nous avons atteint notre destination, Léo remue la queue et court dans le couloir. Je m'empresse de le suivre. Bientôt, nous atteignons la pièce où Adrian est en train de bosser sur quelque chose.

— Désolée de t'interrompre, dis-je quand il retire ses écouteurs.

— J'avais presque terminé, répond-il. Qu'est-ce qui s'est passé ? Tu es rayonnante.

— J'ai été prise, lâché-je.

Puis submergée d'émotions positives, je cours vers mon futur mari et dépose un baiser sur sa joue.

Adrian pose une main sur sa joue comme si je l'avais brûlé ou giflé.

— Prise où ?

Zut. Je n'aurais pas dû envahir son espace personnel comme ça.

— La bibliothèque a appelé, expliqué-je, le visage sans doute cramoisi. Et m'a fait une offre.

Il fronce les sourcils.

— Le boulot que Léo t'a prétendument empêchée d'obtenir ?

J'ébouriffe la tête du chien.

— Je suppose qu'il n'a pas tout gâché, finalement. Désolée pour ça.

Le froncement de sourcils d'Adrian est remplacé par un sourire.

— C'est merveilleux.

— Je sais, hein ? dis-je en résistant à l'envie de lui donner un autre baiser, ou plus.

— Il faut qu'on fête ça, dit Adrian.

Je hoche la tête.

— C'est sûr. Mais pas trop… je commence demain.

Il affiche ses dents blanches en un sourire.

— On fera tout ce que tu voudras.

Oh, les images qui traversent ma tête à cette phrase. Dans un flash, je nous vois fêter ça au lit, avec des bougies tout autour de nous, pendant qu'il réalise tous mes fantasmes.

Il penche la tête, un peu comme Léo.

— Tu as un truc spécifique en tête, hein ?

— Oui, dis-je, l'impression que l'une de ces bougies imaginaires a mis le feu à mon visage.

D'un air particulièrement débauché, il demande :

— Qu'est-ce que tu aimerais faire ?

— *Les Chroniques de Bridgerton,* dis-je.

Évidemment, il est hors de question que je lui parle de ce dont j'ai « vraiment envie », comme je viens de le réaliser.

Je veux qu'il m'aide à me débarrasser de ma virginité.

Plus spécifiquement, je veux qu'il soit celui qui procédera à mon GD.

CHAPITRE 24

Adrian

— **L**es *Chroniques de Bridgerton* ? répété-je en regardant Jane, perplexe.

— Oui.

— Mais… tu veux faire quoi, au juste ?

Je me souviens qu'elle m'a confié posséder – et porter – des corsets, au grand désarroi de Yoda.

— Je veux les regarder, précise-t-elle.

— Tu veux regarder Netflix, dis-je lentement. Pour fêter ton nouveau boulot ?

Sachant qu'elle est vierge, elle ne connaît sûrement pas l'expression « se détendre devant Netflix », et elle choisirait encore moins cette méthode pour célébrer.

Elle pose les mains sur les hanches.

— Pourquoi pas ?

— Parce que tu l'as déjà vue ?

Et parce qu'il existe une infinité d'autres activités plus festives, comme manger du gâteau, du homard ou le sexe doux de Jane.

— Je n'ai vu la saison deux que quatre fois, répond Jane. Pour rattraper la saison une, je dois encore la regarder cinq fois.

Je me gratte la tête.

— Si c'est ce que tu veux. On peut ouvrir une bouteille de vin ?

Je crois avoir le vintage idéal pour une occasion aussi spéciale.

— Ce serait parfait, répond-elle. Et peut-être aussi une assiette de fromage.

— Je vais t'en préparer une, promets-je. Le seul problème, c'est que je ne possède aucun fromage fait à partir de lait de vache.

— Ah non ? De quel animal vient ton fromage, alors ?

— L'âne, l'élan et le buffle d'Asie. Ils sont tous délicieux.

— Oh, bien sûr. Ils ont tous l'air *très* appétissants, répond-elle avec un regard vers Léo. Pas de fromage de mouton ?

— Tu parles de la Feta ?

Elle me regarde en clignant des paupières.

— C'est de ça que ce fromage est fait ?

Je hoche la tête.

— Les meilleurs sont composés à soixante-dix pour cent de fromage de brebis et le reste de chèvre.

Après une pause, il ajoute :

— La brebis est la femelle du mouton.

— Brr, en effet, grimace-t-elle. Je me demande qui a

eu l'idée de traire des animaux au hasard, avant de boire le lait ?

Je souris.

— N'oublie pas qu'il faut attendre que ce lait caille, pour faire du fromage. Ça paraît encore plus dingue.

Elle sourit.

— Je parie que c'était quelqu'un comme toi.

— Je prends ça comme un compliment, dis-je, même si je ne suis pas sûr que je devrais. Allons-y.

Nous passons par la cave à vin et je prends la bouteille que j'avais en tête.

— Du Romanée-Conti, dit Jane, lisant l'étiquette. Ça coûte cher ?

— Pas pour moi, dis-je avec un geste de la main avant de me diriger vers le frigo.

Il s'avère que nous avons de la chance. Non seulement, je localise les fromages que j'ai mentionnés, mais j'ai aussi un petit morceau de fromage de lait de vache acheté à Pearl Hyman, une fromagère talentueuse du coin.

Nous nous installons sur le canapé, nos verres à la main, et j'allume la télé.

Jane boit une gorgée de son vin et hoquette.

— C'est tellement bon ! Comment du vin peut-il être aussi bon ?

— Goûte le fromage, suggéré-je.

Ou pas. Si elle continue de hoqueter de manière aussi sexy, Yoda risque de péter un câble.

Jane prend un morceau de fromage avec prudence, avant de gémir de plaisir – comme je le craignais.

— Waouh, dit-elle. Je me fiche qu'ils aient dû traire des rats du métro pour ça. C'est délicieux.

Elle goûte un autre fromage et gémit une fois de plus.

Perturbant pour Yoda, ce gémissement est.

Pour noyer les sons, je lance la série.

Ça n'arrange rien. Pendant la première partie du premier épisode, le plaisir que prend Jane à savourer le vin et le fromage me maintient dans un état d'excitation constant. Une fois l'assiette vide, je n'ai pas de répit pour autant. Elle se rapproche de moi, assez pour que je sente son parfum, puis blottit ses petits pieds sous ses fesses rebondies.

Oh, et ai-je mentionné la façon dont elle s'humecte les lèvres à chaque fois que des personnages s'embrassent à l'écran ? Ou la chaleur de son épaule délicate quand elle touche la mienne ?

Quand je ne peux supporter ça une minute de plus, je mets la série sur pause.

— Il se fait tard.

Toujours blottie contre moi, Jane tourne la tête, et même ses yeux sont sexy – ses pupilles sont dilatées et ses paupières lourdes.

— C'est vrai que je dois me lever tôt pour mon premier jour de boulot.

— Tout à fait.

Avant de faire quelque chose que je regretterais plus tard, je saute sur mes pieds – une erreur, s'agissant de Yoda.

Si Jane remarque la bosse dans mon pantalon, elle

n'en montre rien. Au lieu de ça, elle me souhaite bonne nuit et s'éloigne, oscillant des hanches de manière insoutenable.

Je compte quatre Mississippi, puis je me précipite dans ma chambre pour caresser vigoureusement Yoda derrière les oreilles.

CHAPITRE 25

Jane

Dans les romances historiques, il arrive que l'héroïne ressente une pulsation dans son ventre. J'ai toujours pensé que c'était une manière fantaisiste de dire qu'elle est excitée. Ce soir, sur ce canapé, c'est exactement ce qui m'est arrivé. En plus de ça, mes seins me paraissent sensibles et j'éprouve un vide tenaillant au creux de moi.

D'ici la fin du premier épisode, je suis à deux doigts de supplier Adrian de me GD, mais évidemment, je me dégonfle.

Mais il reste toujours demain. Ou le jour d'après.

Tout ce que je sais, c'est qu'Adrian m'a tout l'air d'être le genre d'homme qui sait ce qu'il fait, dans ce domaine, et j'ai toujours rêvé d'avoir un orgasme, la première fois, même si c'est sûrement difficile à cause de toute la douleur et l'inconfort généralement associés à l'acte. Puisque je me souviendrai déjà toute ma vie d'Adrian en tant que l'homme qui m'a offert la sécurité financière, pourquoi ne pas me souvenir de ce petit détail supplémentaire – qu'il est celui qui m'a déflorée ? Je parie que ce serait un souvenir que je chérirais.

Plus j'y pense, moins cette idée me paraît folle.

Tout aussi excitée que perturbée, je vais au lit. Naturellement, le sommeil me fuit. Entre le nouveau lit, le nouveau job et Adrian, je vibre d'adrénaline.

Raison pour laquelle je dois m'autoadministrer trois orgasmes pour avoir la moindre chance de fermer l'œil.

Je sautille comme une enfant sur le trajet jusqu'au boulot, qui n'est qu'à cinq minutes à pied, grâce à mon nouveau domicile. Si je venais de Staten Island, ce serait un calvaire de deux heures impliquant un bus, un ferry et deux trains.

À ma stupéfaction, Mme Corsica vient m'accueillir en souriant. OK, ça ne dure qu'une nanoseconde, et seul le coin de ses yeux se plisse, mais ça n'en est pas moins un miracle.

Elle me fait commencer par de la paperasserie ennuyeuse, mais quand j'ai terminé, ma première journée de travail se passe si merveilleusement bien que j'ai envie de me pincer. Surtout quand elle me demande de trier la collection de romances historiques pour laquelle j'étais autant intéressée par cette bibliothèque.

Quand ma journée de travail se termine, je n'ai presque pas envie de partir.

Quand devrais-je partir ?

J'attends que tous les autres soient partis avant de me diriger vers le bureau de Mme Corsica – dont la porte est entrouverte.

Mme Corsica est focalisée sur son écran.

Ce n'est sûrement pas le bon moment.

Je me retourne pour partir, mais elle se racle la gorge.

— Bonjour, dis-je d'un ton coupable en me tournant vers elle. Je me demandais s'il y avait autre chose à faire ?

— Non. Vous pouvez rentrer chez vous. Beau boulot.

Je ne me contente pas de rentrer chez moi – j'y vais en flottant, stimulée par ce « beau boulot ».

Quand j'entre dans le penthouse d'Adrian – correction, *notre* penthouse, de manière temporaire – je me souviens qu'aujourd'hui, je vais rencontrer Piper pour la première fois. Autrement dit, je ne devrais pas lui demander mon GD tout de suite.

Ses devoirs de pères sont plus importants.

— Eh, lance Adrian en tournant au coin du couloir. C'était comment ?

— Incroyable, dis-je. Où est Piper ?

Il regarde son téléphone.

— Sydney est en retard, comme d'habitude.

Je sens que ça le dérange bien plus qu'il le laisse voir.

Le pauvre.

Pour détourner ses pensées, je suggère qu'on dîne ensemble, et dès qu'on est assis à la table de la cuisine, je lui rebats les oreilles à propos de mon nouveau boulot.

— Et toi ? m'enquiers-je en fourrant mon dernier morceau de noix de St-Jaques dans ma bouche. Qu'est-ce que tu as fait ?

— J'ai commencé à sécuriser une partie des pièces pour le bébé, répond-il avant de regarder à nouveau son téléphone.

Je souris.

— Piper rampe déjà par terre ?

— Pas encore, mais je voulais prendre de l'avance.

Le téléphone d'Adrian bipe. Il regarde et a l'air soulagé.

— Sydney vient de m'envoyer un message, annonce-t-il. Elles sont là.

Il se précipite vers l'ascenseur, et je ne sais pas si je devrais le suivre, mais Léo me pousse là-bas comme si j'étais l'un de ses camarades moutons, je n'ai donc pas le choix.

Quand nous atteignons notre destination, Sydney adresse un sourire coquet à Adrian. Lorsqu'elle me voit, elle plisse les yeux et pince les lèvres d'un air renfrogné.

— Qu'est-ce qu'elle fait là ? demande-t-elle.

Adrian soupire.

— On en a déjà parlé. Jane est ma fiancée. Nous vivons ensemble, bien sûr.

Sydney serre la poignée de la poussette si fort que ses articulations blanchissent.

— Si elle doit passer du temps autour de ma fille, je dois faire une enquête sur elle.

— *Notre* fille, la corrige Adrian.

Il sort son téléphone et fait glisser son doigt sur l'écran plusieurs fois. Il relève ensuite les yeux vers Sydney et reprend :

— J'ai fait une recherche sur Jane quand c'est devenu sérieux entre nous. Je t'ai envoyé les résultats sur ta boîte e-mail. Autre chose ?

Elle lit ce qu'il lui a envoyé et marmonne qu'elle fera sa propre enquête dès qu'elle en aura l'occasion, mais ses mains se détendent un peu autour de la poignée.

— Tiens.

Elle retire son sac à dos et le tend à Adrian de manière à ce que leurs doigts s'effleurent.

Leurs recherches des antécédents parlent-elles des envies de meurtre qu'on peut avoir quand la maman du bébé touche notre faux fiancé ?

— Il y a un lot de lait maternel là-dedans, dit-elle. Réchauffe-le à très exactement trente-six degrés et assure-toi qu'il ne bout pas.

Pour la première fois, l'expression glaciale d'Adrian s'adoucit.

— Ne t'en fais pas, Syd, dit-il d'un ton rassurant. Piper s'en est très bien sortie avec moi la dernière fois, et ce sera pareil aujourd'hui. Je sais ce que je fais, j'ai lu tous les livres et pris tous les cours nécessaires. Détends-toi.

Le regard de Sydney devient glacé.

— Ne me dis pas ce que je dois ressentir. Tu n'es pas une mère. Tu n'as aucune idée de ce que ça fait, de se séparer de son bébé.

La mâchoire d'Adrian se contracte.

— J'ai un équipement de laboratoire pour le lait, qui pourra le réchauffer à 36,6 degrés Celsius, la température corporelle exacte. Tu veux l'inspecter ? Le tester ?

— Non, répond-elle. Mais promets-moi de m'appeler s'il se passe quoi que ce soit.

— Il n'arrivera rien, répond Adrian. Mais dans le cas contraire, tu seras la première à le savoir.

— Au revoir, ma chérie, dit Sydney en regardant dans la poussette.

Elle a parlé d'un ton si tendre que je lui pardonne sa méchanceté précédente… mais pas d'avoir touché Adrian. Je ne suis pas une sainte.

Une partie de moi craignait que Sydney ne voie ce bébé que comme un moyen de piéger Adrian. Maintenant, j'ai l'impression que même si c'était le cas au départ, Sydney aime sa fille comme une mère devrait le faire.

Lorsqu'elle lève la tête de la poussette, son regard redevient glacé.

— Au revoir, dit-elle à Adrian.

Elle ne daigne même pas m'adresser un mot, ce qui me convient très bien.

Elle tourne les talons et retourne dans l'ascenseur.

Quand les portes se referment derrière elle, Adrian se détend visiblement. Il s'avance vers la poussette et quand il pose les yeux sur Piper, son expression devient presque adoratrice.

Cette fois, je ne me sens pas jalouse du bébé. Je suis contente qu'elle ait autant d'amour dans sa vie.

Et je suis très curieuse, alors j'approche sur la pointe des pieds et jette un coup d'œil par-dessus l'épaule d'Adrian.

— Elle est sublime, hein ? murmure-t-il.

— Oh, tu peux le dire, dis-je en souriant aux joues potelées devant moi. Elle est si mignonne qu'elle pourrait jouer dans une pub pour les couches ou le lait maternisé.

— Je vais l'emmener dans la nursery, murmure Adrian en poussant lentement la poussette.

Au moment où nous entrons dans la nursery, Piper ouvre les yeux et commence à s'agiter.

— Tout va bien, roucoule Adrian. Papa est là.

Je sens une pression dans ma poitrine, et j'ai soudain les larmes aux yeux.

En attendant, Adrian sort Piper de la poussette et la berce de droite à gauche tout en lui chuchotant des paroles rassurantes.

Si j'entre en ovulation, est-ce que je pourrais intenter un procès aux fabricants de mon stérilet ?

— Tu veux la tenir ? propose Adrian.

Son ton me rappelle les moments où Mary est prête à partager le restant de glace au chocolat.

— Juste une seconde, dis-je avant de prendre le bébé avec délicatesse.

Diantre. Elle est si mignonne et sent si bon. J'ai déjà l'impression de tomber amoureuse de ses charmes édentés. C'est fou, non ? La seule autre fois où j'ai éprouvé des sentiments aussi forts pour un bébé, c'était à la naissance de ma sœur.

C'est comme si une partie de mon cerveau la considérait déjà comme un membre de ma famille. C'est peut-être parce qu'Adrian est mon futur mari. Ce qui me sert de sens de Spiderman s'est mélangé les pédales et n'a pas compris que ce mariage n'est pas réel.

Adrian sort le lait du sac à dos, le réchauffe et l'apporte.

Piper recommence à s'agiter.

— Je crois qu'elle veut être avec toi, dis-je.

Et comment lui en vouloir, hein ?

— Elle veut surtout le lait, je pense, répond Adrian en reprenant sa fille avec précaution.

Avec un tendre sourire, il embrasse la petite joue potelée de Piper – ce qui l'apaise aussitôt.

Encore une fois, comment lui en vouloir ? Et puis est-ce qu'on peut faire une overdose de mignonnerie ?

Il s'assoit sur le rocking-chair et approche le biberon des petites lèvres de Piper.

Ouais, overdose de mignonnerie en approche – surtout quand il aide la petite créature à roter.

— Tu veux bien m'aider à la laver ? me demande Adrian une fois le repas terminé.

— Bien sûr.

Cette proposition fait tant gonfler ma poitrine de fierté qu'on croirait qu'il m'a demandé de l'aider à construire une fusée pour Mars.

Quand nous arrivons dans la salle de bain, Adrian retire sa chemise.

Mlle Miller n'a pas pour habitude d'utiliser un langage ordurier, mais par tous les diables ! Un gentleman ne devrait pas mettre aussi rigoureusement à l'épreuve la maîtrise de soi d'une dame.

Je déglutis pour ravaler une surabondance de salive. Le torse ciselé d'Adrian me laisse sans voix et incapable d'utiliser une machinerie lourde ; j'espère qu'une baignoire de bébé n'entre pas dans cette catégorie.

— J'aimerais la tenir peau contre peau avant le bain, explique-t-il en voyant ma confusion. Si tu veux attendre que…

— Non, parvins-je à répondre. C'est bon.

Et par « c'est bon », j'entends que mon utérus est activement en train de chercher un moyen de recracher mon stérilet.

L'air satisfait, Adrian blottit le petit corps rose de Piper contre sa poitrine dure.

C'est officiel. Je comprends désormais les termes « se pâmer » et « avoir des vapeurs ». En fait, je dois mobiliser toute ma volonté pour ne pas succomber à ces deux conditions à la fois.

Quand Adrian est prêt à entamer le bain, mes genoux sont flageolants et je suis obligée de prendre de grandes inspirations pour me ressaisir. Je dois rester en alerte maximale pour que Piper soit en sécurité.

Le bain commence.

Il s'avère qu'Adrian possède une baignoire pour bébé sophistiquée, qui ne dispense que de l'eau purifiée à la température parfaite de trente-six degrés. Ça facilite le processus, tout comme le fait qu'Adrian soit aussi doué avec ça que pour tout le reste.

En parlant d'être doué, ce serait un mauvais moment pour lui demander mon GD ?

Une fois Piper habillée et couchée dans son berceau, Adrian lui demande si elle veut écouter une histoire.

C'est peut-être mon imagination, mais je crois la voir sourire en réponse. Ouais. Elle est bien en train de sourire. J'aperçois même ses fossettes.

Adrian commence à lire – et il est très vite évident qu'il a écrit cette histoire rien que pour elle. C'est un excellent conte, à vrai dire, et je suis sûr qu'il lui plaira encore plus quand elle sera un peu plus grande. Si elle ressemble un tant soit peu à Mary à cet âge-là, il pourra lui lire un manuel de comptabilité et elle appréciera autant que cette histoire.

Bientôt, Piper dort à poings fermés, Adrian sort donc son téléphone et mime le geste de le passer en mode silencieux.

Je fais ce qu'il me dit et il m'envoie un message.

Je vais rester ici toute la nuit.

Il fait un signe de tête vers le lit de taille adulte positionné non loin et ajoute :

N'hésite pas à t'occuper comme tu en as envie.

Et si ce que j'avais envie de faire, c'était le regarder dormir ? Ou dormir avec lui ?

Je rougis, lui réponds que s'il a besoin de moi, je serai en train d'explorer sa bibliothèque, puis je m'en vais.

~

Waouh. Si quelqu'un me disait qu'Adrian a dépensé cent millions de dollars pour approvisionner sa bibliothèque, je ne le contredirais pas. Au premier coup d'œil, je repère des éditions originales du *Dernier des Mohicans, Ragged Dick, Les filles du docteur March* et *Les raisins de la colère*.

Hélas, sa collection de romances historiques est très restreinte. Il y a quelques classiques des plus grands auteurs, comme la série des *Chroniques de Bridgerton*, qu'il a sûrement achetée après notre rencontre.

Mais bon. C'est un début.

Je feuillette une romance que je ne me souviens pas avoir lue. Ça me paraît familier, alors j'ai dû la lire, finalement. C'est cette histoire dans laquelle le vicomte découvre qu'il est un bâtard, et ne peut donc pas épouser l'héroïne – bien qu'il l'ait mise enceinte.

Je m'apprête à entamer ma routine du soir, mais je n'arrête pas de ressasser l'idée de demander mon GD à Adrian. C'est peut-être pour ça que, lorsque je m'endors, je rêve d'Adrian en train de faire exactement ça, me mettant enceinte malgré mon stérilet. Son sperme est trop fort pour ça – l'un de ses spermatozoïdes remue même la queue devant moi.

Le bébé qui en résulte ressemble beaucoup à Piper,

sauf qu'elle parle dès la naissance et qu'elle me dit
« Nage droit devant toi » avec la voix d'Ellen
DeGeneres.

— Ça veut dire que je dois t'appeler Dori ? lui
demandé-je.

Avant qu'elle ait pu répondre, mon alarme me
réveille.

CHAPITRE 26

Adrian

La visite de Piper se termine bien trop tôt, et c'est une vraie torture de la rendre à Sydney dans l'après-midi. J'aimerais que Jane soit là, mais elle est au boulot.

Comme s'il avait senti mon humeur morose, Léo entre dans le salon en faisant cliqueter ses griffes sur le sol, saute sur le canapé et se blottit contre moi.

— Tout ira bien mieux après l'audition, lui dis-je. Piper passera la moitié de son temps ici.

Léo bâille.

Piper sent encore meilleur que le bacon, et je ne fais pas cette comparaison à la légère.

Je le serre contre moi et le caresse derrière les oreilles, ce qui me réconforte un peu.

Nous restons comme ça pendant un moment, puis je reçois un message de Jane.

Je rentre à la maison bientôt. Tu veux que je rapporte quelque chose en chemin ?

Je regarde Léo.

— Tu veux faire une balade ?

Les yeux de Léo pétillent de manière surexcitée. Il saute du canapé et court vers l'ascenseur.

Je réponds à Jane que Léo et moi allons la retrouver en chemin, puis je récupère assez de nourriture pour un petit pique-nique, j'envoie un message à l'un de mes assistants pour lui demander de tout installer dans mon endroit préféré du parc, puis je sors.

Comme d'habitude, Léo marque son territoire sur les premiers arbres qu'il croise, comme si le sort du monde entier en dépendait. Après ça, nous marchons d'un pas vif et rejoignons Jane au moment où elle sort de la bibliothèque.

— Salut, dit-elle avec un sourire qui me remonte le moral et me donne envie d'embrasser ses lèvres joliment incurvées.

Léo remue la queue si fort que je m'attends à moitié à ce que ses fesses se soulèvent du trottoir en mode hélicoptère.

— Ton odeur délicieuse m'a manqué, dit Léo à Jane.

Elle penche la tête.

— C'est un sous-entendu ? Je devrais mettre plus de déodorant ?

Je souris.

— Tu as faim ? demandé-je en lui montrant le panier.

— Un pique-nique ?! s'exclame-t-elle. Ça fait si victorien ! J'adore ça.

Mon humeur s'améliore encore plus et je lui tends mon bras.

— Allons-y. Je connais un endroit parfait.

Nous marchons d'un pas tranquille et Jane me raconte sa journée. Quand elle m'interroge sur la mienne, je sens une partie de ma mélancolie revenir.

— La visite était trop courte, dis-je.

Jane me serre le coude.

— Elle te manque terriblement, hein ?

Je hoche la tête.

— Eh bien, c'est un bébé spécial, reprend Jane. Je viens tout juste de la rencontrer, et elle me manque déjà. En fait, si ça n'avait pas été que ma deuxième journée de boulot, je serais restée avec vous.

— Ne t'en fais pas pour ça, dis-je. Mais puisque tu abordes le sujet de tes journées occupées par ton nouveau boulot… tu crois que tu pourrais te libérer une heure au déjeuner ?

— Je crois, répond-elle. Pour aller où ?

— À la mairie, expliqué-je. Pour avoir un certificat de mariage. Les deux membres du couple doivent être présents en personne.

Elle me lâche le bras et me dévisage, les yeux écarquillés.

— C'est déjà le moment de faire ça ?

— C'est juste pour avoir le certificat, qui est valide pendant soixante jours, précisé-je. Comme ça, on aura une fenêtre plus grande pour nous passer la bague au doigt.

Elle a soudain l'air dépassée par les événements.

— Et ça, tu veux le faire quand ?

— Le plus tôt possible, je pense, dis-je d'un ton rassurant. J'attends juste les conseils de mes avocats et de mon agence de relations publiques.

Elle lève les yeux au ciel.

— Comme c'est romantique.

Le mot « romantique » déclenche quelque chose dans le cerveau de chien de Léo – à moins que ce soit « comme » ? Il tire sur sa laisse de toutes ses forces, et elle m'échappe des mains.

— Oh, non ! s'exclame Jane. Quelqu'un s'apprête à être poussé dans la boue !

Merde. Pas ça. J'ai déjà une candidate au rôle d'épouse, je n'ai pas besoin que Léo m'en trouve une autre.

Je me mets à courir, mais Léo accélère.

— Arrête ! m'écrié-je. Assieds-toi !

Soit le chien ne m'entend pas, soit il ignore mes ordres.

Je devrais peut-être investir dans ces colliers de chien à l'air inhumain, qui sont dotés de pointes ? Hors de question. Par contre, je *pourrais* engager une équipe d'attrapeurs de chien – à supposer que ça existe – qui marcheraient près de nous pour intercepter Léo chaque fois qu'il ferait ça.

Au moins, il se dirige vers l'emplacement de pique-nique que j'ai choisi, il va juste bien plus vite que nécessaire.

— Où il va ? demande Jane d'un ton haletant, environ trente centimètres derrière.

Hmm. Elle a réussi à tenir le rythme ?

— Aucune idée, dis-je par-dessus mon épaule.

Mais bientôt, j'ai une petite idée, et je n'aime pas du tout ça.

Une dame promène un caniche royal femelle au loin. En tout cas, je présume que c'est une femelle, compte tenu de son collier de chien rose et de son nœud encore plus rose.

La chienne – je parle de l'animal, bien sûr – vient de se faire une coupe de Pompadour qui expose son derrière, et je soupçonne fortement ledit postérieur d'être la destination de Léo. Je ne suis pas en train de dire qu'une femelle qui expose son derrière « le cherche », ni quoi que ce soit de ce genre. Et puis Léo est sûrement plus attiré par son odeur que par son apparence.

— Léo, couché ! hurlé-je.

Non.

Il atteint la femelle, ignore les protestations sonores de la dame et hume un grand coup les fesses du caniche de race.

— À l'aide ! s'écrie la dame.

J'accélère, parce que le caniche semble « afficher » son intérêt à Léo – je suppose que c'est pour ça qu'elle lui expose son derrière de manière aussi appuyée, en tout cas.

Juste au moment où Léo se prépare à la monter, j'arrive sur les lieux, prends la laisse et l'écarte.

Léo me lance un regard trahi, l'air de dire « Tu casses les couilles, mec ».

Le caniche me fusille du regard aussi et son regard dit à peu près la même chose que celui de Léo, mais en français.

La femme a une main pressée sur sa poitrine – ornée d'un collier de perles – et hurle des mots tels que « Atrocité », « Clébard malade » et « Je vais le castrer moi-même ! »

— Personne ne va castrer personne, lancé-je d'une voix ferme. Léo est vraiment désolé, et moi aussi.

Léo a vraiment l'air désolé… que je sois arrivé à temps pour l'arrêter.

— Désolé ? s'exclame la femme. Il a failli violer ma Sisi.

Je cherche de l'aide auprès de Jane. La dernière chose que j'ai envie de faire en tant qu'homme, c'est de me trouver des excuses en termes de consentement sexuel, même si on parle de chiens.

Jane scrute le caniche.

— Je crois qu'elle est en chaleur.

— Comment osez-vous ? rétorque la femme.

— Vous voyez comme sa queue est recourbée sur le côté ? continue Jane en montrant l'appendice en question. Avant qu'elle soit stérilisée, ça arrivait aussi à Lassie.

Jane se tourne vers moi et ajoute :

— C'était notre chien quand j'étais petite.

— Sa queue fait ça de temps en temps, répond la dame, l'air hésitante. Quand elle a ses règles.

— Ça arrive tous les six mois, environ ? demande Jane.

La femme fronce les sourcils et hoche la tête.

— Sisi est stérilisée ? continue Jane.

La femme lève le menton.

— Elle est trop bien pour ce genre de choses.

Je sens que Jane a du mal à conserver son calme.

— Même si Sisi est trop bien pour ça, elle est en chaleur, autrement dit ses phéromones ont un certain effet sur les chiens mâles avec lesquels elle entre en contact.

La femme tire sur la laisse de Sisi.

— Je ne vais pas rester là à continuer cette conversation vulgaire.

Sur ces mots, elle s'éloigne, pendant que Sisi se retourne de temps en temps pour lancer des regards d'envie à Léo – mais c'est peut-être juste mon imagination.

Léo gémit.

Pour l'amour des postérieurs nus, je veux juste renifler une fois, s'il te plaît.

— Désolé, mon pote, dis-je. Un peu de beurre de cacahuète te réconfortera peut-être ?

Il cesse de gémir. Je souris.

— Si le diable voulait s'emparer des âmes des chiens, celle de Léo lui coûterait un bocal de beurre de cacahuète.

Jane me rend mon sourire.

— Ce serait pareil pour celle de la plupart des autres chiens.

Je montre mon emplacement de pique-nique préféré d'un geste.

— Qu'est-ce que tu en penses ?

Jane l'examine.

— Il n'y a pas quelqu'un déjà assis là ?

— Oui. Nous, dis-je. J'ai demandé à mon assistant de tout installer.

Jane se précipite vers la couverture avec une excitation évidente, pendant que je me dirige vers le poteau planté dans le sol pour y attacher la laisse de Léo avec soin – je n'ai pas envie de devoir lui courir après encore une fois.

Une fois Léo sécurisé, je lui donne son jouet préféré, qui est creux et ressemble à un butt-plug avec du beurre de cacahuète congelé dedans.

— Maintenant, tout le monde a quelque chose à mâchouiller, dis-je à Jane avant d'ouvrir le panier pour en sortir la nourriture pour humains.

— Des sandwichs au concombre ? s'exclame Jane. Tu as aussi du thé ?

— Tu me prends pour un barbare ?

Je sors une thermos et nous verse une tasse chacun.

Quand Jane goûte la sienne, son expression béate me fait le même effet que les phéromones du caniche sur Léo – sauf que j'ai plus de maîtrise de soi que lui.

Je crois.

— Il y a des épices, dans ce thé ? demande Jane en s'humectant les lèvres. Un genre de chai ?

Je secoue la tête, m'efforçant de ne pas imaginer cette langue en train de lécher mes lèvres.

— Du sirop ?

— Non, dis-je d'une voix un peu rauque.

— C'est quel genre de thé, alors ?

J'essaie de me souvenir.

— Du Da Hong Pao, je crois.

— Je crois que c'est devenu mon préféré, dit-elle. Je n'avais encore jamais bu de thé qui sentait l'orchidée.

— C'est un bon thé, acquiescé-je, reprenant enfin le contrôle de Yoda.

Et pour m'assurer de le conserver, j'ajoute :

— J'ai aussi un thé fertilisé par de l'excrément de panda – mais je voulais te prévenir avant d'infuser un truc comme ça.

Voilà. Les excréments, c'est tout sauf sexy, et les pandas refusent de propager leur espèce – ce qui tue aussi l'ambiance.

Jane plisse le nez.

— Pourquoi utiliser ça comme fertilisant ?

Je hausse les épaules.

— Ça a un rapport avec le fait que les pandas ne digèrent que trente pour cent des nutriments présents dans le bambou sauvage. À moins que ce ne soit qu'une stratégie marketing.

— Ce serait bizarre, répond Jane, avant de lancer un coup d'œil à Léo et de rougir.

Je regarde quel est le problème.

Léo a terminé sa friandise et décidé de lécher une certaine partie de son anatomie pour apaiser la tension provoquée par cette rencontre non consommée.

Je me racle la gorge.

— J'espère que ça ne te dérange pas, dis-je à Jane. Je ne veux pas lui donner honte de faire ça.

— C'est rien, répond Jane en regardant tout sauf la langue de Léo. Il ne fait que ce que tous les hommes fantasment de faire.

— Mes fantasmes impliquent d'autres personnes, dis-je sans pouvoir m'en empêcher.

Comme je l'avais prédit, elle rougit encore plus.

— Léo a déjà eu des relations sexuelles ? demande Jane dans une tentative évidente pour changer de sujet.

Je secoue la tête, et Yoda entre à nouveau en action. Pas à l'idée que Léo ait des relations sexuelles, bien sûr, mais à l'idée qu'une certaine petite femme humaine mignonne le fasse.

— Pourquoi est-il intact, alors ? s'enquiert Jane.

OK, ce sujet tue aussi l'ambiance, par chance.

— Tu ne l'as jamais fait non plus, et pourtant personne n'a jamais suggéré que tu sois stérilisée, si ?

Ses joues prennent une autre nuance de rouge, ce que je n'aurais pas cru possible.

— Je crois que quand ma mère m'a convaincue de me faire poser un stérilet, elle a pensé comme une propriétaire de chien.

J'émets un petit rire.

— Je sais que c'est ridicule, mais je me suis toujours imaginé sous le scalpel, et j'ai décidé de ne pas faire subir ça à Léo. Même si, après ce qui s'est passé aujourd'hui, je vais peut-être envisager de lui faire faire une vasectomie.

Jane penche la tête.

— Pas de chiots-moutons pour lui ?

— Non, dis-je en me grattant la tête. Je ne suis

même pas sûr qu'il aura l'occasion d'avoir une relation sexuelle un jour. Je me suis toujours dit qu'à moins d'avoir une chienne disponible pour lui à tout instant, le laisser faire l'expérience du sexe ne ferait que le rendre malheureux pendant tout le temps où il ne pourrait pas en profiter.

— Ah ? dit Jane. C'est ton abstinence auto-imposée qui parle ?

— Peut-être, soupiré-je. Mais on ne peut pas se languir de ce qu'on n'a jamais connu.

Les joues de Jane repassent dans la zone infrarouge.

— Je crois qu'on *peut* s'en languir sans avoir essayé.

Elle marque un point. Quand j'étais ado, je mourais d'envie d'avoir une relation sexuelle, bien avant qu'une fille soit prête à faire ça avec moi. Mais nous en sommes revenus au sujet dont nous ne devrions vraiment pas parler… à cause de Yoda.

— Je crois que je vais devoir trouver une chienne consentante à Léo en guise de petite amie, dis-je, en revenant aux canins. Je suis sûr qu'il doit exister des agences qui pourraient m'aider.

— Bien sûr, répond Jane avec prudence. Et puisqu'on parle de perdre sa virginité, je voulais te demander un gros service…

Non.

Elle ne va quand même pas…

— Adrian, dit-elle, les yeux baissés et rougissant encore plus violemment. Accepterais-tu de me Déflorer de manière Grandiose ?

CHAPITRE 27

Jane

Je. N'arrive. Pas. À. Croire. Que. Je. Viens. De. Lui. Demander. Ça.

C'est la faute du pique-nique, l'activité la plus romantique jamais inventée. Oh, sans oublier ma course de tout à l'heure – elle a fait battre mon cœur et mon cerveau a dû être privé d'oxygène.

Même le thé divin est complice.

Et le…

Une seconde. Pourquoi Adrian n'a-t-il rien répondu ?

Sapristi ! Un gentleman convenable deviendrait sourd – ou ferait semblant de l'être, en tout cas – plutôt que de reconnaître que Mlle Miller lui a fait une requête aussi indécente.

L'impression que mon cœur est tombé à mes pieds, je lève les yeux et croise le regard d'Adrian.

Non. Il a bien entendu *et* compris. Il est juste en train de réfléchir à sa réponse.

Pourquoi est-ce qu'on n'est pas en Floride ? J'aimerais beaucoup qu'un gouffre s'ouvre dans le sol, à cet instant.

J'envisage de rafraîchir mes joues avec les tranches de concombre de l'un des sandwichs – ou de tout enfourner dans ma gorge, peut-être, pour m'étrangler et mourir – quand Adrian ouvre enfin la bouche.

— Je suis très honoré, répond-il d'un ton rauque. Ceci étant dit… je ne crois pas que ce soit une bonne idée.

Ses mots me font l'effet d'un coup de pied dans le ventre.

Je me retrouve soudain sur mes pieds.

— Attends, dit Adrian.

Je n'attends pas. Au lieu de ça, je me mets à courir. Je ne sais pas où ni pourquoi.

J'approche du lac quand une main me rattrape par l'épaule.

Je me retourne.

— Ne me touche pas !

— Désolé, dit Adrian en regardant quelque chose derrière moi d'un air inquiet. S'il te plaît. Ne fais rien d'irréfléchi.

Mon cœur cesse presque de battre quand je suis son regard… jusqu'à un bateau de location.

Hein ?

— Tu crois que j'ai l'intention d'entrer dans le lac ? Pourquoi ? Tu as une si haute opinion de toi-même ?

Il fait un pas en arrière.

— Une haute opinion de moi ? Comment ça ?

Je lève les yeux au ciel.

— Tu te crois *si* spécial qu'en me rejetant, tu m'as donné envie de me noyer dans l'étendue d'eau la plus proche ? Je devrais éviter les toits aussi ?

Il pousse un profond soupir.

— Je me suis juste dit... que je ne pourrais pas te suivre dans le lac.

Ah. C'est vrai. Il a un problème avec l'eau.

— Je n'avais même pas l'intention d'en approcher.

— Tant mieux, répond-il.

Le soulagement sur son visage signifie-t-il qu'il se soucie de ce qui m'arrive ?

Non. Il est juste content de ne pas avoir à chercher d'autres candidates au poste de fausse femme, si je me noie.

— J'ai envie d'être seule, dis-je. Je ne devrais pas avoir besoin d'entrer dans le lac pour ça.

— Écoute, je t'ai dit que j'étais désolé, insiste-t-il. Je ne voulais pas te blesser. Je n'ai pas envie de compromettre notre arrangement, c'est sûr. Je ne me sens pas non plus digne de faire ce que tu m'as demandé.

— Là-dessus, tu as parfaitement raison, dis-je. Tu n'es *pas* digne.

Là. Je me retourne et m'enfuis à nouveau. Cette fois, il ne me suit pas.

Au lieu de ça, il m'appelle, et je le laisse aller sur la boîte vocale.

Il m'envoie aussi un message, mais je ne le lis pas.

Je fulmine encore à l'idée qu'il m'ait dit non.

Ne comprend-il pas que lui faire cette requête était le plus grand moment de bravoure de ma vie ?

D'un autre côté, je n'aurais peut-être pas dû le faire.

Nous courrions le risque de tout foutre en l'air entre nous.

Bon sang, nous n'avons encore rien fait et la situation est déjà tendue.

Je continue de marcher, assez embarrassée pour tuer un blobfish. D'ailleurs, j'ai aussi l'impression d'être un blobfish, ou un poisson-pêcheur – n'importe quoi qui vit dans les profondeurs les plus sombres de l'océan, et qui peut être aussi hideux qu'il en a envie.

Mon téléphone sonne.

Il est persistant, hein ?

Je m'apprête à l'envoyer sur la boîte vocale quand je m'aperçois que c'est ma mère.

J'hésite un instant, puis décroche.

— Allô.

— Qu'est-ce qui s'est passé ? demande-t-elle d'un air inquiet.

Mince alors, elle est douée.

— Qu'est-ce que tu veux dire ?

— Tu as l'air perturbée.

— Ah oui ? dis-je avec une note de jovialité forcée.

— Oui, insiste ma mère. Comme cette fois où cet idiot n'est jamais passé te chercher pour le bal de promo.

OK. Elle joue le rôle de meilleure amie depuis de nombreuses années, maintenant, je lui raconte donc ce qui s'est passé, même si je me sens encore plus embarrassée après ça.

— C'est un vrai dilemme, remarque ma mère quand j'ai fini.

— Un dilemme ?

Elle soupire.

— Ce que je veux dire, c'est qu'il y a de nombreuses manières de voir les choses.

— Lesquelles ?

— Pour commencer, ce n'est pas très gentil, d'être aussi méchante avec quelqu'un parce qu'il ne veut pas coucher avec toi. Je déteste quand les hommes font ça avec moi.

— Je ne lui ai pas juste demandé de coucher avec moi, protesté-je, offensée. Et puis en quoi j'ai été méchante ?

— Tu ignores ses appels, dit-elle. Et sachant que tu as un rôle essentiel dans ses projets pour sa fille, il doit être malade d'inquiétude.

Merde. Je déteste quand ma mère marque un point.

— Je répondrai à son message après ça, assuré-je. Et tu as intérêt à avoir d'autres manières de considérer ce prétendu dilemme.

— Ce moment où il t'a dit ne pas avoir le sentiment d'être digne, répond-elle. C'est le genre de truc que seule une personne qui *est* digne dirait… avant d'être sûre de ses sentiments pour toi.

Je reçois un autre message d'Adrian, ce qui ne fait qu'ajouter à la culpabilité que ma mère a suscitée en moi.

— Ça n'a aucun sens, dis-je. Mais je ferais mieux d'y aller.

— N'oublie pas l'argent qui est en jeu, s'exclame ma mère avant que je raccroche.

Super. Je vais avoir l'impression de faire ça pour l'argent, quand je répondrai, maintenant.

Je tape quand même une réponse à son dernier message :

On peut faire comme si je n'avais jamais rien demandé ?

Il répond aussitôt :

Demandé quoi ?

Avec un soupir, je lui réponds qu'on se voit à la maison.

Mlle Miller notifierait au gentleman qu'elle est prête à accepter une excuse correctement formulée.

D'un autre côté, après ma discussion avec ma mère, je me demande si ce ne serait pas plutôt à moi de m'excuser.

Ce qui n'est pas près d'arriver.

Je préférerais encore faire une croix sur tous ces millions.

Un nouveau SMS arrive, et il est de ma mère – même si compte tenu de ce qu'elle dit, j'aurais préféré que ce prétendu conseil vienne de quelqu'un d'autre. N'importe qui d'autre, sauf Mary, peut-être.

Habille-toi de manière cochonne à la maison, c'est la perle de sagesse que me suggère ma mère. *Ça lui fera regretter son choix – et peut-être changer d'avis.*

Les mères des autres leur donnent-elles ce genre de conseils ? Je ne sais pas pourquoi, mais j'en doute. Elles ne suggèrent peut-être même pas ce genre de trucs aux amies de leur âge.

Le plus gros problème avec l'idée de ma mère, c'est qu'Adrian n'en aura peut-être rien à faire même si je me pavane chez lui complètement nue. De toute évidence, je ne suis qu'un accessoire asexué, pour lui, quelque chose qu'il pourra présenter à la cour. Quelque chose qui hurle « je n'ai tellement plus envie de coucher à droite à gauche que j'ai épousé une femme imbaisable… il n'y a qu'à la regarder ».

Mais bon. C'est pas comme si j'avais quelque chose à perdre. En fait, il voulait voir mon cosplay victorien. Il ne faudrait pas grand-chose pour transformer une tenue de dame en celle d'une courtisane.

Ouais. Ce sera un peu comme à Halloween, quand mes camarades féminines rendent toutes sortes de costumes sexy, de celui d'infirmière à celui de moufette.

Mon humeur s'améliore et je continue de suivre ce chemin de pensée. Quand je ne serai pas en cosplay, je pourrai porter l'un de ces shorts que je considérais comme trop petits et moulants, il y a quelques années – à l'époque où mon postérieur a eu une poussée de croissance. Je possède aussi un tas de brassières de sport mignonnes et de pantalons de yoga sexy qui pourraient s'avérer utiles.

Je pourrais aussi aller faire du shopping. Après tout, j'ai un travail, maintenant, et je m'apprête à devenir millionnaire.

Ma décision prise, je prends un Uber jusqu'au

Forever 21 et j'achète des tenues sexy. Je prends même de la lingerie en dentelles, au cas où je me sentirais assez audacieuse pour me cogner « accidentellement » dans Adrian en me rendant à la cuisine en pleine nuit, par exemple.

Cette pensée est peut-être peu charitable, mais Mlle Miller ne considérerait pas certaines de ces prétendues tenues comme dignes d'une femme, même une de petite vertu.

La bonne nouvelle, c'est que je suis presque heureuse, une fois cette frénésie de shopping terminée. C'est pour ça que les femmes trouvent cette activité aussi drôle ? Jusqu'à maintenant, je ne trouvais le shopping amusant que quand c'était dans une librairie.

Chargée de sacs, je retourne chez Adrian, où Léo m'accueille et renifle tous mes sacs comme s'il était certain que tout ce que j'ai acheté est pour lui. Je me dirige vers ma chambre pour tout ranger pendant que Léo continue de me renifler.

Bon, très bien. Je suppose que je vais devoir enfiler ma tenue victorienne coquine devant le chien.

Ça prend un peu de temps, et pourtant Léo m'observe comme si j'étais une série télé qu'il a décidé de dévorer.

— Où est ton père ? l'interrogé-je une fois ma tenue diabolique achevée.

Aucune réaction.

— Adrian, dis-je au chien. Il est à la maison ?

En entendant le nom de son humain, Léo remue les oreilles. Il sort de ma chambre en trottinant et je le suis jusqu'à la salle de sport.

— Eh, lancé-je en entrant dans la pièce.

Je reste bouche bée devant la scène sous mes yeux, et l'eau me monte à la bouche – ainsi qu'à d'autres endroits inavouables.

Adrian est en train de faire des pompes, uniquement vêtu d'un short.

Quand les muscles de son dos défient la gravité, ils fléchissent et durcissent – et ce spectacle est si excitant que j'envisage de foncer dans ma chambre pour pouvoir jouer de mon violon rose. Avant que j'en aie l'occasion, Léo aboie.

Adrian termine sa pompe et se retourne.

Oh, mon Dieu. Il a l'air encore plus appétissant de face – il m'a complètement battue à mon propre jeu, c'est sans équivoque. Un jeu auquel il n'avait même pas conscience de jouer.

Des perles de sueur coulent sur son torse, que j'ai envie de lécher, et si j'avais envie d'étudier l'anatomie, ses muscles scintillants seraient l'outil parfait.

Au risque de paraître ennuyeuse et peu aventureuse, Mlle Miller oserait dire que toute cette situation est la définition même d'inapproprié.

— Salut, lance Adrian.

Même sa voix est plus savoureuse que d'habitude, pour une raison inconnue ; elle est rauque et me rappelle du chocolat noir.

— Bonjour, dis-je en butant sur chaque syllabe. Il faisait beau, sur le chemin du retour du pique-nique ?

— Oui. Il faisait beau et chaud. J'ai vu quelques nuages. Dont un en forme d'homme de Vitruve.

Il m'examine de la tête aux pieds.

— C'est l'une des tenues victoriennes que tu as mentionnées ?

Je hoche la tête.

Il penche la tête.

— Ils ne portent rien de ce genre dans *Les Chroniques de Bridgerton*.

C'est vrai, mais ils en portaient dans une autre série. *Les filles de joie*.

CHAPITRE 28

Adrian

Je ne sais pas comment on appelle les vêtements que porte Jane, mais j'ai envie d'arracher chacun d'eux en petits morceaux, avant de lui faire exactement ce qu'elle a suggéré que je fasse quelques heures plus tôt.

Mais je ne peux pas.

Je ne devrais pas.

J'avais de bonnes raisons de refuser, et si Yoda laisse un jour mon sang revenir à mon cerveau, je me souviendrai de ces raisons.

— En parlant des *Chroniques de Bridgerton,* reprend Jane, on devrait regarder quelques épisodes, plus tard.

J'espère que ça veut dire qu'elle n'est plus en colère. D'un autre côté, elle aime assez cette série pour la regarder avec Hitler. Quoi qu'il en soit, j'accepte. Puis d'un ton désinvolte, je demande :

— Tu porteras encore cette tenue quand on le fera ?

Si oui, je ferais mieux de préparer Yoda en prenant une douche froide, juste au cas où.

Est-ce un sourire narquois que j'aperçois sur le visage de Jane, pendant qu'elle réfléchit à ma question ?

Non. Ça n'aurait pas de sens.

Enfin, elle secoue la tête.

— Cette tenue est trop raide pour marcher dedans, sans parler de s'asseoir sur un canapé avec.

La Force, Yoda remercie.

— Je me suis habillée comme ça parce que je voulais me faire un million de dollars supplémentaire, ajoute Jane d'un ton étrangement coupable.

— Tu auras ton argent, lui assuré-je.

Il sera bien dépensé, parce que ce n'est pas tous les jours qu'on éprouve un changement de paradigme. Jusqu'à cet instant, je ne pensais pas que les femmes de l'ère victorienne puissent être sexy. En plus d'être guindées et prudes, elles ne prenaient pas de douche et recouvraient chaque centimètre carré de leur peau de poudre. Maintenant, j'aimerais bien participer à un jeu de rôles avec Jane, elle en tant que dame et moi en tant que…

— OK, dit Jane. Tu peux reprendre tes exercices.

Je hausse les épaules et m'exécute, même si je vois dans le miroir qu'elle ne s'en va pas – sûrement parce qu'elle veut savoir comment utiliser tout cet équipement, quand viendra son tour de faire de l'exercice. Je sais que le plus poli serait de lui proposer qu'on s'entraîne ensemble, mais je ne crois pas en être capable sans me retrouver avec les couilles bleues.

Alors je travaille mon dos comme d'habitude, puis mes triceps. Je termine à peine ma dernière série quand Jane sort discrètement.

Hmm. Je regarde Léo, qui se réveille de sa vingtième sieste de la journée.

— Jane croyait que je ne savais pas qu'elle était là depuis tout ce temps ? lui demandé-je.

Léo penche la tête.

Les humains compliquent trop les choses. Fais comme si c'était un caniche en chaleur et monte-la. Aussi doux que du beurre de cacahuète non croustillant.

Je vais sous la douche et je fais un peu de Yoda Yoga au cas où Jane oublierait de se changer. Et bon sang, je suis bien content d'avoir pris cette précaution, parce que lorsque je retrouve Jane dans le salon, elle porte une tenue encore plus sexy que la précédente, qui expose beaucoup de peau pâle très appétissante.

— Je me suis changée, dit-elle quand elle remarque que je la regarde. Comme tu me l'as demandé.

Ce n'était pas exactement ce que j'avais demandé, mais ce n'est pas comme si je pouvais le lui faire remarquer.

— Regardons la télé, dis-je en me laissant tomber sur le canapé.

Elle s'assoit à côté de moi et nous lançons Netflix – je suis tout sauf détendu. Au contraire, c'est très dur d'être à côté de Jane comme ça – dans tous les sens du terme. J'attends la fin de la série avec impatience, pour pouvoir passer un peu de temps seul à seul avec Yoda. Encore.

— Qu'est-ce que tu en penses ? demande Jane quand le générique de fin de la saison deux défile.

— Je crois savoir pourquoi les Victoriens avaient instauré toutes ces règles strictes relativement au sexe.

Merde. Mauvais choix de sujet.

— À cause de la religion ? demande Jane, concentrant toute son attention sur moi.

Je secoue la tête.

— Parce qu'ils n'avaient pas internet, et donc pas de porno.

Oups. Sérieux, d'habitude, j'arrive mieux à filtrer mes pensées entre mon cerveau et ma bouche.

Jane étrécit un peu les yeux et hausse son sourcil gauche en forme de point d'interrogation.

— Sans le porno, il devait y avoir moins de masturbation, expliqué-je, parce que je suis lancé, maintenant. Sans la masturbation, les gens sont d'autant plus excités. Ce qui explique pourquoi les hommes deviennent fous quand ils aperçoivent une cheville.

En parlant de cheville, celles de Jane sont extrêmement délicates et jolies, me faisant me demander si les embrasser serait…

— Peu de gens allaient sur internet avant le début des années quatre-vingt-dix, argue Jane. Et pourtant, il y a eu toutes ces histoires d'amour libre dans les années soixante.

— C'est vrai, mais à cette époque, le porno existait, dis-je d'un ton moins assuré. En cassette vidéo, ou bien dans des films.

— Il y avait des illustrations pornographiques, à l'époque victorienne, dit Jane d'un ton triomphant. Ta théorie tombe à l'eau.

Hmm. Devaient-ils poser pendant des heures pour obtenir ces illustrations ? Je parie que les pauvres filles devaient avoir froid, assises toutes nues pendant aussi longtemps. Malgré tout, Jane marque un point. J'ai l'impression que la masturbation n'est pas la réponse à *tout,* même si ça me paraît être le cas à cet instant.

Mon jugement, Yoda obscurcit.

Jane se lève, m'offrant un aperçu de ses jambes galbées.

— Bonne nuit.

Sur ces mots, elle s'éloigne en balançant des hanches, me laissant assis, à attendre que Yoda se soit assez calmé pour que je puisse marcher.

Le lendemain, je vais chercher Jane pour aller à la mairie. Tout du long, elle ne parle que de la météo. Au temps pour mes espoirs qu'elle ne soit plus en colère contre moi, pour avoir refusé son offre généreuse.

Pour être honnête, je suis en colère contre moi-même aussi. Nous pourrions peut-être faire en sorte que ça fonctionne. Le risque n'est peut-être pas si grand que ça.

Non.

Je dois rester fort.

Et puis Jane doit se sentir insultée, et il y a peu de

chances pour qu'elle me laisse une autre chance d'effectuer son GD.

Comme pour me donner raison là-dessus, sur le chemin du retour, elle continue à ne parler que de la météo.

Pour tâter le terrain, je lance :

— Ils annoncent du très beau temps pour demain. Ça te dirait, un autre pique-nique ?

Elle pince les lèvres.

— Ce sera une grosse journée à la bibliothèque. Je ne pourrai sûrement pas me libérer.

Traduction : elle est encore en colère contre moi. À en juger sa réaction la dernière fois, les pique-niques sont son herbe à chats.

— Très bien, dis-je.

Avant qu'on se remette à parler de la force du vent, de l'humidité ou de l'index UV, j'ajoute :

— J'ai décidé d'une date pour le mariage.

À vrai dire, je n'ai pas encore eu de nouvelles de mes avocats, mais j'ai envie de conclure l'affaire avant que Jane décide qu'elle est trop en colère contre moi parce que j'ai refusé le GD et qu'elle préfère faire machine arrière.

— Oh, répond Jane sans enthousiasme. Le grand jour est pour quand ?

— Le premier samedi du mois prochain, dis-je songeant que l'organisatrice d'événements ne pourra pas organiser de mariage avant ça. Ça te laissera assez de temps pour inviter ceux que tu veux voir à la cérémonie ?

Elle fronce les sourcils.

— Je dois vraiment inviter du monde ?

— Je suppose que non, mais c'est censé ressembler à un vrai mariage.

Elle soupire.

— Tu as raison. Et puis Grand-mère ne me le pardonnera jamais si elle ne reçoit pas d'invitation.

— On a une organisatrice, expliqué-je. Elle s'occupera d'envoyer les invitations. Contente-toi de m'envoyer par e-mail les noms et adresses de tes proches.

Jane sort son téléphone, fait une liste et me l'envoie. Je la transmets à l'organisatrice et tente d'entamer une vraie conversation avec Jane, mais nous nous retrouvons bien vite à parler de la météo.

Lorsque Jane rentre à la maison ce soir-là, elle enfile un pantalon de yoga et une brassière de sport qui me rend dingue. Je suis presque soulagé quand elle m'annonce qu'elle n'a pas envie qu'on regarde la télé ensemble. Ça aurait été une torture exquise, si elle avait dit oui.

Malgré tout, son refus prouve sans l'ombre d'un doute qu'elle est en colère contre moi – et qu'elle ne s'est jointe à moi hier soir que parce qu'elle devait encore terminer la deuxième saison des *Chroniques de Bridgerton*. Maintenant que c'est fait, elle est trop furieuse contre moi pour regarder autre chose.

Hmm. Je me demande combien ça coûterait de payer Netflix pour qu'ils accélèrent le tournage de la prochaine saison. Jane serait incapable de résister à *ça*...

Je fais une recherche. Ils ont payé sept millions par épisode. Je pourrais me le permettre. D'un autre côté...

Une idée prend racine dans ma tête.

Et si je créais ma propre série, dans le même style que *Les Chroniques de Bridgerton* ? Mieux encore, pourquoi ne pas faire un film ? Il n'y a pas beaucoup de films de romance historiques sur le marché. S'il est bien accueilli, je pourrais toujours le dériver en série. Plus important encore, Jane serait incapable de résister à l'envie d'en parler avec moi.

Emballé par cette idée, je vais dans mon studio et entame mes recherches.

Le lendemain, ma relation avec Jane ne s'est toujours pas améliorée. Elle n'a pas envie de passer du temps avec moi, même si elle porte une autre tenue victorienne qui me rend dingue.

En parlant de trucs victoriens, vu que mon film inspiré des *Chroniques de Bridgerton* n'en est qu'à ses balbutiements, je ne le mentionne pas encore. J'ai encore beaucoup de boulot avant qu'il vaille le coup d'être abordé. En fait, maintenant que j'ai commencé, une partie de moi a envie que ça reste secret, pour lui montrer le produit fini une fois que j'aurai terminé. Quoi qu'il en soit, je me concentre sur le film pendant toute la semaine suivante, puisque Jane est déterminée à m'éviter.

De toute évidence, elle est encore en rogne contre moi. Cependant, il nous arrive d'avoir quelques bribes de conversations de temps en temps, et quand Piper passe à la maison, Jane passe du temps avec nous – ce qui me fait regretter encore plus d'avoir refusé son GD.

Elle ne se vantait pas quand elle m'a dit être douée avec les bébés.

— Quelle jolie petite créature, roucoule-t-elle en berçant Piper d'avant en arrière pendant que ma fille lui tire les cheveux avec son petit poing potelé. On va te faire roter et tu te sentiras mieux, d'accord ?

Sous mon regard ébahi, mon bébé agité lui adresse un sourire angélique et laisse échapper un rot très peu distingué, en parvenant à conserver tout son lait dans son estomac.

Sérieux, Jane murmure à l'oreille des bébés, ou quoi ?

Piper refuse toujours de roter comme il faut, avec moi, ou bien elle me vomit dessus la moitié du temps.

— Tu vas devoir m'apprendre à faire ça, remarqué-je quand Jane me rend ma fille.

Elle a été nourrie, elle a roté et a été changée.

— Il y a forcément un truc, hein ?

Elle sourit.

— Oui, le truc, c'est d'avoir une petite sœur bien plus jeune et une mère qui a insisté pour que je joue les baby-sitters. Tiens, laisse-moi te montrer.

Elle me montre sa technique avec un ours en

peluche, et je la grave dans ma mémoire – comme chaque fois que Jane fait quelque chose, ces derniers temps. Je n'arrive pas à me la sortir de la tête, et pas seulement parce que lorsqu'arrive la semaine précédant le mariage, Yoda est prêt à rejoindre le côté sombre de la Force à cause de ses tenues, qui sont ridiculement sexy même quand elles ne sont pas victoriennes.

Les bibliothécaires ne sont-elles pas censées s'habiller de manière barbante ? Parce que ce n'est pas le cas de la mienne.

Mon nouveau projet n'arrange rien. Pour mieux comprendre le genre de la romance historique, j'ai acheté un tas de livres que Jane aime et je les lis sans interruption. Il s'avère que ces bouquins sont remplis à craquer de scènes torrides, et que la plupart ont une héroïne virginale.

Oui. C'est bien ça.

J'ai refusé de participer à un GD et maintenant, je ne lis plus que là-dessus – une activité qui a un effet similaire sur moi qu'un livre de cuisine sur un homme affamé.

CHAPITRE 29

Jane

On décrit parfois l'enfer comme un endroit où tous vos désirs restent insatisfaits. Par exemple, les gourmands sont entourés de plats délicieux qu'ils ne peuvent pas manger, les ivrognes nagent dans de l'alcool qu'ils ne peuvent pas consommer. Je ne suis pas une accro au sexe, loin de là, mais les semaines qui précèdent le mariage me donnent l'impression d'en être une... dans ma version personnelle de l'enfer.

Apparemment, Adrian ne fait pas que s'entraîner torse nu. Il ne porte pas de T-shirt quand il va au frigo la nuit, ni quand il prend un bain de soleil sur sa terrasse sur le toit, ni quand il joue dans la piscine à boules avec Léo. Et n'oublions pas ses câlins peau contre peau avec Piper, bien sûr.

C'est grâce à ces derniers que je commence à oublier la piqûre de son rejet. Plus je passe de temps avec le bébé, plus je tombe amoureuse d'elle, ce qui me fait me dire qu'Adrian avait raison de refuser ma proposition de GD.

Nous faisons ce mariage pour le bien de Piper, et j'ai failli tout foutre en l'air, même s'il a dit non.

Plus le mariage approche, moins j'ai de temps pour penser à mon GD. Quand je ne travaille pas, je passe la majeure partie de mon temps à choisir une robe et à me concerter avec la planificatrice de mariage (qui semble préférer avoir l'opinion de la mariée sur à peu près tous les sujets).

D'un seul coup, le jour du mariage arrive. Pendant que des professionnels s'occupent de mes cheveux, de mes ongles et de mon maquillage, des papillons s'envolent dans mon ventre. Lorsque j'enfile ma robe de mariée, j'ai vraiment le trac… comme si j'étais une vraie mariée.

Ce que je ne suis pas.

Je dois garder ça en mémoire pendant que j'enfile mes lentilles de contact – que je ne mets que pour les occasions spéciales.

Je suis si occupée que je ne vois même pas ma mère, Mary et Grand-mère me rejoindre dans la salle d'essayage. Je ne me rends compte de leur présence que lorsqu'elles se mettent toutes les trois à sangloter.

— Qui est mort ? demandé-je.

— Tu es si belle, dit Mary en reniflant. Comme une princesse.

— Tu n'es plus mon petit bébé, marmonne ma mère avec un hoquet.

— Et je pleure en public, renchérit ma grand-mère en se mouchant le nez. Je l'ai toujours fait.

— Je peux y aller ? demandé-je à Mme Dubois et au reste de l'équipe de relooking.

Mme Dubois m'examine d'un œil très critique et hoche la tête, bien qu'avec réticence.

— Je regrette encore de ne pas avoir bénéficié de six mois de préparation, dit-elle avec son fort accent français. Mais compte tenu des contraintes actuelles, vous êtes à peu près décente.

Mary renifle.

— Surtout si par « décente » vous voulez dire « comme une princesse Disney ».

— Ou comme une reine, ajoute ma mère.

Je résiste à l'envie de faire remarquer que c'est la Reine Victoria qui a lancé la mode de la robe blanche pour le mariage, avant qu'un nombre incalculable de mariées l'imitent.

La porte s'ouvre et l'organisatrice d'événements se précipite dans la pièce, l'air paniquée – même si j'ai l'impression que c'est son état par défaut.

— La limousine est arrivée, annonce-t-elle. On doit faire entrer la mariée dans l'église. Sur le champ.

— Foutus amateurs, marmonne Mme Dubois entre ses dents.

Quand elle remarque le regard réprobateur de ma grand-mère, elle ajoute :

— Pardonnez mon langage.

Je me laisse entraîner vers la limousine, et une fois la voiture en route, ma mère me demande :

— Pourquoi l'église Saint-George ? Je ne crois pas que ce soit la plus grosse ni la plus impressionnante d'un point de vue architectural ?

Je souris.

— Si le mariage du jour avait un thème, ce serait « la romance historique ».

— Je ne comprends toujours pas, admet ma mère.

Je lève les yeux au ciel.

— Si tu lisais les livres que je te recommande, tu te rendrais compte que tous les mariages branchés de l'élite avaient lieu à Saint-George.

— Mais à Londres, rappelle ma mère.

Je hausse les épaules.

— Je me suis dit que ce Saint-George serait plus facile à réserver dans un si bref délai. Tu avais peut-être envie de prendre l'avion ?

Ma mère secoue la tête.

— Si ça te rend heureuse.

— En fait, ce qui me rendrait vraiment heureuse, ce serait un mariage rapide et banal, avoué-je. Du genre qu'ils font à Las Vegas ou à la mairie.

— Si tu avais fait ça, tu n'aurais pas eu ton thème de romance historique, rappelle ma mère.

Je pince les lèvres.

— On aurait pu faire du jeu de rôles. Dans mes romances, ils font tout le temps des mariages rapides. Si l'héroïne est enceinte, par exemple, le héros obtient une dispense spéciale de l'archevêque de Canterbury.

J'ai fait des recherches à ce sujet, et dans le monde réel, ces dispenses étaient rarement accordées, et jamais à la légère – contrairement à dans mes livres, où l'obtenir n'est pas si spécial.

— Alors c'est le marié qui voulait un mariage chic ? demande Grand-mère. Ce n'est pas comme ça que ça marchait, à mon époque.

— Jane veut ça aussi, affirme Mary d'un ton de conspiratrice. Elle veut juste qu'on pense qu'elle est au-dessus de tout ça.

La limousine s'arrête à ce moment-là, ce qui est tant mieux, parce que ça m'évite d'avoir à trouver une réponse spirituelle à cette remarque.

— Ne sortez pas de la voiture, lancé-je à tout le monde quand elles tendent la main vers les portières. Nous devons attendre la sécurité.

— La sécurité ? répète Grand-mère en regardant par la fenêtre, l'air inquiet.

Je soupire.

— Les tabloïds sont intéressés par notre… enfin, par le mariage d'Adrian. Il va y avoir des paparazzi devant l'église et l'hôtel où a lieu la réception.

— Ah, dit Grand-mère avec un sourire. Comme c'est excitant.

Je ne suis pas du tout excitée. Je ne sais pas trop pourquoi, mais je suis un peu répugnée à l'idée qu'Adrian veuille ces photos, pour que le monde entier soit au courant de notre mariage. Les agents de sécurité ne sont là que pour préserver les apparences. Les paparazzis pourront prendre un tas de photos de nous deux. En fait, la dernière fois qu'Adrian et moi avons eu une conversation n'étant pas en rapport avec la météo, il m'a expliqué que son service de sécurité avait découvert que certains prétendus journalistes avaient infiltré le personnel de restauration, et qu'ils se feront passer pour des serveurs ou autre pour écrire ensuite un article sur le mariage.

La portière de la limousine s'ouvre et je suis aveuglée par les flashs des appareils photo pendant que l'équipe de sécurité nous pousse sur le tapis rouge et jusque dans l'église.

Quelqu'un me couvre le visage sous un voile et ma visibilité devient limitée.

— Je vais t'accompagner, annonce ma mère d'un ton solennel comme si elle avait lu dans mes pensées.

Nous entrons dans le hall principal de l'église. L'endroit est bondé, mais les invités sont difficiles à discerner sous mon voile. Je reconnais quand même le maire, quelques acteurs célèbres et même le milliardaire qui a récemment fait la une des journaux parce qu'il a l'intention de faire un voyage sur la lune.

Ouais. C'est la version moderne de l'élite.

Un orchestre en live se met à jouer « Le Chœur de la Mariée ».

Mon rythme cardiaque grimpe en flèche.

Cette chanson est tirée d'un opéra appelé *Lohengrin*, de Richard Wagner (qui a l'honneur discutable d'avoir été l'un des compositeurs préférés d'Hitler). Elle a été jouée pendant le mariage de la fille de la Reine Victoria (qui s'appelait aussi Victoria), et est associée aux mariages depuis lors – même si à l'opéra, elle est chantée au moment où le couple entre dans la chambre nuptiale, pas quand la mariée (Elsa – mais sans pouvoirs en rapport avec la neige) marchait jusqu'à l'autel. Ce qui vaut aussi la peine d'être mentionné, c'est que dans ledit opéra, lorsqu'elle est séparée de son nouveau mari, Elsa meurt de chagrin.

Alors non, je ne comprends pas trop pourquoi tout le monde utilise cette chanson, compte tenu de ce à quoi elle est associée, mais dans mon cas, ça paraît plutôt adapté.

Je sais déjà qu'Adrian et moi allons divorcer, alors j'ai plutôt intérêt à protéger mon cœur, au risque de finir comme la pauvre Elsa.

CHAPITRE 30

Adrian

Putain. Même les traits dissimulés sous le voile, Jane est magnifique, radieuse, tandis qu'elle avance jusqu'à l'autel d'un pas léger et majestueux.

Ma respiration accélère – et je dois me remémorer pour la énième fois que ce n'est pas réel.

Ce n'est qu'un spectacle pour l'audition à venir.

Mes émotions sont embrouillées parce que tout est si réaliste.

Clic.

Voilà. C'était le son d'un appareil photo – sûrement l'un des paparazzis qui croient s'être infiltrés dans ce mariage grâce à sa furtivité, et pas parce que mon équipe de sécurité a fermé les yeux.

Je jette un coup d'œil sur ma droite, où la meilleure agent de sécurité/nounou du monde tient Piper dans ses bras, son large dos la protégeant des photos comme je le lui ai demandé.

Jane et moi n'avons d'autre choix que de finir dans les tabloïds, mais l'intimité de ma fille ne peut pas être bafouée.

Je me tourne à nouveau vers Jane lorsqu'elle me rejoint, et je me rends compte qu'elle est submergée par les émotions, ce qui me donne envie de tout annuler et de plutôt lui faire un gros câlin.

Mais non.

Le spectacle doit continuer.

— Mes chers amis, dit le prêtre.

À moins que ce soit un évêque ?

— Nous sommes rassemblés en ce jour…

Jane soulève son voile et quand je la vois, ça me fait l'effet d'un lever de soleil pendant une apocalypse vampire.

L'évêque continue son sermon. Je n'écoute qu'à moitié jusqu'à ce qu'il arrive à l'étape des vœux et fasse dire à Jane quelque chose qu'elle a dû sortir de son répertoire victorien, je présume.

Entre autres choses, Jane promet de « m'obéir », ce qui ressemble vaguement à du BDSM.

Cela, Yoda aime.

— Vous pouvez embrasser la mariée, annonce enfin l'évêque.

Je pose la main au creux du dos de Jane et l'attire à moi. Son parfum de goyave avec une subtile note de bégonia me donne le vertige.

Nous nous regardons dans les yeux, les siens pétillent – et les appareils photo se mettent à cliqueter au moment où je penche la tête pour m'emparer de sa bouche.

L'église semble disparaître. Les lèvres de Jane sont douces, souples, et elles ont un goût de fraise. Elle me rend mon baiser avec un empressement tout sauf virginal, et c'est peut-être pour ça que je l'approfondis, envahissant sa bouche avec ma langue comme j'aimerais le faire avec ma...

L'évêque se racle la gorge avec colère.

Rabat-joie.

Quand je me détourne de Jane, la foule de l'église se déchaîne, applaudit, acclame et siffle.

Entre le baiser et la suite de lune de miel légendaire qu'on a réservée à l'hôtel, tout le monde pensera sans le moindre doute que Jane et moi allons consommer ce mariage.

Mais bien sûr, ce ne sera pas le cas. Je dois m'en rappeler (ainsi qu'à Yoda).

— Le carrosse est prêt, murmure l'agent de sécurité qui tient Piper.

J'embrasse ma fille, salue la famille de Jane de la main, puis prends ma nouvelle femme par la main et lui fais traverser l'église.

Les gens nous bombardent de pétales de rose sur notre passage. N'est-ce pas censé être du riz ? Ce doit être un truc de romance historique – comme le carrosse tiré par des chevaux qui attend dehors, avec un tas de vieilles casseroles et poêles attachées au pare-chocs arrière.

— Vous voulez bien garder un œil sur Piper ?

demandé-je à ma nouvelle belle-mère avant qu'elle suive le bébé et son garde du corps dans la limousine.

— Avec plaisir, répond-elle avec un grand sourire. Bonne route.

Je souris à Jane.

— Qu'est-ce que ça fait d'être Mme Westfield ?

Jane humecte ses lèvres enflées par mon baiser, mais avant qu'elle ait pu balbutier une réponse, le carrosse se met à avancer, créant un horrible son propre à réveiller les morts.

— Je suis désolée, s'exclame Jane par-dessus le fracas. Les poêles avaient l'air d'être une bonne idée, quand j'ai lu ça dans mes livres.

Ou c'est ce que je crois comprendre, en tout cas.

Nous continuons notre route et un tas de gens lèvent la tête vers nous, prennent des photos – un bénéfice imprévu de tout ce bruit. La cacophonie a aussi un autre avantage. Elle tempère une partie des émotions que ce baiser bien trop réel a provoquées. J'ai besoin de ça, de me calmer, si je veux survivre à la première danse et au reste des activités prévues.

Après ce qui me paraît une heure de torture auditive, nous nous arrêtons enfin.

— Waouh, dit Jane. Tu ne plaisantais pas. Cet endroit est parfaitement adapté au thème.

Je bombe le torse avec fierté. Le Palace Hotel est l'une de mes rares contributions aux préparations de mariage. J'ai fait quelques recherches et je l'ai trouvé sur une liste d'endroits où un vrai mariage royal a déjà eu lieu.

Oh, et le mieux, c'est qu'il ressemble à ce que son nom implique – un palais.

Quand nous entrons dans le lobby, Jane repère les bagagistes et sourit. Moi aussi. Les hommes portent des costumes style cosplay incluant des capes, des bicornes et des chausses aux couleurs vives.

— Si j'avais été le propriétaire, je m'en serais tenu aux perroquets, murmuré-je à Jane tout en examinant les oiseaux qui emplissent le lobby. Les paons sont un peu clichés.

— J'adore, répond-elle en admirant l'un des paons en question. C'est le plus proche qu'on puisse faire d'un mariage de conte de fées.

Je suis contente qu'elle pense ça. Obtenir cet endroit n'était pas qu'une question d'argent. Il faut réserver le Palais longtemps à l'avance, ce que je n'avais pas fait, j'ai donc dû convaincre le couple qui avait réservé pour aujourd'hui de se marier au Pikaia Lodge, en Équateur.

— Mme Westfield ? demande l'un des types à bicorne.

Je hoche la tête.

Le type lève son talkie-walkie pour appeler Kevin, le photographe que j'ai engagé.

Jane émet un petit rire en repérant Kevin, et je souris aussi. Il semble avoir pris le thème du mariage un peu trop à cœur, parce qu'il est vêtu comme un genre de duc, et lève même un monocle devant son œil quand il nous examine, nous autres plébéiens.

Kevin doit éprouver une approbation réticente

devant ce qu'il voit, parce qu'il nous fait signe de le suivre.

Quand nous entrons dans la salle immense où la séance photo doit avoir lieu, toutes les personnes ayant l'honneur d'être dans l'album de mariage nous attendent déjà – y compris Léo, qui se tient à côté de son nouveau promeneur (un homme).

En voyant le grand écran tout au fond, Jane me lance un regard en coin.

— C'est pour qu'on puisse créer l'arrière-plan qu'on veut, expliqué-je. Ne t'inquiète pas, ce sera si réaliste que tout le monde pensera qu'on est à cet endroit.

— Est-ce que l'un d'eux peut être Hyde Park ? demande Jane.

Elle regarde le reste de notre groupe et explique :

— C'est là que les membres de l'aristocratie britannique traînaient, à l'époque victorienne.

Kevin lance un regard hautain à Jane à travers son monocle.

— Toutes les collections d'arrière-plans incluent évidemment Hyde Park et tous les autres parcs.

Je me racle la gorge avec colère.

— Kevin, tu n'es pas vraiment un duc.

L'air penaud, le photographe range son monocle dans sa poche et prend son appareil photo. D'un ton bien plus respectueux, il reprend :

— Et si on commençait par la famille de la mariée ?

La grand-mère de Jane – comment elle s'appelle, déjà ? – et sa sœur, Mary, se précipitent à l'endroit qu'indique Kevin. La mère de Jane, Georgiana, s'avance vers moi, l'agent de sécurité de Piper sur les talons. Avec beaucoup de réticence, elle replace Piper dans mes bras.

— J'ai l'impression qu'elle fait déjà partie de la famille, dit-elle avec un soupir.

Je serre Piper contre ma poitrine, éprouvant des montagnes russes d'émotions conflictuelles. L'amour et la satisfaction l'emportent – parce que je les ressens de manière si intense chaque fois que je suis en présence de ma fille. J'éprouve aussi des pointes de jalousie et d'envie dans ma poitrine, parce que Jane a toute sa famille à ses côtés, alors que Piper est le seul membre de la mienne.

— Elle peut être sur la photo avec vous, proposé-je en me forçant à lui tendre à nouveau Piper.

Rayonnante de joie, Georgiana prend le bébé et rejoint les proches de Jane.

Léo traîne son promeneur vers moi, avant de fourrer son museau humide dans la paume de ma main comme pour me rassurer.

Tu n'as pas que Piper. Tu m'as aussi.

Je souris et caresse mon meilleur ami aux allures de mouton. En parlant d'amis, Bernard, Warren et Michael avancent vers moi.

Aussitôt, je cesse mes autoapitoiements. Les autres jeunes de notre école préparatoire surnommaient notre groupe Les Quatre Mousquetaires, et ça nous correspondait bien, parce qu'on s'attirait autant d'ennuis que les célèbres personnages de Dumas.

— Je n'arrive pas à croire que tu te fais enchaîner

par les couilles, lance Michael assez bas pour que seuls nous quatre puissions l'entendre.

— Et volontairement, en plus, ajoute Bernard.

— Et où a-t-elle trouvé des chaînes aussi petites ? continue Michael.

— À mon avis, elle le fait chanter avec quelque chose, suggère Warren aux autres avec une inquiétude feinte.

— Oh, merde, me dit Bernard d'un ton de conspirateur. Cligne deux fois des yeux si elle t'a foutu une bombe dans le derrière.

— Ou dans n'importe quel autre trou, renchérit Michael.

— C'est toi, le trou du cul, rétorqué-je. Vous l'êtes tous les trois.

— C'est l'insulte la plus faible de toute l'histoire des insultes, répond Michael.

Tous les autres hommes adultes régressent-ils à l'adolescence quand ils se retrouvent comme ça, quel que soit le nombre d'années qui a passé ? Tous ceux qui connaissent ces trois hommes comme ils sont aujourd'hui n'arriveraient pas à croire aux mots qui sortent de leurs bouches si hautement respectées.

— Attends une seconde, reprend Michael avec un sourire. C'est elle, le sex-bot que tu as toujours voulu inventer ?

— Pourquoi épouserait-il son sex-bot ? demande Warren. Toute la beauté de ces robots, c'est qu'on n'a pas besoin d'une épouse. Ni d'une petite amie.

— Assez, lâche Bernard.

D'un ton plus sérieux, il me demande :

— Tu as les chocottes ?

— Les chocottes ? s'exclame Michael. Impossible ! Je parie qu'il a inventé des vêtements plus chauds exprès pour éviter de trembler.

Je cesse d'écouter leurs taquineries et je regarde la séance photo jusqu'à ce que Kevin nous demande à tous les quatre d'approcher de l'écran vert.

— Ne faites pas les cons pendant la séance photo, dis-je à mes amis.

J'espère que le ton de ma voix transmet ma capacité – et ma volonté – de donner un coup de pied dans les boules du coupable.

Soit ils comprennent le message, soit ils se souviennent de qui ils sont et se comportent avec dignité pendant la séance.

Le seul problème, c'est que leurs sourires sont forcés, mais quelle importance, hein ?

Soudain, Léo tire sur sa laisse, échappe au nouveau promeneur et fonce droit vers l'entrejambe de Kevin.

Mon intention de m'en prendre aux boules des fauteurs de troubles toujours au premier plan de mon esprit, je grimace.

Mais Léo n'a pas l'intention de faire le moindre mal à Kevin.

Enfin, pas physiquement, en tout cas.

Tout ce qu'il fait, c'est le renifler un grand coup. Assez fort pour que tous les chats du voisinage l'entendent et s'abritent.

— Waouh, lâche Bernard. Le chien a fourré sa tête entière là-dessous.

— Tu crois que le photographe a du bacon entre les fesses ? s'enquiert Michael.

— Regroupez-vous encore, nous lance Kevin en faisant comme s'il ne s'était rien passé.

Nous échangeons des regards, puis obéissons. Léo se fait un plaisir de continuer à le renifler et si Kevin veut un chien entre les jambes, qui sommes-nous pour le juger ?

Oh, et inutile de dire que les sourires sur les prochaines photos sont plus sincères.

Une fois la séance photo entre amis terminée, je prends Kevin en pitié et ramène Léo à son responsable qui sera bientôt remplacé.

— OK, dit Kevin avec une solennité à laquelle je ne m'attendais pas de la part d'un type qui vient de se faire renifler sa dignité par un gros museau humide. Au tour des jeunes mariés, maintenant.

Dès que mes amis s'éloignent, Jane flotte vers moi, l'air à la fois sublime et dépassée par les événements.

— J'aimerais commencer la séance photo des jeunes mariés dans la Pose du Regard, dit Kevin. C'est celle où le couple se regarde dans le blanc des yeux. C'est un bon échauffement pour ce qui suit.

Nous nous exécutons, je regarde Jane et je me perds aussitôt dans les profondeurs ambrées de ses iris. Comme de très loin, j'entends Kevin dire :

— C'est ça. Parfait. Maintenant, passons à la prochaine pose… le Baiser.

CHAPITRE 31

Jane

Un autre baiser ?

Avec Adrian ?

Je ne me suis toujours pas remise de celui de l'église – c'est la meilleure chose qui soit jamais arrivée à mes lèvres… et à tout ce qui s'y rattache.

Ce baiser a tellement ébranlé tout mon monde que depuis lors, je n'arrête pas de me répéter que ce mariage est faux. Raison pour laquelle, si on s'embrasse encore, je ne suis pas sûre de…

Les lèvres d'Adrian touchent les miennes et mes ruminations sont court-circuitées. Je ne sens plus que sa langue qui pénètre délicatement ma bouche, sa main au creux de mon dos, son souffle chaud…

— Tourne-la un peu plus à droite, dit une voix.

Celle de Kevin ? Même ça ne suffit pas à gâcher ce moment.

Adrian continue de m'embrasser et je me sens déplacée dans une position plus photogénique.

— Super, dit Kevin. Continuez comme ça.

Adrian approfondit le baiser et j'ai l'impression de flotter hors de mon corps – comme si mes lèvres étaient la seule partie physique de moi-même et que le reste était devenu aussi léger que le fantôme d'un ballon d'hélium.

Mlle Miller – ou plutôt Mme Westfield – trouve cette démonstration d'affection publique maladroite, même exécutée avec un époux légitime. À moins, bien sûr, que ce soit le début d'une cérémonie nuptiale visant à ajouter de la légitimité au mariage, auquel cas elle doit se poursuivre prestement.

— Ça suffira, dit Kevin.

Adrian ne s'arrête pas, et moi non plus.

Des gloussements retentissent dans la pièce.

Kevin se racle la gorge plusieurs fois.

À ma grande déception, Adrian s'écarte doucement.

Je porte ma main à mes lèvres et reprends mon souffle.

Ma mère et ma grand-mère me font un clin d'œil pendant que ma sœur fait semblant de vomir. L'un des amis d'Adrian nous suggère d'en garder un peu pour la nuit de noces.

En parlant de ses amis, ils sont presque aussi sexy qu'Adrian – et il a mis la barre assez haut. Est-ce la preuve que les riches manipulent génétiquement leurs progénitures en secret pour les rendre belles ? C'est une conspiration plus crédible que celle selon laquelle Elvis a marché sur la lune à la place de Neil Armstrong.

— Va prendre l'air, suggère Kevin à Adrian. Je vais faire quelques photos de Jane toute seule.

C'est ce qu'il fait, en commençant par prendre des photos de moi en train de faire semblant d'écrire mes vœux, puis d'autres où j'enfile mes chaussures. Ensuite, un énorme bouquet est apporté et Kevin prend une photo de moi en train de le regarder comme une chèvre affamée.

Quand je peux enfin retirer mon voile et la traîne de ma robe, je me suis remise du baiser, et juste à temps, parce que Kevin annonce qu'il veut qu'on fasse un truc appelé la pose en V, et que ça implique Adrian.

— Mettez-vous l'un à côté de l'autre, ordonne Kevin. Avec les hanches qui se touchent.

Dès qu'on s'est exécutés, ma respiration devient plus lourde.

— Touchez-vous le front, dit Kevin.

Est-ce qu'il vient de dire touchez-vous…

C'est bien ça. Adrian se penche vers moi, me regarde tendrement dans les yeux et me prend la main.

Oh bon sang. Suis-je encore vierge ? Compte tenu de toutes les sensations dans ma culotte, je n'en suis plus si sûre.

— Passons à la Pile, maintenant, lance Kevin. Jane, tu regardes au loin… comme si tu voyais votre futur ensemble. Adrian, place-toi derrière elle et enroule les bras autour d'elle. Puis regarde ce même futur.

Ma mère et ma grand-mère poussent des acclamations pendant que les amis d'Adrian font des remarques sarcastiques.

Quand il enroule les bras autour de moi, je fonds sur place comme la Méchante Sorcière de l'Ouest.

— Prenez-le voile, maintenant, dit Kevin. Et blottissez-vous en dessous.

C'est faux.

Tout est faux.

— Embrasse son épaule et on va mettre un balcon derrière vous, dit Kevin.

Faux, me répété-je.

Nos fronts l'un contre l'autre.

Faux.

Un baiser sur le front.

Faux.

Un baiser par-derrière.

Faux ou pas, si Kevin n'arrête pas ça très vite, la prochaine pose s'appellera Jane Grimpe Adrian Comme un Arbre.

CHAPITRE 32

Adrian

Comment s'appelle cette pose ? Tête en bas dans la position du chien ? Dur comme une Montagne ? La queue titille le dauphin ?

Je n'en ai aucune idée, mais il y a de fortes chances pour que je me retrouve avec le pire cas de couilles bleues jamais constaté chez un marié le jour de son mariage. Pourtant, la torture par excitation continue pendant ce qui semble durer des heures. Enfin, quand Yoda est à deux doigts d'exploser, Kevin annonce qu'il a toutes les photos dont il a besoin.

Parfait. Aurai-je le temps de passer à la suite de lune de miel pour prendre un bain glacé ?

Non. La planificatrice de mariage arrive en courant, haletante, et nous informe que nous sommes en retard pour nos préparations avant notre entrée remarquée.

Je prends la main de Jane et nous sommes entraînés hors de la pièce. Puis nous nous « préparons », ce qui était un euphémisme signifiant qu'on doit entendre un sermon ennuyeux et attendre. Enfin, le DJ annonce que M. et Mme Westfield s'apprêtent à entrer ensemble pour la première fois, et nous arrivons sous les acclamations bruyantes et les sourires.

Quand nous nous installons à nos places d'honneur – faites pour ressembler à des trônes, bien sûr – je vois que Jane est bouche bée. Ah. Elle s'en est rendu compte. J'ai dû tirer pas mal de ficelles, mais ils sont là – certains acteurs du casting des *Chroniques de Bridgerton* sont présents, dans leur tenue de la série.

Avant que Jane ait eu le temps de se ressaisir, le DJ prend la parole.

— Et maintenant, les jeunes mariés vont connaître leur première danse… la valse.

Jane rougit et me regarde, rayonnante.

Je me lève et lui tends la main. Bientôt, au grand inconfort de Yoda, nous commençons à danser.

— Je t'ai déjà dit que ça ressemblait à un mariage de contes de fées ? me murmure Jane à l'oreille après que je l'ai fait tournoyer.

— Peut-être une fois, dis-je à voix basse.

Je dois mobiliser toute ma volonté pour ne pas mordiller son joli lobe d'oreille.

— Eh bien, c'est vraiment le cas, dit-elle. Quand je me marierai pour de vrai, je ne m'embêterai même pas à organiser une cérémonie, parce que ça n'arrivera pas à la cheville de celle-là. Je me contenterai d'aller à la mairie et ça s'arrêtera là.

Je déteste l'idée qu'elle se marie avec quelqu'un qui n'est pas moi. Qu'est-ce qui cloche, chez moi ? Quoi que ce soit, c'est un gros problème, parce qu'en plus d'être jaloux, je murmure :

— Les paparazzis secrets sont en train de prendre des photos. Ça te dérangerait si on échangeait un autre baiser pour l'objectif ?

Qu'est-ce que je fabrique ? Je n'ai aucune preuve que les paparazzis prennent des photos en ce moment. C'est presque comme si j'essayais de…

Jane s'humecte les lèvres, rougit et hoche la tête.

Merde.

Je me penche vers elle.

Elle se met sur la pointe des pieds.

La foule se tait.

Nous nous embrassons. Comme les deux fois précédentes, c'est transcendant. Meilleur que toutes les relations sexuelles que j'ai pu connaître.

Ma perception du temps déraille. Je n'ai aucune idée du temps que je passe à l'embrasser, à explorer le moindre recoin soyeux de sa bouche, à goûter la douceur de ses lèvres, à humer son haleine sucrée. Ce n'est que lorsque la valse s'arrête et que tout le monde applaudit de manière tonitruante que je suis tiré de ma transe et m'écarte de Jane.

— Oh, mon Dieu, hoquette Jane. J'ai besoin d'un verre.

— Excellente idée.

Je la ramène vers nos trônes, ouvre une bouteille de champagne et nous verse une flûte à chacun.

— Et maintenant, annonce le DJ, le témoin va faire un discours.

Le témoin ? Je me demande bien qui a eu le culot de prétendre…

Évidemment.

Michael bondit sur ses pieds.

J'engloutis mon champagne, me verse un autre verre et répète l'opération.

— J'aimerais vous raconter une histoire qui prouve comme Adrian est quelqu'un d'attentionné, dit Michael.

Merde. Pas encore cette histoire. Je vide un autre verre de champagne et remplis la flûte de Jane. Peut-être que si elle est pompette, elle prêtera moins attention à ce qui va se passer.

— Quand on était encore à l'école, on allait souvent dans sa chambre, continue Michael. C'est comme ça que j'ai découvert ce que j'appelle depuis lors « Le Carnet de Notes ». Ne confondez pas avec ce film à vomir du même nom, par contre. Dans Le Carnet de Notes, Adrian tenait le registre soigné de ce que les filles avec qui il sortait aimaient et n'aimaient pas.

Il sort son téléphone.

— J'ai encore des photos des pages les plus juteuses, et j'aimerais les partager avec tout le monde, mais surtout avec Jane.

Pendant que Michael commence à lire, Jane se penche vers moi et murmure.

— C'est vrai, tout ça ?

Je hoche la tête avec regret.

— C'est mon côté inventeur, je suppose. Je veux

toujours trouver le meilleur moyen d'accomplir les choses. Le plus efficace. Le…

Les rires bruyants étouffent mes prochains mots.

Bien sûr. Michael en est arrivé au moment du carnet où j'ai noté mes réflexions prudentes au sujet du sexe anal.

À mon grand soulagement, Warren prend le micro des mains de Michael.

— Cet homme est un imposteur, lance-t-il. C'est moi, le témoin d'Adrian, raison pour laquelle j'ai une histoire encore meilleure à raconter.

Merde. Qu'est-ce qu'il peut…

Ah. Il leur raconte la fois où il m'a mis au défi d'inventer un truc original (en omettant le fait qu'on était défoncés), et où j'ai accepté le défi en trouvant un moyen de créer du tissu à partir de la caséine présente dans le fromage.

Jane hausse un sourcil.

— C'est vrai, dis-je. En fait, j'ai fabriqué un T-shirt à partir d'un fromage particulièrement puant et je l'ai offert à Warren.

Jane rit tandis que Warren conclut son histoire par :

— Maintenant, si des vaches diaboliques de l'espace dévorent tout le coton du monde, grâce à Adrian, on pourra quand même porter des chaussettes.

Avant qu'il ait pu raconter une autre anecdote, Bernard prend le micro et affirme être le *vrai* témoin. Il raconte ensuite à tout le monde que j'ai inventé la grenouillère serpillière – une tenue que peut porter votre bébé et qui lui permettra de nettoyer le sol quand il rampera.

— Il compte la faire porter à Piper, continue-t-il avec un geste vers l'endroit où est assise ma fille, sur les genoux de Georgiana. Mais je pense qu'il dépensera plus d'argent en factures de psy qu'il n'en économisera en femme de ménage.

Jane fronce les sourcils.

— Il a tout inventé, assuré-je. Mais c'est vrai qu'une fois, j'ai attaché des serpillières à son survêtement, quand il était si ivre qu'il rampait par terre.

Elle sourit.

— Grenouillère Serpillière pour Idiot Bourré ^{TM.}

Avant que Bernard ait pu raconter une autre histoire, quelqu'un coupe le son du micro.

Enfin, putain.

— Remercions tous les témoins, dit le DJ avec une lourde dose de sarcasme dans la voix. Maintenant, venez danser avant qu'il soit l'heure de savourer votre petit déjeuner de noces.

Jane soupire.

— À l'époque victorienne, la réception était appelée petit déjeuner de noces.

Hmm. Si le petit déjeuner de noces n'est pas vraiment un petit déjeuner, certains des plats que j'ai ajoutés au menu risquent de ne pas plaire à Jane, comme les œufs Bénédicte et le pain perdu.

La musique commence et il s'agit d'un remix du générique des *Chroniques de Bridgerton.*

— Tu veux danser ? demande Jane timidement.

Refuser cette offre je ne peux pas, ce qui signifie que souffrir Yoda devra.

Je termine mon champagne, me lève et tends la main à Jane.

— Ma dame.

Elle prend ma main.

— Maintenant qu'on est mariés, on n'est plus obligés d'être aussi formels. Surtout en privé.

— Super, dis-je en la menant jusqu'au milieu de la piste de danse. Je peux enfin t'appeler Jelly Bean. À moins que tu préfères Janilla ? Ou J-Bone ?

— Dans ce cas-là, ton nom de plume sera Compote d'Ananas, répond-elle. Ou Rio. Ou Adieu. Ou Audrey. Ou juste Drey. Peut-être même Dr. Drey ?

Je la fais tournoyer.

— Tu as gagné. Tu seras juste ma Jane.

— Ça me plaît, répond-elle, les joues roses. Et tu seras mon Adrian.

Sérieux, Yoda ? Ça t'excite aussi ?

Dès que le remix se termine, une chanson de Céline Dion commence et nous entamons un slow. Parce que je n'ai plus aucune excuse pour embrasser Jane, je réprime cette drôle d'envie de le faire.

— Tu as faim ? demandé-je à Jane deux chansons plus tard.

Elle mord sa lèvre délectable.

— Je suis affamée.

Nous revenons à table, goûtons le menu et trouvons tout délicieux.

La famille de Jane nous rejoint, Piper toujours assise

sur la hanche de Georgiana et la garde du corps/nounou toujours derrière elles.

J'embrasse sa joue de chérubin. Celle de Piper, je veux dire.

— La petite peut passer la nuit avec moi ? demande Georgiana.

Je hoche la tête.

— Tant que vous êtes prête à dormir dans sa nursery.

La grand-mère de Jane fronce les sourcils.

— Chez vous ?

— Tout à fait.

— C'est là qu'aura lieu la nuit de noces ? s'enquiert la grand-mère de Jane en fronçant encore plus les sourcils.

— On a une suite de lune de miel, explique fièrement Jane. Dans cet hôtel.

— La suite de lune de miel, répète la grand-mère de Jane avec un clin d'œil lubrique assez perturbant. J'espère qu'il y a une balançoire.

Elle parle bien d'une balançoire sexuelle ? Jane doit le penser aussi, parce que ses joues rougissent.

— Une balançoire ? demande Mary avec curiosité. Pourquoi il y aurait une balançoire dans la...

— Je crois qu'il est temps qu'on s'en aille, l'interrompt Georgiana d'un ton sévère, avant d'emmener sa mère à l'écart sans ménagement.

— Mais sérieusement, insiste Mary. C'est pour quoi faire, la balançoire ?

Jane engloutit sa flûte de champagne.

— Je t'expliquerai quand tu seras beaucoup plus grande.

— Beurk, non, proteste Mary. Je n'ai pas envie que tu me gâches le plaisir des balançoires à vie.

Tandis que ma belle-sœur s'éloigne, le DJ annonce que le gâteau est prêt à être coupé, Jane et moi approchons donc pour ouvrir le bal.

Suivant la tradition, je referme la main sur celle de Jane – et sans surprise, j'ai envie de faire une croix sur le gâteau et de manger quelque chose qui promet d'être encore plus savoureux.

Le sexe de Jane, au cas où ce ne serait pas assez clair.

Mais je ne peux pas. Pour de vraies raisons. Des bonnes – même si je ne me souviens pas vraiment desquelles.

Une fois le gâteau officiellement coupé, je ramène Jane à table et nous attaquons tous le dessert.

J'ai presque fini ma part quand la famille de Jane revient avec Piper et son garde du corps.

— C'était si drôle, dit Georgiana. Mais il se fait tard et la petite commence à s'agiter.

— Ah oui ?

Je m'avance vers Piper et dépose un baiser sur son front. Même si elle a un sourire de bébé sur les lèvres, je sais qu'elle risque de recommencer à s'agiter d'une seconde à l'autre, alors je dis bonne nuit à Georgiana et aux autres. Dès qu'elles sont parties, mes camarades mousquetaires viennent m'annoncer qu'ils s'en vont aussi.

— C'est déjà l'heure du coucher ? ne puis-je m'empêcher de leur rétorquer d'un ton railleur.

— On va à un spectacle burlesque, explique Warren. À moins que tu t'apprêtes à en effectuer un ici ?

Je lève les yeux au ciel.

— Qu'est-ce que ça peut te faire, de toute façon ? me demande Bernard. Tu ne devrais penser qu'à consommer ton mariage.

Jane devient rouge comme une tomate.

— À moins que vous l'ayez déjà fait, intervient Michael. Après la séance photo ?

J'ai dit comme une tomate ? Plutôt comme du vin rouge.

— Amusez-vous bien à votre prétendu spectacle burlesque, leur lancé-je avant de reporter mon attention sur la prochaine personne venue nous dire au revoir.

Très vite, la fête est terminée et les seules personnes encore présentes sont sûrement les espions journalistes.

Eh bien, je vais leur donner de la matière pour leur article.

Je me lève et lance :

— OK, tout le monde ! Nous allons rejoindre la suite de lune de miel.

Sur ces mots, je soulève la mariée dans mes bras, et sous les applaudissements, sors de la pièce d'un pas triomphant.

CHAPITRE 33
Jane

— Pose-moi sur le lit, dis-je d'un ton essoufflé quand Adrian m'amène dans la suite de lune de miel outrageusement luxueuse. Je ne suis pas sûre de tenir debout.

Ouais. Mes genoux sont flageolants, et pas seulement à cause de l'effervescence provoquée par le champagne. Je fais une overdose de dopamine et d'ocytocine, et tout est de la faute d'Adrian. C'était déjà assez dur à supporter quand il m'a touchée, quand il a dansé avec moi ou quand il m'a souri, mais rien que d'être portée comme ça, pressée contre son torse dur et enveloppée dans ses bras forts pendant que je hume son délicieux parfum masculin, je me sens vraiment à deux doigts de défaillir.

Le lit doit être un Alaskan King – un mètre carré, qui pourrait confortablement accueillir une douzaine des plus grands joueurs de NBA… même s'ils voulaient se lancer dans une orgie avec leurs homologues de la WNBA.

Très délicatement, Adrian me dépose au bout du lit, sur un millier de pétales de roses.

Oui, des pétales – et ce ne sont pas les seules décorations éparpillées dans la pièce. Il y a assez de bougies pour créer un vrai risque d'incendie, assez de chocolat pour donner le diabète à la plus saine des personnes, et assez de ballons en forme de cœur pour soulever un éléphant obèse.

Tout est extraromantique, et dépasse mes rêves de GD les plus fous.

En d'autres termes, c'est l'univers qui me nargue en me rappelant que je vais rester vierge ce soir.

Je prends une inspiration, détecte une odeur d'encens – et cela combiné au parfum des fleurs me fait encore plus tourner la tête.

Adrian commence à se redresser, mais nos regards se rivent l'un à l'autre.

Oh oh.

Je dois détourner les yeux.

Je ne peux pas.

Sapristi, je n'arrive vraiment pas à détourner les yeux de lui.

Mon désir pour lui doit être évident, mais il ne détourne pas les yeux non plus. En fait, son regard est captivé, un muscle tressaille sur sa mâchoire – me suppliant de le lécher. Avant de mordiller cette pommette anguleuse et de…

Mme Westfield pense fermement qu'il est certaines libertés qu'on ne doit pas prendre, même avec son époux.

Submergée par une pulsion irrésistible, j'attrape sa cravate comme un koala ne souffrant pas de la chlamydia s'accrocherait à un eucalyptus. Mon cerveau ordonne effrontément à mon bras d'attirer Adrian vers moi, mais avant que mon bras ait pu obéir, Adrian passe à l'action – sûrement parce qu'autrement, il perdrait son brevet de débauché.

Sa bouche fond sur moi comme un oiseau de proie et ses mains se posent près du corsage de ma robe.

Oui !

Toute pensée s'envole de ma tête et je me noie dans ce baiser, n'ayant plus conscience que du goût sucré du gâteau de mariage dans son haleine et de quelque chose de très masculin, qui n'appartient qu'à Adrian.

Le bruit de la soie et de la dentelle qui se déchire retentit dans la pièce.

Il a déchiré mon corsage !

Comme dans toutes les meilleures romances.

Sapristi. Serait-ce possible ? Vais-je enfin connaître mon GD ?

On dirait bien.

Adrian approfondit le baiser et sa langue pénètre ma bouche, m'offrant un prélude de l'acte marital pendant que ses mains glissent le long de mon corsage détruit, libérant mes seins et faisant picoter mes tétons sous le flot d'air frais.

Je vous en prie, pour l'amour de tout ce qui est sacré

dans l'institution du mariage, faites qu'il continue. S'il s'arrête, je vais devenir folle.

Il ne s'arrête pas. Il m'embrasse dans le cou, puis descend pour capturer mon téton dur comme du diamant dans sa bouche voluptueuse.

Un gémissement s'échappe de mes lèvres.

Adrian émet un grognement venu du fond de sa gorge, arrache ma robe déchirée de mon corps en quelques gestes impatients avant de lever la tête pour m'observer.

Je hoquette, délicieusement exposée sous son regard vorace. Il est encore habillé, et ça ne fait qu'intensifier les sensations. Ma peau devient brûlante et une rougeur recouvre tout mon corps.

— Tu es sublime, murmure Adrian d'une voix rauque.

Je crois que c'est ce qu'il dit, en tout cas, parce qu'il fait ensuite glisser sa langue le long de mon ventre, embrouillant ce qu'il me reste de cervelle.

Hébétée, je me demande où se dirige cette langue. Puis je le sais. C'est ce que mes romans appelleraient « mon intimité la plus secrète ».

Est-ce qu'il s'apprête à…

Oui. Il donne un coup de langue sensuel à mon clitoris, puis commence à me prodiguer ses tendres soins, chacun me suscitant un gémissement.

Un tsunami se prépare au creux de moi.

Haletante, je lui attrape les cheveux et le rapproche de mon sexe.

— Oui, oui !

La tension qui s'accumule en moi est si forte, si irrésistible que seules quelques secondes passent avant que le tsunami touche terre.

Je jouis avec un cri, crispant les orteils tandis qu'un flot d'extase brûlant me parcourt le dos.

Haletante, j'ouvre mes paupières lourdes.

Hmm. Me suis-je évanouie une seconde ?

Aux dernières nouvelles, Adrian était encore habillé, mais maintenant, il est délicieusement nu – et sa virilité est plus grosse et dure que dans n'importe quel de mes fantasmes. À tel point que j'éprouve un frémissement pas du tout déplaisant au creux de ma féminité.

Et oui, quand je parle de « virilité » et de « féminité », j'entends respectivement son sexe et le mien.

— C'était incroyable, soufflé-je.

Il étire les lèvres avec une fierté masculine.

— J'en suis ravi.

Je tends la main vers son sexe, mais au moment où mes doigts effleurent sa peau veloutée, Adrian s'écarte de moi.

— Je veux te rendre la pareille, expliqué-je timidement.

Ses yeux pétillent et sa voix est rauque.

— Même si ça me plairait beaucoup, j'ai envie d'être en toi.

Gloups. Comment cette simple phrase a-t-elle pu me faire passer de sexuellement satisfaite à l'opposé total ?

— À supposer que tu sois toujours prête à me faire l'honneur de te GD, continue-t-il. Je comprendrais si…

— Oui, hoqueté-je. Je suis toujours prête pour toi.

Il esquisse un sourire espiègle.

— Pour ta première fois, et si on allait dans le lit ?

Je hoche la tête avec bien trop d'enthousiasme.

— Tu sais que ça risque de faire mal, hein ? demande Adrian. Je vais faire mon possible pour être délicat, mais…

— Oui. Je suis prête.

Je lance un regard inquiet à son bel instrument de dépucelage, que j'espère ne pas être trop gros.

L'organe en question tressaille sous mes yeux… et me fait peut-être un clin d'œil.

— Et tu sais à quoi t'attendre, de manière générale ? continue Adrian d'une voix douce.

— J'ai vu un tas de films pornos, dis-je avec une assurance que je ne ressens pas.

Eh, je suis mieux préparée que n'importe quelle héroïne de romance historique, qui se fait son idée en regardant des animaux de ferme ou après des discussions gênantes avec sa mère et d'autres femmes mariées. Par exemple, Daphné des *Chroniques de Bridgerton* ne connaissait même pas la méthode consistant à se retirer ni l'existence du sperme en général. Une simple scène d'éjaculation aurait suffi à l'éduquer, sans parler d'une vidéo de bukkake, où l'actrice se noie presque dedans.

— La vraie vie est parfois différente du porno, répond Adrian, ses yeux se plissant d'amusement. Mais quoi qu'il en soit, tu as des requêtes à faire ou des suggestions ?

— Ne m'étrangle pas, s'il te plaît, dis-je avec sérieux. Et évite peut-être de me gifler avec ta queue… pour cette fois, en tout cas. Oh, et si ton opinion sur le sexe anal a changé depuis ce que tu as écrit dans ton journal, laissons aussi ça de côté pour aujourd'hui, au moins en ce qui concerne mon derrière.

Il hoche la tête d'un air solennel, tandis que les plis autour de ses yeux s'approfondissent.

— Compris, acquiesce-t-il.

Son regard redevient sérieux.

— Tu dois aussi savoir que je suis clean.

Merde. J'aurais dû poser cette question en premier lieu.

— Je suis clean aussi, lâché-je. Et tu es au déjà au courant pour mon stérilet.

En réponse, Adrian m'embrasse à nouveau dans le cou. Puis il plonge les doigts dans mes cheveux, me décoiffant. Je prends une brusque inspiration quand il presse son sexe contre mon ventre. Je sens une chaleur s'accumuler quelques centimètres plus bas.

Sa bouche suit le même chemin que plus tôt, jusqu'à mon ventre et mon clitoris.

Une seconde. Je croyais…

Il me lèche à nouveau entre mes replis et toute pensée s'efface de mon esprit. Je me délecte du plaisir qui s'enroule en moi et me tortille sous lui, ayant de plus en plus désespérément besoin de soulagement.

Sa langue habile continue.

Je crispe les poings autour des draps. Et c'est parti. Un autre orgasme sans précédent s'apprête à…

Mais non. Adrian s'éloigne au moment où je suis à deux doigts de céder. Son gland est désormais à l'endroit où se trouvait sa langue une seconde plus tôt, taquinant ma fente et me rendant folle tout à la fois.

Avant que j'aie pu pousser un cri frustré, Adrian s'empare de mes lèvres en un baiser brûlant.

La chaleur au fond de moi s'intensifie. Je n'aurais jamais deviné que sentir mon propre goût sur ses lèvres m'exciterait autant – et maintenant, j'ai tellement besoin de le sentir en moi que je pourrais hurler.

Comme s'il avait senti mon désespoir, Adrian me pénètre doucement. L'espace d'un instant, mon plaisir se teinte de douleur, mais le premier l'emporte bien vite – sûrement grâce à toutes les endorphines qui ont submergé mes récepteurs d'opiacé. Tout ce dont j'ai envie, c'est d'atteindre cet orgasme insaisissable avec lequel on m'a narguée, et ô miracle, il recommence à grandir, plus vite que je l'aurais cru possible.

— C'est ça, grogne Adrian tout en s'enfonçant plus profond. Jouis avec moi. Maintenant.

Comme si j'avais le choix. Mes muscles internes tremblent autour de son sexe et à son prochain coup de reins, je jouis en enfonçant les ongles dans son dos.

Adrian grogne de plaisir et se frotte contre moi. Je dois l'avoir serré comme il faut, parce que je sens la chaleur humide de son éjaculation tandis qu'une autre réplique de plaisir explose en moi.

Waouh. C'était… waouh.

Je ne peux ni bouger ni ouvrir les yeux.

Je parie qu'une expression extatique s'est peinte sur mon visage plus du tout virginal.

J'entends Adrian se lever du lit.

Peu importe. Il revient et je le sens presser une serviette humide contre mon entrejambe.

Ouais. C'est vraiment l'extase. Et cela continue jusqu'à ce qu'Adrian enveloppe son corps autour du mien.

C'est peut-être l'effet de mon cerveau assoupi, mais j'imagine presque notre faux mariage se transformant en autre chose. Quelque chose de réel. Où je me sentirais comme ça tous les jours.

Si je pouvais, je mettrais ce moment en bouteille pour l'éternité, mais hélas, je dérive vers le sommeil.

CHAPITRE 34

Adrian

Pendant que Jane s'endort dans mes bras, je prends conscience de l'énormité de ce qui vient de se passer. Ça me fait l'effet d'un coup du canon triple inventé par De Vinci, mais jamais construit.

J'ai couché avec Jane. Je lui ai pris sa virginité, pour être précis. Si on était à l'époque qu'elle aime tant découvrir dans ses lectures, la chose honorable serait de l'épouser – sauf que je l'ai déjà fait.

Merde. Je n'ai jamais connu de relation sexuelle aussi agréable de toute ma vie. Et ce n'est pas une hyperbole – c'était vraiment la meilleure. L'alchimie brûlante qui bouillonne entre nous depuis tout ce temps a tenu ses promesses, et plus encore. Ce moment était tellement meilleur que tout ce que mon esprit aurait pu imaginer, durant mes rendez-vous solitaires avec mon poing. Et j'ai dû me contenir en vertu de sa virginité. Je n'imagine même pas comment ce sera entre nous une fois…

Non. On ne peut pas. On ne devrait pas. Son GD, comme l'appelle Jane, n'aurait jamais dû arriver, mais puisque c'est le cas, je ne peux que contrôler ce qui se passera ensuite – à savoir rien. L'audition requiert toute ma concentration, et Jane est une distraction trop délicieuse. Pire encore, un seul faux pas de ma part pourrait mettre en péril la raison même de notre faux mariage.

Ma poitrine me paraît particulièrement serrée, quand je m'extirpe délicatement du petit corps doux de Jane, prends un peignoir et sors en silence sur l'immense balcon.

L'air frais ne me fait pas de bien du tout. J'éprouve encore un mélange de culpabilité, de regret, et pire encore, de désir brûlant.

Je veux plus de Jane. J'en ai tellement envie que j'en sens le goût sur ma langue. Mais je ne peux pas faire ça à Piper. Je ne peux pas prendre le risque de la perdre.

En parlant de Piper… je sors mon téléphone et une partie de la tension s'évacue de mes épaules quand j'ouvre l'appli de baby-phone et que je la vois. Elle dort comme le bébé qu'elle est.

Voilà pourquoi je dois mettre un frein à ce qui est en train de se passer entre Jane et moi.

Avec un soupir, j'ouvre l'e-mail de Bob contenant les documents que je dois examiner pour l'audition. Une très longue heure plus tard, je suis bien content que les circonstances de la vie ne m'aient pas obligé à me lancer dans une carrière dans la justice, mais je suis reconnaissant envers les personnes prêtes à faire ce genre de boulot pour moi.

Et je meurs encore d'envie de serrer Jane dans mes bras.

J'envisage de m'esquiver dans une autre chambre pour échapper à la tentation, mais je décide que ce ne serait pas juste pour Jane. Je n'ai pas envie qu'elle ait le sentiment que c'était un coup d'un soir.

En silence, je retourne au lit et me couche aussi loin d'elle que le lit immense me le permet. J'ai juste envie de réduire la distance entre nous, mais ce ne serait pas judicieux.

J'ai besoin de dormir. Plus important encore, je dois la laisser dormir.

Nous discuterons de tout ça demain matin.

CHAPITRE 35
Jane

À mon réveil, la première chose que je me demande, c'est si ce qui s'est passé hier soir était réel, parce que ça ressemblait beaucoup trop à un rêve.

Je jette un coup d'œil entre mes cils.

Je suis dans le lit géant, dans la suite de lune de miel, avec Adrian couché de l'autre côté du lit. Et je suis endolorie au niveau de…

Mme Westfield ne recommande pas de nommer un endroit si délicat, même dans les pensées intimes d'une dame.

Tout ça veut dire que si mon GD était un rêve, il n'est pas terminé.

— Tu es réveillée ? murmure Adrian en se rapprochant.

— J'espère, dis-je en me tournant vers lui.

Il replace une mèche de cheveux derrière mon oreille.

— Comment tu te sens ?

Je me mords la lèvre.

— C'est décevant, mais je me sens pareille qu'avant.

Il hausse un sourcil.

— C'est décevant ?

Je feins un soupir.

— J'ai toujours cru que je me sentirais différente, quand j'aurais perdu ma virginité.

Il penche la tête.

— Différente comment ?

— Plus âgée. Plus mature. Plus sage.

— Ah. Et ce n'est pas le cas ?

— Je crois que je vais devoir réitérer ce qu'on a fait hier soir au moins une douzaine de fois supplémentaires avant que tout ça apparaisse.

Sa bonne humeur s'évanouit et il a soudain l'air mal à l'aise.

— Jane... je ne suis pas sûr que ce soit une bonne idée.

Ses mots me font l'effet d'un ice bucket challenge, prouvant sans l'ombre d'un doute que c'est la dure réalité, et pas le monde fantasmé de mes rêves de GD.

— Ce n'est pas une bonne idée qu'on couche ensemble ? m'entends-je demander.

Je ne comprends pas pourquoi je me fais du mal comme ça.

— Je suis désolé, répond-il en s'écartant. J'espérais qu'on en parle plus tard. Calmement.

Calmement ? Il n'y a aucune chance pour que je

réfléchisse à ça calmement. Pas après m'être bêtement mise à croire qu'hier soir signifiait quelque chose. Qu'il y avait de l'espoir pour nous deux.

Mon estomac se transforme en pierre et une vague de nausée me submerge.

Comment ai-je pu être aussi naïve ? Aussi virginale ? J'aurais dû me souvenir que pour un débauché comme lui, les relations sexuelles étaient comme un éternuement. Mais même alors, pourquoi me refuser un truc aussi inconséquent qu'un éternuement, à ses yeux ?

C'est alors que je comprends, et je suis bien contente d'être sur le lit, parce que mes jambes sont soudain trop faibles pour soutenir mon poids.

— Tu crois qu'hier soir était une erreur ?

C'est à la fois une déclaration et une question. C'est forcément le cas. C'est ça, le problème. C'est un playboy milliardaire sexy, et je suis Jane, la fille banale qui était sûrement aussi une conquête ennuyeuse, en plus de ça. Coucher avec moi lui a sûrement fait le même effet que ces demi-éternuements qu'on a parfois quand notre nez nous démange – pas du tout satisfaisant.

En fait, c'est un miracle qu'il se soit abaissé à coucher avec moi. C'était sûrement dû à son abstinence forcée, combinée à sa nature débauchée et à l'atmosphère romantique du mariage.

À moins que son geste ait été plus calculé. Il va peut-être faire en sorte que les draps ensanglantés se retrouvent entre les mains d'un paparazzi, s'assurant que le monde entier sache que notre mariage a été consommé, comme à l'époque médiévale. Ça vaudrait la peine de subir un éternuement déplaisant. Ou alors, il craignait qu'on vérifie mon hymen à l'audition, pour s'assurer que notre mariage n'était pas une supercherie. Ou bien...

Il me lève délicatement le menton avec ses doigts.

— Hier soir n'était pas une erreur, mais si on continue d'avoir des relations intimes, on va se retrouver vraiment en couple, et ce genre de truc a une fin, la plupart du temps. Si ça arrive, que se passera-t-il à l'audition de Piper ?

Je reçois un autre seau d'eau glacée en pleine face. En plus d'avoir été rejetée, j'ai aussi l'impression d'être une peste égoïste, maintenant. Cette petite fille mérite d'avoir un père aussi merveilleux qu'Adrian dans sa vie, et moi, je ne me soucie que de mon égo fragile et de ma libido hyperactive.

Mais quand même. Si c'était ce qu'il pensait, il n'aurait pas dû me GD. C'est injuste. Il traite son chien mieux que ça – il me l'a dit lui-même. Quand il a évoqué que le sexe ne pouvait pas nous manquer si on n'avait jamais connu ça.

— Tu as raison, dis-je. On ne devrait pas recommencer.

J'aurais aimé pouvoir ajouter que c'est parce que je n'en ai pas envie, mais je ne suis pas assez bonne menteuse pour ça.

Est-ce un éclat de regret que je perçois dans ses yeux ? Non. Je me fais juste des idées.

Soudain, je me sens bien trop dénudée, alors je remonte la couverture jusqu'à mon menton et demande :

— Tu veux bien m'accorder un peu d'intimité ?

Avec un soupir, il se lève du lit, m'offrant une vue inaltérée sur son corps hors du commun. Puis il prend un peignoir et cache tout, ce qui me fait l'effet d'un crime contre nature.

— Tiens, dit-il en me jetant un autre peignoir, avant de me tourner le dos.

Je ne dois pas renifler. Ce serait encore pire que de me retrouver à nouveau nue devant lui.

J'enfile le peignoir et m'efforce de reprendre le contrôle de mes émotions turbulentes.

Comme s'il ne venait pas de faire voler tout mon monde en éclats, Adrian entreprend de commander un petit déjeuner gastronomique au room-service. Je vais sous la douche et quand je ressors, les plats sont déjà là. Tout est joli et sent très bon, mais ça a un goût de paille mélangé à des eaux d'égout – peut-être à cause du nœud de larmes coincé dans ma gorge. Nous n'échangeons presque pas un seul mot pendant le repas, à cause de ce même nœud. Je ne sais pas quel est son problème, mais peu importe. Je vais traiter notre relation pour ce qu'elle est, un simple arrangement professionnel, nous n'avons donc aucune raison de bavarder.

Qui aurait cru que mes interactions gênantes avec Mme Corsica s'avéreraient utiles ? Dès que le petit déjeuner est terminé, je demande à Adrian quand nous allons rentrer.

— Quand tu veux, répond-il.

Je pince les lèvres.

— Pourquoi pas maintenant ?

Même si nous sommes officiellement mariés, Adrian ne me porte pas pour me faire passer le seuil de la porte quand nous arrivons à la maison. Au lieu de ça, nous partons chacun de notre côté. Nous ne déjeunons et ne dînons pas ensemble – c'est mon choix, et je m'y tiens.

Ce soir-là, je m'endors en pleurant. Le lendemain, quand nous nous croisons, nous reparlons de la météo. C'est l'interaction la plus courtoise dont je suis capable, et rien que ça, c'est éprouvant. Je continue de l'éviter autant que possible, sachant qu'on vit dans le même penthouse. Plusieurs jours passent dans la même atmosphère tendue, mais polie.

Puis le jeudi, Adrian entre dans la bibliothèque pendant que je suis en train de lire et m'annonce que *La reine Charlotte* est sortie sur Netflix et qu'on devrait le regarder ensemble.

— Non merci, dis-je avec fermeté.

Il croit qu'on peut redevenir amis ? Aucune chance !

Il penche la tête.

— C'est un spin-off des *Chroniques de Bridgerton*. Je croyais que c'était ta série préférée.

— Je veux d'abord lire le livre. Il n'est pas encore sorti.

En vérité, je meurs d'envie de regarder la série… mais soit je le ferai discrètement, toute seule, soit une fois notre arrangement terminé.

Il grimace et fait un pas vers moi.

— Écoute, Jane… je n'ai pas envie qu'on continue à se comporter comme des inconnus.

— Ah non ? demandé-je d'un ton amer. Ce n'est pas plus sûr comme ça ? Si on parle de quoi que ce soit de substantiel, on risque de se disputer, et si ça s'envenime trop, ça risque de mettre l'audition en péril.

C'est mesquin, je sais, mais ma logique est la même que la sienne.

— Très bien, répond-il avec un soupir avant de s'en aller.

Les jours suivant cette conversation sont l'opposé total de la béatitude que j'ai ressentie pendant la lune de miel. Nous ne parlons même plus de la météo, juste de l'audition, qui approche très vite.

Le seul rayon de soleil dans la morne monotonie de mes journées, ce sont les visites de Piper, mais même celles-ci sont teintées de peine, parce que maintenant, je suis amoureuse de cette petite fille, et je sais que dès qu'Adrian n'aura plus besoin de moi, je ne la reverrai plus.

Oh, et ai-je mentionné que le voir se comporter en bon père est le plus puissant des aphrodisiaques ?

Ça l'est, et ça n'arrange rien.

Les minutes se transforment en heures et en jours,

et enfin, le soir qui précède l'audition arrive. Je m'attends à ce qu'il se déroule dans le calme, comme toutes les soirées qui ont précédé, mais un cri distant me réveille à environ trois heures du matin.

Qu'est-ce que c'était que ça ? Léo est-il en train de faire des bêtises ?

Submergée par le genre de curiosité qui cause la mort des femmes, dans les films d'horreur, j'enfile une robe de chambre et ouvre ma porte pour jeter un coup d'œil dans le couloir.

Avant de le regretter aussitôt.

C'est Sydney.

La mère du bébé d'Adrian. La dernière personne que je m'attendais à voir ailleurs qu'à l'audition de demain.

Ses seins sont dénudés et elle s'efforce d'enfiler sa robe, les cheveux ébouriffés.

Même si mon cerveau n'a pas encore consciemment tiré les conclusions qui s'imposent, mes veines s'emplissent de nitrogène liquide.

Ça ne fait qu'empirer.

Un Adrian totalement nu sort dans le couloir en courant. Quand il me remarque, il se fige sur place.

— Jane… dit-il d'une voix étranglée. Ce n'est pas ce que tu crois.

Avant qu'il ait pu dire quoi que ce soit d'autre, je claque ma porte.

Mon cœur cogne dans ma poitrine et je réprime un cri – qui pourrait sûrement faire exploser les vitres, si je le laissais échapper.

On frappe à la porte, puis j'entends la voix tendue d'Adrian.

— Il faut qu'on parle.

— Je n'ai pas envie de parler, parvins-je à rétorquer.

— S'il te plaît, insiste-t-il. Je voulais…

Je mobilise toute ma volonté et réponds d'une voix égale :

— L'audition est pour demain. J'ai besoin de sommeil.

Comme si je pouvais dormir après ce que je viens de voir. Il y a un silence.

— Tu as raison, finit-il par lâcher. Mais après ça, il faudra qu'on parle.

Bien sûr. Il est sûrement soulagé que je compte encore aller à l'audition.

Et c'est ce que je vais faire – mais pour Piper, pas pour lui. J'irai même si tout ce dont j'ai envie, c'est d'en finir avec cette mascarade et rentrer chez moi, à Staten Island, pour manger le bouillon de poulet de ma mère et pleurer pendant une semaine.

Je retourne au lit même si ça ne sert à rien, mes pensées bourdonnant dans ma tête comme des guêpes agitées.

Ce n'est pas ce que tu crois.

Ce que je crois, c'est qu'ils ont couché ensemble et que ça a mal tourné. Qu'est-ce qu'ils pouvaient faire d'autre, nus en pleine nuit ?

Je ferme les yeux, mais ça ne fait qu'empirer les images qui défilent dans ma tête. Des images inspirées par tout le porno que j'ai regardé, sauf que celui-là présente Adrian et son ex au lieu d'acteurs au gros sexe. Non pas que le sien soit petit.

Une seconde, qu'est-ce que je raconte ?

Argh, il faut que je cesse ces ruminations sans intérêt. Il ne me doit rien. Notre relation n'était pas réelle, malgré mon GD, qui n'était que l'équivalent d'un éternuement peu satisfaisant, comme on l'a déjà établi.

En pleine face.

Mais ça fait mal quand même. J'ai l'impression d'avoir été trahie – bien plus qu'avec ce qu'il m'a dit ce matin, après le mariage. Au moins, à ce moment-là, il a prétendu agir dans l'intérêt de Piper. À moins que... a-t-il couché avec Sydney pour s'assurer que l'audition soit encore nécessaire ? Si leurs ébats s'étaient bien passés, il en aurait peut-être déduit que ça pouvait marcher entre eux ?

Non, ça n'a pas beaucoup de sens.

Il a peut-être fait ça pour se couvrir ? Si c'est le cas, c'est très malin, dans le style psychopathe. Il a rappelé à Sydney le paradis qu'était son sexe, et si l'audition ne tourne pas en sa faveur, il pourra lui proposer de revenir, ce qu'elle fera... elle n'est qu'un être humain, après tout.

Bordel de merde.

Ma gorge se serre, obstruée par le cri que je retiens depuis tout ce temps.

Se pourrait-il qu'ils couchent ensemble depuis le début ? Est-ce la vraie raison pour laquelle il ne voulait pas le faire avec moi ?

Je sais – même si je déteste cette idée – qu'ils l'ont fait au moins une fois, Piper en est la preuve.

Mais pourquoi prendre la peine d'aller à cette audition s'ils couchent encore ensemble ? Ont-ils des relations sexuelles bizarres/toxiques ? Une addiction à la baise de haine, ou un truc comme ça ? Est-ce la raison pour laquelle j'ai entendu ces cris ?

Ou pire encore, se pourrait-il qu'il l'apprécie pour le sexe, mais déteste sa compagnie ?

C'est possible. Sa relation avec moi est l'exact opposé. En tout cas, j'avais l'impression qu'il appréciait ma compagnie, à l'époque où on se parlait.

Peut-être que de nous deux, il a trouvé la partenaire parfaite ?

Cette pensée me contracte les poumons, et j'ai du mal à respirer.

Je sais une chose avec certitude.

Je peux abandonner tout espoir de m'endormir.

— On parlera après l'audition, dit Adrian quand il me retrouve devant l'ascenseur.

— Bien sûr, dis-je en frottant mes yeux injectés de sang. Si tu le dis.

Je ne lui demande pas s'il parle de ses ébats débridés avec Sydney ou d'autre chose. Quoi qu'il en soit, je ne suis toujours pas en état de participer à quoi que ce soit qui approcherait un tant soit peu d'une « discussion ».

Nous entrons dans l'ascenseur et dès qu'il appuie

sur le bouton du lobby, il se met à lire une page imprimée – ça a sans doute un rapport avec l'audition.

Il continue de relire les mêmes papiers pendant tout le trajet dans la limousine et j'essaie de me préparer aussi, du mieux que je peux.

Quand nous entrons dans le tribunal, je repère vite ma mère, qui est venue apporter son soutien moral à Adrian. Je me demande si elle serait venue, si je lui avais parlé de notre guerre froide post-GD ou de la nuit dernière. Je m'assois à côté d'elle et ignore Adrian quand il s'installe pour écouter la procédure.

À ma gauche, ma mère a les yeux fixés sur Tristan, le père de Sydney. Avant que j'aie pu lui expliquer qu'elle ne doit pas approcher de cet homme, et pourquoi, elle regarde Juliet – la mère de Sydney – puis Sydney elle-même. Tout du long, ma mère arbore une expression très étrange.

Je m'interroge un instant, mais je n'ai pas le temps d'y réfléchir, parce que le simple fait de regarder Sydney ressuscite tous mes sentiments d'hier soir. Je serre les dents jusqu'à en avoir mal à la mâchoire et crispe les poings sur mes genoux.

En attendant, les avocats font leur boulot, à commencer par le camp d'Adrian. Ils expliquent qu'Adrian est un bon père, ainsi qu'un citoyen exemplaire qui a renoncé à sa vie de débauché. Le visage du juge est indéchiffrable, mais j'ai l'impression qu'il les croit. Quand l'autre camp se met à parler, Sydney nous lance un regard mauvais. Quelque chose, dans son expression, me crispe les entrailles.

Elle est trop sûre d'elle. Presque comme si elle jubilait déjà. Mais pourquoi…

— Veuillez regarder cet écran, dit l'un des avocats de Sydney à cet instant précis.

Nous nous exécutons tous, mais je suis sûrement la première à comprendre ce que je vois – et tout mon corps devient rigide.

Sur l'écran se trouve le contrat secret que j'ai signé. Celui qui précise que mon mariage avec Adrian est faux – et c'est exactement ce qu'explique ensuite l'avocat.

Les gens se tournent vers moi avec des expressions entendues.

Ah, ça explique tout, semble dire leur visage. *C'est pour ça qu'un type comme lui a épousé une femme comme elle. C'était une mascarade.*

Mon visage devient brûlant et je jette un coup d'œil à Adrian. Il me dévisage, l'air trahi. Il doit penser que j'ai donné ce document à Sydney, alors que je n'ai rien fait de la sorte.

Les pensées se bousculent dans ma tête, je cherche des réponses. Une seule me vient à l'esprit : les employés de Sydney ont dû hacker mon compte sur l'appli et s'emparer du document. Même si Adrian n'y croira jamais.

Et je suppose qu'au bout du compte, ça n'a pas d'importance, parce que c'est fini. J'ai merdé. Adrian n'obtiendra pas la garde de Piper, et c'est ma faute.

J'éprouve une forte envie de fuir, mais au lieu de ça,

comme un zombie, je me lève sur des jambes tremblantes et sors du tribunal en titubant.

Je sais que c'est lâche, mais je n'ai pas envie de voir l'expression sur le visage d'Adrian quand il comprendra à quel point la situation est grave. Je ne veux pas non plus l'entendre me dire qu'il ne veut plus jamais me revoir.

C'est une évidence.

Du coin de l'œil, je vois ma mère – et pour une raison inconnue, Tristan – bondir sur leurs pieds et se précipiter à ma suite.

Qu'est-ce que ça veut dire ? Le père de Sydney a peut-être envie d'aller aux toilettes ?

Mais non.

Quand je sors dans la rue, je vois ma mère attraper Tristan par le coude pendant qu'il me hurle de m'arrêter.

Ils se disputent violemment, alors je me précipite vers eux, prête à défendre ma mère, quel que soit le problème de ce type.

Dès que je suis à portée de voix, ils se taisent et prennent l'air coupable.

Sérieux ? Qu'est-ce qui se passe, encore ? Après tout ce qui s'est passé, la dernière chose dont j'ai besoin, c'est d'un mystère bizarre.

— Qu'est-ce qui vous arrive ? demandé-je.

Tristan examine mon visage comme s'il n'avait jamais vu de visage avant aujourd'hui.

— Tu es… la fille de Georgiana ?

— Euh, oui.

Il me scrute avec encore plus d'intensité.

— Tu as vingt-trois ans et quatre mois ?

Et quatre mois ? On est où, à la maternelle ?

— Arrête, lui dit ma mère. Parlons-en, d'abord.

— Qu'il arrête quoi ? m'enquiers-je. Il y a quelque chose entre vous deux ?

C'est l'explication la plus logique, mais…

— Je suis désolé, répond Tristan à ma mère, avant de se tourner vers moi. Je suis ton père.

CHAPITRE 36

Jane

Je reste plantée là, sans voix, réprimant l'envie de m'enfuir, parce qu'il y a une limite à ce qu'une femme peut encaisser en si peu de temps, et que j'avais déjà dépassé cette limite bien avant cette bombe.

Se pourrait-il qu'il mente ?

Je lance un regard à ma mère. Elle est pâle et ne le nie même pas. Ce qui veut dire que c'est la vérité.

Cet inconnu est mon père.

Mais est-ce vraiment possible ?

Je serre les dents et examine le visage de Tristan comme il le fait avec moi depuis tout ce temps.

Vingt dieux. Nous avons certains traits en commun, alors ça pourrait être vrai. Mais…

— Comment ? demandé-je sans trop savoir à qui je m'adresse.

J'éprouve une drôle de torpeur, comme si quelqu'un d'autre parlait à ma place.

— Comme je te l'ai raconté. On s'est rencontrés en boîte, explique ma mère.

— Ça n'est arrivé qu'une fois, précise Tristan, un peu sur la défensive.

— Le nombre de fois ne t'aurait pas rendu moins marié pour autant, réplique ma mère.

Elle se tourne vers moi et ajoute :

— Et il attendait déjà un bébé, en plus.

Un bébé. Je presse une main sur ma poitrine, mon cerveau dépassé par les événements faisant enfin le lien.

Tristan est aussi le père de Sydney – c'est donc elle, le bébé qu'il avait en route. Si tout ça est vrai, alors Sydney est ma demi-sœur. C'est vrai qu'on a toutes les deux les yeux ambrés, les cheveux noirs et un petit visage – je l'ai remarqué quand je l'ai rencontrée, mais je n'avais pas compris ce que ça signifiait, bien sûr.

Ça fait très Jerry Springer. Un homme s'est mis entre ma demi-sœur et moi. Au temps pour la règle des sœurs avant les sieurs.

Je prends ensuite conscience d'autre chose. Piper est ma demi-nièce.

Cette idée-là me plaît. Beaucoup. Ça explique même certaines choses, comme la raison pour laquelle elle m'a paru être la chair de ma chair dès le jour où je l'ai rencontrée. Parce qu'elle l'est. Nous partageons douze virgule cinq pour cent de notre ADN.

D'un autre côté, elle est si mignonne que je l'aurais aimée quoi qu'il arrive.

— … jure que je ne savais pas qu'elle était mineure, entends-je dire Tristan.

Ce petit détail me ramène dans la conversation.

— Elle m'a dit qu'elle avait dix-huit ans.

— Toutes les femmes mentent sur leur âge, répond ma mère, sur la défensive. Et tu aurais pu vérifier.

Il hoche la tête.

— J'aurais pu faire beaucoup de choses différemment, à l'époque.

— Tu peux le dire, rétorque ma mère, avant de se tourner vers moi. Quand je lui ai dit que j'étais enceinte, il m'a donné de l'argent… pour mon silence et pour que j'avorte.

— Une seconde, lancé-je, ayant du mal à reprendre mon souffle. Tu m'as toujours dit que tu n'avais jamais revu mon père après l'aventure d'un soir. Que tu ne connaissais pas son nom.

Tristan grimace à cette remarque, mais je continue :

— Tu ne pouvais pas savoir que tu étais enceinte le lendemain de votre coup d'un soir.

Ma mère fusille Tristan du regard.

— Voilà pourquoi je voulais d'abord lui parler.

Elle se tourne vers moi et dit :

— Je suis désolée d'avoir menti. Entre le fait qu'il soit marié et son insistance pour que j'avorte, j'ai pensé que tu serais mieux sans lui.

Tristan me regarde avec sérieux.

— Je n'ai pas insisté, j'ai juste suggéré cette option, et j'en suis vraiment désolé. Sachant que Georgiana était mineure, j'avais peur de finir en prison – et comme nous en avons déjà parlé, j'avais un bébé en route.

Je masse mes tempes palpitantes.

— Alors… jusqu'à aujourd'hui, tu croyais que je n'existais pas ?

Ça ne suffirait pas pour que je le pardonne, mais…

Il grimace.

— Je m'en voulais de mon comportement à l'égard de ta mère, alors quelques années plus tard, je l'ai cherchée pour m'excuser.

— Plutôt pour t'assurer que j'avais gardé le silence, marmonne ma mère.

— C'est à ce moment-là que j'ai appris qu'elle avait décidé de te garder, continue Tristan. Je lui ai offert mon aide, de toutes les manières possibles, mais elle m'a répondu qu'elle ne voulait pas que je fasse partie de ta vie… et j'ai décidé de respecter ses souhaits.

— Tu as décidé de ne pas réveiller l'eau qui dort, surtout, corrige ma mère.

Tristan soupire.

— C'est peut-être vrai, mais j'ai regretté de plus en plus à mesure que les années passaient.

Je balaie la stupeur qui m'avait envahie.

— Pas assez pour venir me trouver ou me parler, de toute évidence, fais-je remarquer avant de pointer le tribunal du doigt. Si tu veux savoir comment *devrait* se comporter un père, regarde jusqu'où Adrian est prêt à aller pour faire partie de la vie de sa fille.

Tristan fait un pas en arrière.

— Je ne savais pas quoi te dire, si je t'approchais.

— Pourquoi pas, « Salut, je suis ton donneur de sperme », articulé-je entre mes dents.

Tristan cligne lentement des paupières.

— Je suppose que je mérite ce sobriquet. Et tu as raison. Peu importe ce que j'aurais dit. Tout ce qui comptait, c'était que je prenne contact avec toi, et j'ai merdé. J'ai été lâche et je suis désolé pour ça aussi. Mais quand je t'ai vue aujourd'hui, quand j'ai compris que je t'avais déjà rencontrée, je n'ai pas pu garder le silence plus longtemps.

Ma poitrine se contracte.

— Et voilà où nous en sommes.

Ma mère me regarde dans les yeux.

— Je suis désolée de ne pas t'avoir dit toute la vérité à son sujet. Ne me déteste pas, s'il te plaît. Je pensais agir pour le mieux.

— Jamais je ne pourrais te détester, dis-je même si en ce moment, je suis assez en colère contre elle.

Avec réticence, j'admets :

— Je ne sais pas comment j'aurais réagi, à ta place.

— La question ne se pose pas, répond fièrement ma mère. Tu n'es pas tombée enceinte quand tu étais ado.

— J'espère que tu ne me détestes pas non plus, dit Tristan. Et que tu envisageras d'apprendre à me connaître… de la manière qui te mettra le plus à l'aise.

Quelqu'un a-t-il monté le chauffage ?

— Je vais devoir y réfléchir, parvins-je à répondre.

— Merci, répond-il avec tant d'ardeur que j'éprouve une pointe de quelque chose qu'il ne mérite pas.

— À une condition, reprends-je, me surprenant moi-même.

— Tout ce que tu voudras, répond-il.

— Fais en sorte que je puisse faire partie de la vie de Piper, quelle que soit la façon dont ça tourne là-dedans, dis-je avec un geste vers la salle de tribunal.

Si je peux revoir Piper, mon cœur souffrira un peu moins.

Tristan n'hésite qu'une seconde avant de répondre :

— Je ferai tout ce qui est en mon pouvoir pour que ça arrive. Mais il faudra que ce ne soit que toi. Si la décision du juge n'est pas en faveur d'Adrian, je ne pense pas que Sydney le laissera…

Je hoquette à cette terrible prise de conscience.

— Quand Adrian apprendra que Sydney et moi sommes de la même famille, il croira que je l'ai aidée… surtout si je peux revoir Piper et pas lui.

— Je doute qu'il pense ça, répond ma mère.

Elle a une trop haute opinion de son faux beau-fils.

Je me tourne vers Tristan.

— Tu sais comment Sydney a récupéré ce foutu document ?

Il hésite plus longtemps, cette fois.

— Même si je te le dis et que tu retournes en courant là-dedans pour le répéter, ça ne changera rien à l'issue de l'audition, finit-il par dire.

— Évidemment, acquiescé-je. Le génie est sorti de la bouteille, maintenant.

Il danse d'un pied sur l'autre.

— Elle a eu de l'aide d'un agent de sécurité mécontent qui travaillait autrefois dans l'immeuble d'Adrian. Elle affirme l'avoir aidée parce que son mari et elle ont dû partir travailler ailleurs à cause de toi, mais je pense qu'elle était surtout cupide et essayait de rationaliser ses actes. Dans tous les cas, elle a donné à Sydney ton mot de passe pour accéder à l'immeuble, avant de faire remarquer que tu n'étais pas très prudente avec les mots de passe. Elle espérait que tu aies utilisé le même pour l'appli qu'Adrian aime utiliser pour tous ses documents légaux… et ça s'est avéré être le cas.

Oh. Bordel. C'était Susan. Elle m'a même réprimandée parce que j'avais utilisé des mots reconnaissables dans ledit mot de passe – mais je n'ai pas changé mes habitudes pour autant, et j'ai repris exactement le même mot de passe pour cette fichue appli. J'ai aussi complètement oublié que Susan avait dû se trouver un autre boulot parce que j'avais fait toute une histoire de la statue d'elle toute nue, dans la galerie d'Adrian.

— N'oublie pas que tout ça est arrivé avant que je sache qui tu étais, précise Tristan. Et que Sydney essaie juste de faire ce qu'elle pense être le mieux pour son enfant.

Est-il en train de comparer les actes de ma mère à ceux de Sydney ? Non, ça voudrait dire qu'il désapprouve les décisions de sa propre fille. À moins que…

— C'est trop, lâché-je, surtout pour moi-même.

— Tiens, dit Tristan en me tendant sa carte de visite.

Il me faut ce qui me semble dix bonnes minutes avant de décider si je devrais la fourrer dans l'une de mes poches ou dans mon sac à main, ce qui prouve à quel point je suis bouleversée.

— On peut parler ? demande ma mère.

Je secoue la tête.

— J'ai besoin d'être seule.

Et pas seulement à cause de l'homme à côté de nous. Celui encore dans la salle de tribunal est un bien plus grand coupable.

Ma mère grimace.

— Je comprends. Je suis là si tu as besoin de moi.

Je déglutis, les yeux brûlants, et je cours vers le taxi le plus proche.

Quand le chauffeur veut savoir où on va, je lui demande de me ramener chez moi.

— Et c'est où, chez vous ? s'enquiert-il avec un mélange de gentillesse et d'exaspération.

— Amenez-moi au ferry de Staten Island, dis-je.

Après avoir pris le ferry, je monterai dans un bus, vu que je n'ai pas encore reçu mes millions sur mon compte en banque, et que je ne les recevrai sûrement jamais, après tout ce qui s'est passé.

Mais je me moque de l'argent. Je donnerais tout pour effacer cette journée chaotique. Et c'est bien ce qui me dérange le plus, dans cette histoire.

La personne avec qui j'ai désespérément envie de parler de tout ça, c'est Adrian.

CHAPITRE 37

Adrian

J e regarde Jane quitter la salle de tribunal et me rends compte que j'ai merdé. L'espace d'un instant, j'ai envisagé qu'elle m'ait trahie, et elle l'a lu sur mon visage.

Une fois ce moment passé, j'ai su qu'elle n'aurait jamais fait ça, même si elle était furieuse contre moi pour certaines de mes actions. Hélas, c'est trop tard, maintenant. Je devrais lui courir après, mais je ne peux pas. Piper a besoin de moi ici, à l'audition.

En fait, j'ai déjà raté un truc que vient de dire Bob, même si je crois qu'en gros c'était « ce genre d'information n'a pu être obtenue que grâce à un piratage illégal », ce qui n'a rien de flatteur pour Sydney.

— Ça ne rend pas son mariage plus légal, lui retourne quelqu'un, avec un tas de jargon juridique.

Je bondis sur mes pieds, poussé par une pulsion incontrôlable.

— Peu importe comment ma relation avec Jane a commencé. Quand on a appris à mieux se connaître, je suis tombé sincèrement amoureux d'elle et maintenant, j'ai l'intention de rester marié avec elle pour toujours.

Au moment où ces mots quittent mes lèvres, je prends conscience que c'est la vérité.

La raison pour laquelle son silence m'a fait tant de mal, c'est parce que j'aime Jane et que je déteste la savoir malheureuse.

Eh bien, c'est terminé. Je vais trouver un moyen de tout arranger entre nous.

Du coin de l'œil, je vois Sydney pâlir. Je suppose qu'elle a cru à ma déclaration, et ça a dû balayer ses derniers espoirs illusoires qu'on finisse ensemble comme par magie, malgré tout ce qui s'est passé.

— Si mon mariage est le facteur décisif de la garde, continué-je, je suis prêt à signer un document qui déclare que si Jane et moi divorçons un jour, Sydney aura…

— Mon client ne fait que plaisanter, intervient Bob.

Il a bien fait de m'arrêter. Et si Jane…

— Ça n'a pas d'importance, de toute façon, dit le juge.

Il se tourne vers le camp de Sydney.

— Il y a autre chose ?

Ils répondent que non.

— Dans ce cas-là, je vais rendre ma décision, annonce-t-il.

Le cœur cognant dans ma gorge, j'écoute avec tant

d'intensité que j'entends l'estomac de quelqu'un gargouiller au premier rang. Puis quand le juge reprend la parole, un poids s'abat sur tout mon corps, un peu comme dans une chambre de privation sensorielle. Je suis si heureux de ce que j'entends que j'ai envie de danser la gigue, parce qu'une fois débarrassée de tout le jargon juridique, la décision est exactement celle que j'ai travaillé si dur pour obtenir – la garde partagée.

Je pourrai faire partie intégrante de la vie de Piper.

Un grand sourire s'étire sur mes lèvres, et j'ai presque envie de serrer Bob dans mes bras, mais je me contente d'une poignée de main. Je n'ai jamais été aussi extatique. Une chaleur irradie de tout mon corps.

Dans mon enthousiasme, je me retourne pour embrasser Jane, avant de me souvenir qu'elle est partie.

Merde.

Ma joie se ternit.

Comment ai-je pu oublier ? Jane est patrie et elle est encore plus en colère contre moi qu'avant.

— On a encore besoin de moi ici ? demandé-je à Bob.

— Non. C'est terminé. Félicitations, monsieur. On va pouvoir plancher sur le reste avec l'autre camp sans votre prés…

Sans attendre le reste, je sors de la salle de tribunal en courant – et je rentre dans Georgiana. À ma grande surprise, elle est en train de parler avec Tristan.

Très bizarre.

— Vous avez vu Jane ? l'interrogé-je.

— Elle a pris un taxi, répond Tristan.

Si j'avais plus de temps, je demanderais pourquoi il est au courant des allées et venues de Jane, mais je me contente de regarder la mère de Jane pour avoir sa confirmation.

Elle hoche la tête.

— Elle est partie où ?

— À la maison, répond Georgiana en agitant son téléphone. Elle vient de m'envoyer un message. Elle est à mi-chemin du ferry de Staten Island.

Je sors mon propre téléphone et envoie un message au chauffeur de la limousine pour qu'il vienne me chercher. J'ajoute « 911 » à la fin pour accentuer l'urgence.

— Ta meilleure chance est de la rattraper au terminal du ferry, continue Georgiana. Le prochain part à treize heures trente.

Je regarde ma montre et fronce les sourcils. On peut arriver tout juste à l'heure si on dépasse toutes les limites de vitesse.

La limousine se gare contre le trottoir dans un crissement de pneus.

Je saute dans le véhicule et promets au chauffeur un bonus à six chiffres si on arrive à notre destination à temps. Le montant était peut-être trop gros, parce que la limousine fuse en avant. Nous traversons les rues animées de Manhattan comme si nous tournions une scène de *Fast and Furious*.

J'appelle Jane.

Elle ne décroche pas.

Je lui envoie un message.

Même résultat.

En moins de temps qu'il le faut pour le dire, nous nous arrêtons dans un dérapage devant le terminal de Whitehall. Je sors de la limousine en courant et grimpe l'escalator en sautant des marches.

Putain. Jane n'est nulle part en vue, et il est treize heures trente-deux, ce qui veut dire que le ferry est déjà en train de se remplir.

Je sors mon téléphone et appelle une dernière fois Jane, désespéré.

Aucun résultat. Je tente de faire un pas vers les gens qui montent sur le ferry, mais mes jambes refusent de bouger. Ces appendices savent très bien qu'un ferry est un type de bateau... qui va aller *sur l'eau*.

Je serre les dents. J'ai essayé de ne pas penser à ça en chemin vers ici, mais je n'ai plus le choix, maintenant. Si je ne fais rien, Jane va prendre le large – et c'est sûrement irrationnel, mais je suis convaincu que si je la laisse monter sur ce ferry toute seule, je la perdrai... comme j'ai perdu mes parents.

Ce n'est peut-être pas si irrationnel que ça. Quand j'avais sept ans, je me souviens avoir entendu parler d'un accident de ferry à Staten Island, dans lequel un tas de gens ont été tués, avec encore plus de blessés.

Non. Je vais sauver Jane même si je dois la poursuivre à la nage.

Je m'oblige à faire un pas vers ce foutu ferry. Puis un autre. Et encore un autre.

Pourquoi est-ce que j'avance aussi lentement ? Le bateau va bientôt partir.

Je raffermis mes muscles et ma santé mentale, me rappelant que certaines personnes se précipitent dans des bâtiments en feu ou au milieu de fusillades pendant que mon dragon semble être un bateau à quai.

Ce discours d'encouragement ne fonctionne pas vraiment. Ma respiration accélère à chaque pas, et quand je monte enfin dans ce maudit bateau, je fais autant de bruit qu'un soufflet de forgeron.

Je regarde frénétiquement autour de moi, effrayant quelques passagers, mais je ne vois Jane nulle part.

— Jane ! hurlé-je d'un ton rauque.

D'autres personnes me lancent des regards en coin, mais je les ignore et hurle à nouveau son nom.

Derrière moi, on se prépare à désamarrer, et mon cœur me remonte dans la gorge.

Je suis arrivé trop tard. Le ferry s'apprête à partir, ce qui veut dire que Jane et moi nous apprêtons à affronter le destin effroyable qui nous attend.

Si seulement je l'avais trouvée avant…

— Adrian ?

Je lève vivement la tête.

Jane me regarde depuis le premier étage du bateau.

— Qu'est-ce que tu fais là ?

Oui ! Je l'ai trouvée. Je contourne les autres passagers en courant et monte à l'étage sans reprendre ma respiration.

Je lui attrape le poignet et l'attire vers la sortie du ferry.

— Qu'est-ce qui se passe ? demande-t-elle en se laissant entraîner. On va où ?

— Pas le temps, articulé-je.

Je la fais descendre au rez-de-chaussée… et c'est alors que je le vois.

Nous avons déjà quitté le quai et nous… nageons.

Non. Nous flottons.

Non. Nous avançons.

Quelle que soit la façon dont on appelle ça, ça veut dire que c'est officiellement trop tard. Mes jambes se gélifient et je me laisse tomber sur la chaise la plus proche. Jane s'assoit à côté de moi, son expression indignée remplacée par l'inquiétude.

— C'est à cause de ton problème avec l'eau ? m'interroge-t-elle.

Je parvins à esquisser un petit hochement de tête.

— J'ai juste besoin d'une seconde.

Le bateau se met à avancer pour de bon. Mon estomac se retourne et j'ai un vertige, puis le mal de mer me submerge.

Oh, oui. J'avais complètement oublié que j'avais le mal de mer, sur les bateaux, même si c'est pour cette raison que je n'étais pas avec mes parents le jour où ils sont…

— Oh, mon Dieu, dit Jane.

Elle a sans doute remarqué mon teint verdâtre.

— Détends-toi, roucoule-t-elle en me serrant dans ses bras. Le trajet ne dure que vingt-cinq minutes.

Vingt-cinq minutes ? J'ai l'impression que des jours entiers de souffrance passent, et si je détenais des secrets d'État dont quelqu'un aurait besoin, je les aurais déballés rien que pour que le bateau accoste quelque part. N'importe où.

Vu que je n'ai aucun secret, je me contente de souffrir. Mais je me fais aussi une promesse solennelle. Si par miracle, nous survivons à ça, j'achèterai une entreprise pharmaceutique et j'inventerai quelque chose de bien plus fort que la Dramamine pour les âmes infortunées qui ne possèdent pas de jet privé ou de limousine, et qui ne peuvent pas éviter cet horrible moyen de transport.

— On doit descendre, dit Jane, l'air de parler depuis la rive. Ou on va repartir dans l'autre sens.

On s'est arrêtés ? Enfin. Je me lève, les jambes flageolantes, et laisse Jane m'aider à rejoindre la terre ferme, où je me laisse tomber sur un banc et fais mon possible pour reprendre mon souffle.

En l'espace de quelques minutes, j'ai l'impression d'être un nouvel homme. Très peu de temps plus tard, je me sens bête d'avoir réagi comme ça.

Je pense qu'il est temps de voir un psy et de soigner mon problème avec l'eau. Si Jane tombait dans un lac ou décidait de partir en croisière…

Jane me prend la main.

— Tu vas bien ?

Je me tourne vers elle, concentré sur son sublime visage et l'inquiétude dans ses yeux ambrés.

— Beaucoup mieux, maintenant, dis-je.

C'est presque vrai. Je suis descendu du bateau, mais

ma proximité avec Jane réveille certaines envies chez Yoda.

— Tu veux t'éloigner de l'eau ? propose-t-elle.

J'ai envie de l'embrasser pour ça… ou de l'embrasser tout court.

— Oui, s'il te plaît.

Elle me tient encore la main quand nous nous précipitons dans le premier taxi disponible, mais je grimace intérieurement quand Jane donne l'adresse de sa maison familiale au chauffeur. Cette destination sous-entend qu'elle n'a pas envie de retourner chez moi – un endroit que j'espérais qu'elle commence à voir comme chez nous.

À moins qu'elle s'attende à ce que je pète les plombs quand on arrivera au pont Verrazzano, comme je l'ai fait sur le ferry.

Elle remonte ses lunettes sur son nez – un geste qui ne devrait pas être aussi sexy.

— Tu peux parler, maintenant ?

— Oui, dis-je. Je vais très bien.

Un mensonge, c'est. Calme, Yoda n'est pas.

— Super, répond Jane en me reprenant la main. Je suis désolée que Sydney ait mis la main sur le contrat.

J'ouvre la bouche pour répondre, mais elle pose un doigt sur mes lèvres pour me faire taire – je me demande si ce serait insultant de le lécher, de le sucer ou bien…

— Je suis aussi désolée de m'être enfuie quand ils l'ont montré à l'écran, continue Jane. C'est juste qu'en te voyant me regarder comme tu l'as fait, j'ai…

— Arrête, l'interromps-je d'une voix ferme, et son doigt quitte ma bouche. C'est moi qui suis désolé. Tout ce que je peux dire pour ma défense, c'est que j'ai aussitôt compris que tu n'avais rien à voir avec ça.

— Mais j'étais responsable, assure-t-elle. J'ai utilisé un mot de passe pourri et Sydney a…

— Non. Ce n'est pas ta faute, insisté-je en posant mon autre main sur sa petite paume. Et ça n'a plus d'importance, de toute façon, parce que j'ai eu la garde partagée de Piper malgré ce document.

Elle ouvre grand la bouche, ce qui me donne encore plus envie de l'embrasser.

— Je n'ai pas tout foutu en l'air ?

— *Sydney* n'a pas tout foutu en l'air, corrigé-je. Mais oui. Non.

Elle étrécit les yeux.

— Dans ce cas, pourquoi tu ne me l'as pas dit tout de suite ? Je m'en veux depuis tout ce temps.

— J'ai essayé de t'appeler. Et de t'envoyer des messages.

Elle sort son téléphone, y jette un coup d'œil et grimace.

— Je suis désolée. Si j'avais décroché, ça t'aurait épargné cet horrible trajet en bateau et ça m'aurait évité de m'en vouloir autant.

— Ne t'en fais pas pour ça, dis-je. Mais en parlant de pardon, j'aimerais m'excuser pour autre chose.

Jane pâlit et a un mouvement de recul.

— Les gens avec qui tu couches ne me regardent pas.

Je fronce les sourcils.

— Les gens avec qui je couche ?

C'est alors que je comprends.

— Je t'ai *dit* que ce n'était pas ce que tu croyais. Il ne s'est rien passé entre Sydney et moi.

Jane soupire.

— Tu ne me dois aucune explication. Notre mariage est factice et…

— Il ne s'est rien passé, articulé-je avec soin, et d'une voix aussi ferme que possible. Sydney a trouvé un moyen d'entrer dans l'immeuble en dehors des horaires prévus pour déposer Piper. Elle s'est mise toute nue et elle m'a réveillé dans une dernière tentative pour me séduire, mais je lui ai demandé de partir. Nous avons échangé quelques paroles furieuses. C'est tout. Je te le jure.

— Oh, waouh, lâche Jane en écarquillant les yeux. Je pense qu'elle s'est aussi servie de mon mot de passe pourri pour entrer.

— Ah. Très bien.

Je souris pour rendre mes prochains mots moins vexants et remarque :

— Tu devrais peut-être utiliser des mots de passe différents, à partir de maintenant.

Elle hoche vigoureusement la tête.

— C'est ce que j'ai fait pendant le trajet en taxi jusqu'au ferry. Je changeais tous mes mots de passe.

Je me rapproche et la regarde dans les yeux.

— Maintenant qu'on a évacué ça, la vraie raison

pour laquelle je voulais m'excuser, c'était pour ce que je t'ai dit après notre nuit de noces.

Elle entrouvre les lèvres.

— Comment ça ?

Je prends sa main dans la mienne.

— J'ai détesté faire comme si on était des inconnus, ces dernières semaines. Je ne supporte pas l'idée que tout est de ma faute. Je n'aurais jamais dû…

La voiture s'arrête et je me rends compte qu'on est à côté de la maison de Jane. Mais à qui appartient cette limousine ? Ai-je oublié que j'avais demandé à mon chauffeur de me retrouver ici ?

Je vais vraiment devoir parler de cette amnésie post-bateau à mon psy.

— On peut continuer cette discussion à l'intérieur ? suggère Jane avec un geste vers sa maison.

Je hoche la tête et paie le chauffeur.

Puis je sors et ouvre la portière à Jane. Au moment où elle sort sur le trottoir, je repère un gros problème sur notre route.

Sydney est en train de sortir de la limousine.

Ses yeux sont gonflés et elle a l'air malheureuse.

Merde.

Elle me prend vraiment pour un aussi mauvais père, pour être aussi bouleversée ?

Sydney fait un pas menaçant vers nous, et ses yeux ne sont pas posés sur moi, mais sur Jane. Sa façon de la regarder fixement est étrange, et je n'aime pas ça du tout. Entre l'air instable de Sydney et la façon dont elle s'est pointée chez moi toute nue hier soir, je ne serais

pas surpris si elle sortait un flingue et tirait sur Jane –
avant d'exiger que je l'épouse.

Eh bien, ça ne me fait pas peur. Après avoir survécu
au trajet en ferry, ce n'est rien du tout.

Je me place entre Sydney et Jane avant de demander
d'un ton glacial :

— Qu'est-ce que tu fais ici ?

CHAPITRE 38

Jane

Avant qu'Adrian me bloque la vue, j'ai le temps de regarder Sydney comme si c'était la première fois – et de me rendre compte qu'on se ressemble vraiment beaucoup. Cette prise de conscience éveille toutes sortes d'émotions impossibles à démêler. Mais la principale, étonnamment, est mon envie d'apprendre à mieux connaître cette femme, même si jusqu'à il y a peu, je la détestais.

Contrairement à Tristan, qui a choisi de ne pas faire partie de ma vie, Sydney n'a pas eu le choix, et j'ai l'impression qu'à sa manière tordue, elle se languit d'une famille.

— Je n'arrive pas à croire que tu es parti comme ça après la fin de l'audition, lance Sydney à Adrian d'un ton railleur. Juste avant de décider du planning de visites que tu prétendais vouloir si désespérément.

— J'étais parti rattraper Jane, rétorqué-je. Qui a été blessée par ton coup bas, me dois-je d'ajouter.

— Oh, je t'en prie. On n'est plus au tribunal, tu n'as plus à faire semblant que votre petit mariage est réel.

Cette remarque me fait très mal, parce que c'est vrai.

Le dos d'Adrian se raidit.

— Tu n'es pas croyable. D'abord, tu…

— La ferme, lâché-je, sortant de ma paralysie.

Je contourne Adrian pour voir le visage de Sydney et précise :

— Je parle de vous deux. Sérieux, vous partagez désormais la garde d'un merveilleux petit être humain, vous allez devoir apprendre à vous comporter comme des adultes, et vite.

Adrian a l'air aussi penaud que son chien, et à sa décharge, Sydney a l'air coupable aussi.

— Je ne suis pas venue ici pour me battre, répond-elle d'une voix plus calme, les yeux posés sur moi. Ni même pour lui parler.

— Alors tu es venue pour quoi ? répète Adrian. Et comment tu as su où vivait Jane ?

— Grâce à mon enquête sur elle, bien sûr, répond-elle en levant les yeux au ciel.

Elle reporte son attention sur moi et continue doucement :

— Ta mère m'a dit que tu étais en route pour ici, après les révélations de mon père.

Ah, Tristan lui a donc tout avoué. Le timing n'est pas génial, si vous voulez mon avis. Mais d'un autre côté, s'il était du genre à tomber à pic, il serait sûrement déjà dans ma vie.

— Qu'est-ce que Tristan a à voir dans cette histoire ? s'étonne Adrian.

Zut. Je n'ai pas eu le temps de lui apprendre la grande nouvelle.

Sydney l'ignore et me regarde d'un air scrutateur.

— Tu crois que c'est vrai ?

— Que quoi est vrai ? demande Adrian.

— Reste en dehors de ça, lui rétorque Sydney.

Plus calmement, elle ajoute :

— S'il te plaît. C'est entre Jane et moi.

Je pose une main rassurante sur l'épaule d'Adrian.

— Laisse-nous discuter. Je t'explique après.

Je me tourne vers Sydney et reprends :

— Je n'ai toujours pas digéré ça, mais je *crois* que c'est vrai… surtout quand je te regarde.

Nous nous dévisageons un moment. Je sens l'épaule d'Adrian se crisper sous ma main, et avant qu'il ait pu à nouveau s'en prendre à ma sœur, je lâche :

— Tristan est mon donneur de sperme. Désolée de ne pas avoir eu l'occasion de te le dire pendant le trajet. Je comptais…

— Il est quoi ? m'interrompt Adrian comme si son cerveau était à deux doigts d'exploser.

— Mon père est aussi le sien, précise Sydney d'un ton sarcastique. On est demi-sœurs. Tu ne vois pas qu'on se ressemble ? Tu as clairement un type.

Elle reporte son attention sur moi.

— Et je dis ça comme un compliment.

Je suppose que lorsqu'on a une aussi haute opinion

de soi-même, déclarer qu'on est le même « type » est un compliment.

— De quoi elle parle ? demande une petite voix derrière moi.

Oh merde. Je me retourne et découvre Mary, avec son sac à dos et les yeux ronds comme des soucoupes.

Bien sûr. L'école est finie.

— C'est qui ? demande Sydney en écarquillant les yeux à son tour.

— Pourquoi elle a dit qu'elle était ta sœur ? demande Mary.

Oh, zut. Je suppose qu'il est trop tard pour prendre des gants.

— Mary, voici Sydney, la mère de Piper, expliqué-je d'un ton mesuré.

Je me tourne vers Sydney.

— Voici ma petite sœur, Mary. Comme toi et moi, Mary et moi avons un parent en commun… mais ce n'est pas Tristan.

Les yeux de Mary pétillent d'excitation, et d'un seul souffle, elle débite :

— Tu as découvert qui était ton père ? C'est génial. Et c'est aussi le père de la mère de Piper ? Ça veut dire que tu es la tante de Piper ! Est-ce que je peux aussi être sa tante ?

Je cherche de l'aide auprès de Sydney pour cette dernière question. À strictement parler, Piper et Mary n'ont pas d'ADN en commun, mais je n'ai pas le cœur de lui expliquer ça.

À ma stupéfaction totale, Sydney étire le coin des

lèvres et – en se mettant à babiller, pour une raison inconnue – elle roucoule :

— Bien sûr, ma chérie. Tu peux être la tante honorifique de Piper.

— Cool, répond Mary. Mais pourquoi tu me parles comme si j'étais un bébé ? J'ai dix ans.

— Presque quarante, ajouté-je.

Sydney sourit pour de bon, maintenant.

— Si tu es la tante honorifique de Piper, reprend-elle d'une voix normale, je peux être ta sœur honorifique ?

— Oui, répond Mary sans hésitation.

Sydney me regarde, son air hautain habituel atténué par l'incertitude.

— Ça ne te dérange pas, hein ?

J'hésite, puis opine de la tête. Parce que pourquoi pas ? Quels que soient les problèmes de ma demi-sœur récemment découverte, elle semble vraiment aimer les enfants et être douée avec eux.

C'est ce que je suppose, en tout cas. Si c'était une mauvaise mère avec Piper, Adrian aurait sûrement embauché des assassins plutôt que des avocats.

Je décide de lui tendre un rameau d'olivier, moi aussi.

— Ça me convient si ma mère est d'accord.

Et pouf – une Cadillac noire se gare contre le trottoir à cet instant précis, puis ma mère en sort.

Bien sûr.

— Waouh, lance Mary. Quand on parle du loup, on

le voit débarquer après avoir dépensé une fortune en Uber.

Ma mère avance vers nous, l'air pas du tout surprise de voir Sydney et Adrian ici – soit ça, soit elle est bonne actrice.

— Maman, dit Mary en montrant Sydney. Je peux être sa sœur honorifique ?

L'air contrit, elle se tourne vers ladite sœur honorifique et ajoute :

— Comment tu t'appelles, déjà ?

— Sydney. Comme la ville d'Australie.

— Cool. Je suis Mary, au cas où tu aurais oublié. En l'honneur de Marianne Dashwood, dans *Raisons et Sentiments*.

Ma mère secoue la tête.

— Mary est le nom de ta grand-mère, corrige-t-elle.

— C'est vrai ? répond Mary en penchant la tête. Comment ça se fait que je ne le savais pas ?

— Parce que tu n'en as qu'une, supposé-je. S'il y en avait eu deux, tu aurais dû les différencier, soit par leur prénom, soit par un surnom.

— Je suis à peu près sûre de l'avoir déjà mentionné, dit ma mère. Mais revenons-en à cette histoire de sœur honorifique.

Elle se tourne vers Sydney.

— Je suis prête à l'envisager si tu me laisses être la grand-mère honorifique de Piper en retour.

Sydney examine ma mère avec une expression qui me rappelle Mme Corsica.

— Est-ce qu'on peut apprendre un peu à se

connaître, avant ? demande-t-elle après une longue pause.

— Je pensais exactement la même chose, répond ma mère. Tu veux entrer pour boire le thé ?

Sydney hoche la tête et elles entrent toutes dans la maison, nous laissant seuls, Adrian et moi. Nous échangeons un regard déconcerté.

Mme Westfield doit applaudir le choix du thé en guise de rafraîchissement pour tout tête-à-tête civilisé.

— On devrait aller ailleurs ? demande Adrian. J'ai encore besoin de te parler.

— Pourquoi pas dans ma chambre ? suggéré-je en pointant l'étage du doigt.

J'ai toujours eu envie d'amener un type sexy là-haut, et je n'en ai jamais eu l'occasion.

Adrian sourit.

— Ça ne dérangera pas ta mère ?

— Non, mais on ne devrait pas lui dire, au risque qu'elle nous procure des préservatifs et des conseils sexuels non sollicités.

Son expression devient malicieuse.

— Tu veux me faire entrer dans ta chambre en douce ?

Je souris comme une idiote.

— Je croyais que tu ne demanderais jamais.

C'est ainsi que les deux adultes que nous sommes se faufilent dans l'escalier sur la pointe des pieds, avant d'entrer dans ma chambre – même si la conversation forte dans la cuisine rend notre furtivité inutile.

— J'en étais sûr, lance Adrian en montrant mes

bibliothèques pleines à ras bord. Des romances historiques, hein ?

— Oui, mais ce n'est pas la seule chose qui me définit, rétorqué-je avec une sévérité feinte. Je parie que tu n'étais pas au courant de ça.

Je prends le pingouin en peluche avec lequel je dormais… jusqu'à *très* récemment.

— M. Costard n'a aucun lien avec ce genre de livres.

— Je n'oserais jamais te résumer à une seule chose, assure Adrian. Mais si je le faisais, ce ne serait pas aux livres. Plutôt à tes joues rougissantes.

Génial. Mes joues traîtresses choisissent ce moment exact pour devenir écarlates, comme pour lui donner raison.

— Oui, celles-ci.

Il se penche et dépose un baiser sur l'une de mes joues brûlantes avec ses lèvres fraîches et pulpeuses. Puis il s'écarte pour me regarder et dit d'une voix douce :

— Mais je crois que j'ai envie de changer de réponse. Si je devais te définir avec une seule chose, ce serait ton sourire de Mona Lisa. Non. Plutôt ton talent avec Piper. En fait, non. Ce serait…

Je le prends par les épaules, me mets sur la pointe des pieds et colle mes lèvres sur les siennes, en partie pour le faire taire, mais surtout parce que j'en ai vraiment envie.

Il me rend mon baiser avec ferveur, mais au bout d'environ une minute, il s'écarte doucement, même si une chaleur brûle encore dans ses yeux.

— Désolé, dit-il d'une voix rauque, mais je dois encore te parler de quelque chose.

Je regarde ses lèvres avec envie.

— Si c'est à propos de ce que tu m'as dit après la nuit de noces, je te pardonne. Je pense que tu avais raison. Piper vaut la peine d'être prudent. Mais maintenant que l'audition a tourné en ta faveur, on pourrait peut-être…

Adrian prend mon visage entre ses paumes, m'embrouillant tellement le cerveau que j'en oublie comment parler.

Je crois voir ce qu'il s'apprête à dire dans ses yeux avant même que ses lèvres bougent. Puis il articule trois mots :

— Je t'aime.

Mon cœur se transforme en lapin sous stéroïdes.

— Je m'en suis rendu compte pendant l'audition, continue-t-il. Mais je crois que c'est le cas depuis longtemps. J'avais juste peur de m'autoriser à…

— Je t'aime aussi, dis-je en sortant de mon hébétude. J'aime tes yeux malicieux, ton sourire de débauché, ton inventivité. Et je ne veux pas ressembler à une copieuse, mais j'aime ta façon de te comporter avec Piper. Non. J'aime…

Cette fois, c'est à son tour de m'embrasser, et nous imprégnons ce baiser de tout ce que nous n'avons pas encore eu l'occasion de nous dire, comme le fait que j'aie détesté la période où nous avons cessé de nous parler. Ou toutes les fois où j'ai rêvé de l'embrasser encore, et pas seulement ça, mais aussi…

Comme s'il lisait dans mes pensées, Adrian commence à se déshabiller, d'abord lui, puis moi – tout ça sans interrompre le baiser.

Une fois que nous sommes nus, il murmure :

— Ça ne devrait pas faire mal, cette fois.

Et il a raison. Ça ne fait pas mal.

Ça ressemble à la plus belle scène de toutes les romances que j'ai jamais lues, mais en bien plus sexy, parce que c'est lui.

UN AN PLUS TARD

La salle de cinéma est remplie de VIP, mais je ne me soucie que de mon mari, assis à ma droite. Oui, Adrian et moi avons décidé de rester mariés, et désormais, il est *vraiment* mon mari, et pas seulement aux yeux de la loi.

Il me prend la main et entre ça et le film qui commence, mon rythme cardiaque grimpe en flèche. Adrian a travaillé sans relâche sur ce projet, mais il me l'avait caché, pour que je puisse profiter de ce premier visionnage ce soir. Tout ce qu'il m'a dit, c'était que je l'avais inspiré à faire ça, et qu'il pense que ça me plaira. Oh, et qu'il a écrit le scénario lui-même, composé la musique et conçu certains des costumes, ainsi qu'une longue liste d'autres accomplissements.

En d'autres termes, je suis plus survoltée qu'un enfant après une compétition de dégustation de tiramisu.

Je regarde la première scène se dérouler, captivée. Si

l'objectif d'Adrian était de faire plaisir aux spectatrices comme moi, c'est réussi.

L'histoire se passe en Angleterre, vers le milieu des années 1830 – l'une de mes périodes préférées – le film raconte une grande histoire d'amour, ce qui en fait une romance historique. Les amants en question sont Ada Lovelace et Charles Babbage, de vrais personnages historiques, même si leur relation est fictionnelle. Charles était un inventeur de génie excentrique qui – incroyable, mais vrai – a développé des plans pour un ordinateur mécanique, une machine qui n'a hélas jamais été construite (autrement, les vidéos de chats seraient devenues le passe-temps préféré des êtres humains cent ans plus tôt). Ada était une mathématicienne talentueuse et l'unique fille légitime de Lord Byron. Parce qu'elle a écrit certains programmes pour la machine de Charles, elle est désormais considérée comme la première programmatrice informatique du monde. Eh oui. Elle était pionnière dans un domaine où, de nos jours, il n'y a plus que trente pour cent de femmes, et elle l'était à une époque où les femmes étaient considérées comme incapables d'apprendre les mathématiques avec leur petit cerveau chétif de femelles.

Inutile de préciser que lorsque le générique défile, j'ai les larmes aux yeux. Je bondis sur mes pieds et applaudis, imitée par le reste du public.

— Tu es un génie, dis-je à Adrian avec ferveur.

Il me sourit.

— Ça t'a vraiment plu ?

— Oui, acquiescé-je. C'est mon nouveau film préféré.

Avant qu'il ait pu répondre, un journaliste qui se présente en tant que critique de films pour le *New York Times* commence à complimenter Adrian, affirmant avoir adoré le film.

Dès que le journaliste a terminé, le maire vient féliciter Adrian pour son travail, puis l'un des acteurs passe remercier Adrian de lui avoir donné l'occasion de faire partie d'un projet aussi incroyable. D'autres personnes viennent aussi, et ça dure pendant presque une heure.

Quand nous arrivons dans le lobby, toutes les personnes qu'on connaît nous attendent déjà – la seule qui manque, c'est Piper, parce qu'amener un bébé à une première de film est contraire à la Convention de Genève.

— C'était plutôt regardable, dit Bernard.

— Pour un film sans poursuites en voiture et explosions, précise Michael.

— Eh, c'est la meilleure romance mièvre que j'aie jamais vue, intervient Warren. Même si je n'en ai pas vu beaucoup.

— Vous êtes dingues, tous les trois, lance Mary sans lever les yeux de son téléphone. Ce film était excellent. Tu ne trouves pas, sœurette ?

Elle s'adresse à Sydney – qui s'entend très bien avec Mary. Ça a peut-être un rapport avec le fait que Mary ait fait une entrée remarquée dans la préadolescence, cette année, et soit attirée par l'aura de reine des abeilles de Sydney. Ma mère et moi sommes reconnaissantes envers Sydney, parce que jusqu'ici, elle a réussi à dissuader Mary de se teindre les cheveux en rose (tu te prends pour un personnage de dessin animé ?), de se faire un piercing au nez (tu ressemblerais à une vache), et de faire un tatouage de dauphin (tu es bien trop classe pour ça).

— Tu as fait un excellent boulot, dit Sydney à Adrian avec une courtoisie exagérée.

— Merci, répond Adrian.

Je sens bien qu'il fait son possible pour conserver un ton amical – ils ont encore des efforts à faire là-dessus, tous les deux. De gros efforts. Mais sa présence aujourd'hui est la preuve qu'elle fait de son mieux.

De mon côté, je m'entends plutôt bien avec ma nouvelle demi-sœur, sachant qu'elle a essayé de coucher avec mon mari il y a à peine un an. Ce qui me rassure, c'est qu'elle s'est mise à sortir avec quelqu'un d'autre, et qu'elle est une bonne mère pour Piper... en plus, elle s'entend bien avec ma mère.

Bon sang, je crois que dans quelques années, je pourrais même dire que je l'aime bien.

— Un excellent boulot ? s'exclame ma mère. C'est l'euphémisme du siècle ! Ça valait un Oscar.

— Je suis d'accord, acquiesce Tristan. Ainsi qu'un Golden Globe. Ce film était une œuvre d'art.

J'adresse un sourire reconnaissant à l'homme que je considère de moins en moins comme mon donneur de sperme. Comme pour Sydney, la principale raison pour laquelle j'ai fini par l'apprécier, c'est parce qu'il adore

Piper. Nous partageons un brunch ensemble une fois par mois, et j'envisage de passer à deux fois, mais je ne lui ai pas encore dit.

— Je suis d'accord avec tous les compliments, intervient Mme Corsica. Et nous ne manquerons pas de proposer ce film à la bibliothèque dès qu'il sera disponible.

Ce qu'elle veut dire, c'est que *je* vais le proposer. Elle m'a récemment annoncé qu'elle comptait prendre sa retraite, et qu'elle me recommandera pour la remplacer sur le trône.

— Merci à tous d'être venus me soutenir, dit Adrian. Je suppose que je vous verrai à la fête ?

Quand tout le monde a répondu par l'affirmative, Adrian me prend le poignet et m'entraîne hors du cinéma. Il me fait traverser la foule de paparazzi et monter dans la limousine.

Pendant que nous nous éloignons, il nous verse une flûte de champagne chacun, mais je ne bois pas le mien. Au lieu de ça, je le regarde dans les yeux.

— Je vais avoir du mal à faire mieux que ta surprise, remarqué-je. Mais je vais essayer.

Adrian me scrute avec curiosité.

— C'est une nouvelle tenue ?

Je souris.

— Ça aussi. J'ai acheté un truc avec beaucoup de dentelle. Je porterai une nuisette au-dessous. Mais ce n'est rien comparé au film – même si c'est en lien indirect avec ma surprise.

— Tu aimes un peu trop me titiller, remarque Adrian.

C'est vrai. J'ai entamé notre vie sexuelle en étant vierge, mais grâce à nos escapades sexuelles deux fois par jour, parfois même trois, mes compétences au lit approchent désormais de celles d'une courtisane expérimentée, et le titiller fait partie du jeu.

Mme Westfield pense qu'il y a une limite entre le devoir marital et le comportement dévergondé. Une limite qui, dans ce cas précis, a été dépassée il y a onze mois et trois semaines.

— OK, lâché-je. Rabat-joie. Je te donne un indice : la surprise a un rapport avec un certain stérilet que j'ai retiré récemment.

Adrian écarquille les yeux et me prend la flûte de champagne des mains comme s'il craignait que je la boive par accident.

— Tu veux dire...

— C'est ça. Je suis enceinte.

J'ai envie de prononcer ces mots depuis une éternité.

— Il s'avère que ce film n'est pas la seule chose incroyable que tu aies créée récemment.

Adrian sourit et m'attire dans une étreinte chaleureuse, me répétant que c'est très excitant et qu'il m'aime. Quand il me lâche enfin, il dit :

— Quand j'ai vu que tout le monde avait aimé le film, je croyais que cette journée ne pouvait pas être meilleure que ça, mais tu viens de l'améliorer, de manière exponentielle.

Ses paroles me font me sentir légère et rayonnante.

— Tu es prêt à écrire d'autres histoires pour enfant ? l'interrogé-je. Ou tu comptes utiliser les mêmes et remplacer le nom de Piper et l'apparence de l'héroïne par ceux de ton bébé à naître ?

— J'en écrirai de nouvelles.

Il se penche et embrasse mon ventre à travers ma robe.

— Ce sera un travail effectué avec amour.

J'appuie sur le bouton qui ferme la cloison de la limousine – un sous-entendu pas si subtil du chemin qu'ont emprunté mes pensées.

Les paupières d'Adrian s'alourdissent.

— Ici, maintenant ? Et ta tenue, alors ?

— Ça, mon cher mari, c'est pour dans plusieurs heures.

Je déboutonne le col de sa chemise.

— Tu marques un point, répond-il avant de s'empresser de me débarrasser de ma robe.

Je l'embrasse, un baiser passionné et avide qui contient un tas de promesses de ce qui va suivre.

Des choses merveilleuses.

Coquines.

Excitantes.

Et quand il me rend mon baiser, je goûte la promesse de son amour éternel.

Extraits en Avant-Première

Merci de participer à l'aventure de Jane et Adrian !
Pour ne rater aucune parution, inscrivez-vous à la
newsletter sur <u>mishabell.com</u>.

Pour en savoir plus sur Misha Bell, tournez la page et
découvrez un aperçu de nos comédies hilarantes !

Extrait de *Qui s'y frotte s'y pique*
PAR MISHA BELL

Juno

Quand je suis en retard à un entretien d'embauche et
que je me retrouve coincée dans un ascenseur avec un
homme taciturne follement sexy et passionné de Rome
antique, je suis loin de me douter qu'il n'est autre que le
milliardaire qui possède le bâtiment. Je ne m'attends
pas non plus à passer à deux doigts de le tuer... sans le
faire exprès, naturellement.

Bien sûr, je ne décroche pas le poste auquel j'étais
candidate, mais en revanche, je reçois une offre
d'emploi intéressante.

Lucius a besoin de faire croire au public (et à sa grand-
mère) qu'il est en couple, et moi, j'ai besoin d'une
bourse pour passer mon diplôme de botaniste. Avec ce
petit arrangement, tout le monde y gagne... enfin,
jusqu'à ce que les sentiments s'en mêlent.

Si j'ai appris quelque chose de ma passion pour les cactus, c'est qu'en m'approchant trop près, je risque bien de me faire mal.

Lucius

J'ai retiré trois choses de cet incident d'ascenseur : ma bouteille d'eau préférée remplie d'urine, une dangereuse réaction allergique et des photos volées de ma "petite amie" et moi qui font le plus grand bonheur de ma grand-mère.

Naturellement, je décide d'user de chantage (ou plutôt de persuasion) avec cette fille, accessoirement très jolie, pour la convaincre de se faire passer pour ma petite amie. Comme ça, ma grand-mère sera contente, et d'une pierre deux coups, je chasserai de mon entourage les croqueuses de diamants.

Malheureusement, mon ennemi juré (à savoir la biologie) entre en jeu et la partie "pas de relations physiques" de notre petit arrangement commence à me paraître insurmontable. Pire encore, plus je passe de temps avec Juno, plus ma façade glaciale soigneusement élaborée menace de fondre.

Si je n'y prends pas garde, Juno risque bien d'abattre définitivement mes barrières défensives.

— Vous dites que je suis stupide ? lâché-je.

N'importe qui aurait du mal avec ces fichus boutons, pas juste quelqu'un souffrant de dyslexie.

Il lance un regard appuyé aux boutons.

— N'est stupide que la stupidité.

Je serre les dents au point d'avoir mal.

— Vous êtes un connard. Et vous avez regardé *Forrest Gump* un peu trop souvent.

Il pince les lèvres.

— Ce film n'est pas à l'origine de cette expression. Ça vient du latin : *Stultus est sicut stultus facit.*

Je lève les yeux au ciel.

— Quel genre de *stultus* prétentieux fait des citations en latin ?

L'acier dans ses yeux est si froid que je parie que ma langue resterait collée, si j'essayais de lui lécher le globe oculaire.

— Je ne sais pas. Peut-être que « l'idiot » se trouve aimer tout ce qui se rapporte à Rome, y compris son système de numérotation.

J'en reste bouche bée.

— C'est vous qui avez pris cette décision ? demandé-je avec un geste vers les boutons de l'ascenseur.

Il hoche la tête.

Merde ! Il m'a sûrement entendue, tout à l'heure, ce qui veut dire que je l'ai insulté en premier. Pour ma défense, c'était vraiment idiot, comme choix.

Je pousse un soupir frustré.

— Si vous êtes un tel expert en chiffres romains, vous auriez pu me dire sur quel bouton appuyer.

Il croise les bras sur sa poitrine.

— Vous ne m'avez pas posé la question.

Je me hérisse à nouveau.

— Vous poser la question ? Vous aviez l'air prêt à m'arracher la tête rien que pour me punir d'exister.

— C'est parce que vous avez retardé…

L'ascenseur s'arrête en tressautant et les lumières autour de nous s'affaiblissent.

Nous regardons tous deux les portes.

Elles restent fermées.

Il se tourne vers moi et plisse les yeux d'un air accusateur.

— Sur quoi avez-vous appuyé, cette fois ?

— Moi ? Comment ? J'étais face à vous. Malheureusement.

Il secoue la tête de manière exaspérante et s'avance vers le panneau de boutons. Je dois m'écarter d'un bond avant de me faire piétiner.

— Vous avez sûrement appuyé sur quelque chose tout à l'heure, marmonne-t-il. Pourquoi serait-on coincés, sinon ?

Pourquoi est-il illégal d'étrangler les gens ? Si je pouvais refermer la main autour de sa gorge rien que quelques secondes, ça me calmerait.

Au lieu de ça, je fusille son dos du regard ; il m'empêche de voir ce qu'il est en train de faire, si tant est qu'il fasse quelque chose.

— Ce pauvre ascenseur vient sûrement de se suicider à cause de ces chiffres romains. Il savait que quand quelqu'un voit des L et des XL, il pense à des T-shirts taillés pour des Néandertal dans votre genre. Et ne me parlez même pas de ce bouton XXX, qui est une référence évidente à du porno. Ça crée un environnement de travail host...

— Vous voulez bien la fermer pour que je puisse nous tirer de là ? lâche-t-il.

Ses mots me font prendre conscience de notre situation : plus d'une minute a passé, et les portes sont toujours fermées.

Nom d'un *Saguaro*, suis-je vraiment coincée ici ? Avec ce type ? Et mon entretien, alors ?

— Enfin un peu de silence ! dit-il avec satisfaction.

Quand il fait un pas de côté, je le vois enfoncer le bouton « aide ».

— C'est un miracle que le mot ne soit pas en latin, ne puis-je m'empêcher de remarquer. Ou en klingon.

— Allô ? dit-il dans le haut-parleur sous le bouton, la voix dégoulinante d'agacement.

Pas de réponse, pas même de la friture.

— Il y a quelqu'un ? insiste-t-il, son irritation atteignant de nouveaux sommets. Je suis en retard pour une réunion importante.

— Et moi, je suis en retard pour un entretien, renchéris-je au cas où ça pourrait aider.

Il se tait le temps de me lancer un regard, un épais sourcil haussé.

— Un entretien ? Pour quel poste ?

Je carre les épaules.

— Je suis sûre que les gens comme vous ne s'en rendent pas compte, mais les plantes de ce bâtiment ne s'arrosent pas toutes seules.

Une seconde. En ai-je trop dit ? Pourrait-il torpiller mon entretien – à supposer que ce couac d'ascenseur ne s'en soit pas déjà chargé ? Quel est son poste, ici, d'ailleurs ? La conception d'ascenseurs ridicules ? Ça ne peut pas être un boulot à plein temps, hein ?

— Une écolo qui câline les arbres, grommelle-t-il entre ses dents. Logique.

Quel connard ! Je n'ai jamais fait un seul câlin à un arbre de toute ma vie. Je suis trop occupée à leur parler.

Il reporte son attention renfrognée vers le bouton « aide » – même si je pense qu'il aurait plutôt dû être nommé « aucune aide ».

— Allô ? Vous m'entendez ? hurle-t-il. Répondez tout de suite ou vous êtes viré.

Je lève les yeux au ciel.

— C'est une bonne idée de se comporter comme un con avec la personne qui peut nous sauver ?

Il pousse un soupir bien audible.

— Peu importe. Le bouton doit dysfonctionner. Ils n'oseraient jamais m'ignorer.

Je sors mon fidèle téléphone, un simple Nokia 3310 très pratique.

— Vous n'avez pas trop les chevilles qui enflent ?

Il regarde mes mains, incrédule.

— Voilà pourquoi l'ascenseur s'est coincé. Il a traversé une faille temporelle et nous a transportés en 2008.

Je fronce les sourcils en voyant l'absence de réception sur mon Nokia.

— Ce modèle est sorti en 2017.

— Il a quand même l'air plus décérébré qu'un mannequin de crash-test en état de mort cérébrale.

Il sort fièrement un iPhone de sa poche.

— *Voilà* à quoi ressemble un vrai téléphone.

Je ricane.

— C'est plutôt à ça que ressemble une distraction constante. Mais si votre téléphone-pas-si-smart – une marque déposée – est si incroyable, il devrait avoir du réseau, hein ?

Il regarde son écran, mais je devine qu'il sait déjà la vérité : pas de réception pour son petit chéri non plus.

Malgré tout, je ne peux résister.

— Vous voyez ? Votre téléphone génial est tout aussi inutile. Il n'est bon qu'à transformer les gens en zombies accros aux réseaux sociaux.

Il cache l'appareil comme un parent protecteur.

— En plus de toutes vos charmantes qualités, vous êtes aussi technophobe ?

J'envisage de lui balancer mon Nokia en pleine tête, avant de décider que ça ne vaut pas la peine de débourser soixante-cinq dollars pour le remplacer.

— Ce n'est pas parce que je n'ai pas envie d'être distraite que je suis technophobe.

— En fait, mon téléphone est excellent s'agissant de repousser les distractions, assure-t-il en remettant son casque sur ses oreilles. Vous voyez ?

Il appuie sur « play » et j'entends vaguement des riffs de heavy metal.

— C'est très mature, articulé-je.

— Désolé, répond-il beaucoup trop fort. Je n'entends pas les distractions.

Très bien. Peu importe. Au moins, il a de bons goûts musicaux. Mon cactus et moi sommes de grands fans de Metallica, et je crois que c'est ce qu'il écoute.

Je me mets à faire les cent pas.

Je suis coincée et je suis en retard. Si cette panne d'ascenseur ne se règle pas dans les prochaines minutes, je pourrai dire adieu à ce nouveau job – et par extension à l'argent de mes frais de scolarité. Si je ne peux pas payer mes études, je n'aurai pas de diplôme de botanique, alors que c'est mon rêve depuis plusieurs années.

Par le jus de *Saguaro*, ça craint vraiment !

Je jette un coup d'œil au canon – au connard, je veux dire.

Que penserait-il d'une personne atteinte de dyslexie et voulant obtenir un diplôme universitaire ? Sûrement que je devrais trouver une fac utilisant des livres de coloriage. Pour tout dire, même les livres de coloriage ne seraient pas beaucoup mieux – je n'arrive jamais à ne pas dépasser les lignes.

Je soupire et détourne les yeux, de plus en plus

inquiète. Même en mettant mes rêves de côté, et si cet ascenseur restait coincé longtemps ?

Le problème le plus immédiat, c'est mon envie de plus en plus pressante de faire pipi – mais paradoxalement, sur le long terme, notre principal souci serait de n'avoir rien à boire.

Je me demande... Quand on a assez soif, notre corps réabsorbe-t-il l'eau présente dans la vessie ? Et puis, est-ce que je pourrais créer un filtre en me servant de ce que j'ai sur moi, à la MacGyver, pour récupérer l'eau de mon urine ? Avec des poils de chat, peut-être ?

Je frissonne, et ce n'est qu'en partie dû à l'air conditionné démentiel qui arrive à m'atteindre même ici. À court terme, ce serait tellement mieux s'il faisait chaud plutôt que froid. Je pourrais transpirer les liquides et je n'aurais pas envie d'uriner, même si je suppose que je mourrais de soif plus vite. Je jette un regard envieux vers l'inconnu large d'épaules. Je parie que sa vessie fait la taille d'un ballon dirigeable. Il possède aussi une bouteille en acier inoxydable qui contient sûrement de l'eau, et il y a peu de chances pour qu'il accepte de partager.

Se pose aussi la question de la nourriture. Je n'ai rien de comestible sur moi, mis à part une boîte de pâtée pour chat... et théoriquement, la chatte elle-même.

Non. Je préfère encore manger cet inconnu plutôt que la pauvre Atone.

Comme s'il avait lu dans mes pensées, le ventre de l'inconnu gargouille.

Zut ! Vu comme ce type est costaud et méchant, il mangerait sûrement la chatte. Après ça, il me dévorerait, moi… et pas de manière agréable.

Je suis vraiment foutue !

Si vous souhaitez en savoir plus, veuillez consulter le site internet de Misha Bell: www.mishabell.com/fr/.

Extrait de *Milliardaire cherche nounou*

PAR MISHA BELL

Lilly

Une opportunité de fustiger le milliardaire dont la banque m'a pris la maison de mon enfance ? Avec plaisir ! Ce connard cupide et arrogant croit que je suis ici pour un entretien pour le poste d'éducatrice canine (ou nounou), mais il ne se doute pas de ce qui s'apprête à lui tomber sur le nez.

OK, Bruce Roxford est grand, musclé et séduisant, et alors ? Rien ne m'empêchera de lui dire ce que je pense – pas même son adorable chihuahua, la somme d'argent astronomique qu'il me propose pour ce boulot, ou ses sublimes yeux bleu profond…

Si on mélange tout ça ensemble, par contre ? J'ai de gros ennuis.

Bruce

Lilly Johnson a cinq minutes de retard pour notre entretien, et je n'ai jamais embauché d'employé retardataire. Mais avant que j'aie pu la renvoyer chez elle, mon petit chihuahua tombe amoureux d'elle.

Oui, seulement le chihuahua.

Cette femme n'est pas du tout professionnelle, elle est pénible, râleuse… et pour une raison inconnue, je n'arrive pas à me l'ôter de la tête.

Alors bien sûr, je l'embauche en tant qu'éducatrice canine à domicile. Qu'est-ce qui pourrait mal se passer ?

Comment peut-il être sexy ? Tout, chez Bruce Roxford, est glacial, de ses yeux bleu arctique à ses lèvres froidement plissées. Même ses cheveux noirs et coiffés en arrière ont un éclat froid et bleuté, plutôt que les nuances brunes et chaudes habituelles.

— Oui ? demande-t-il, refusant délibérément d'ouvrir sa porte plus grand.

Pourquoi se comporte-t-il comme si ses agents de sécurité ne lui avaient pas dit qui j'étais ? Sans oublier qu'on a un rendez-vous – et ce n'est pas comme si des inconnus pouvaient entrer et sortir de son immense domaine.

Je fais mon possible pour ne pas frissonner à cause du froid qu'il exsude et réponds :

— Je suis Lilly Johnson.

Pas de réponse.

— L'éducatrice canine.

Silence.

— Je suis ici pour un entretien avec Bruce Roxford ?

Ce que je ne précise pas, c'est que l'entretien n'est qu'un prétexte pour passer un savon à ce connard sans cœur. Sa banque m'a pris ma maison d'enfance, alors quand j'ai vu qu'il avait mis une petite annonce et cherchait quelqu'un dans ma branche, j'ai su que c'était un signe du destin.

Je devrais peut-être me contenter de l'injurier tout de suite ?

Non. Il me claquerait la porte au nez et demanderait à ses agents de sécurité de m'escorter dehors. Je dois faire en sorte qu'il m'écoute avec attention. Avant de le voir en personne, je m'imaginais nous enfermer dans une pièce et lui lire la note que j'avais préparée avec soin pour cette occasion. Comme ça, je ne risquais pas d'oublier toutes les insultes et les accusations que je tenais à lui proférer. Mais maintenant que je suis en face de ce spécimen mâle immense et large d'épaules, je suis moins certaine d'avoir envie de me retrouver seule avec lui, surtout dans une situation hostile.

Il replie son bras musclé devant son visage et regarde sa montre A. Lange & Söhne en fronçant les sourcils.

— Vous êtes en retard. Au revoir.

Ces mots me font l'effet d'une pluie de grêle.

— En retard de cinq minutes, rétorqué-je, fière de la fermeté de ma voix. Il y avait de la circulation et…

— La circulation est aussi prévisible que les impôts, dans la vie, m'interrompt-il en commençant à refermer la porte.

Je prends une grande inspiration. Je n'aurai pas le temps de lire toute ma tirade. La version courte devra suffire.

Avant que j'aie pu déverser ma colère, une boule de poils noire passe en courant dans la minuscule fente entre la porte et son encadrement.

Un cochon d'Inde ?

Non. Il remue la queue et lèche mes chaussures.

Ah, bien sûr. C'est un chiot – logique, compte tenu de la petite annonce.

Mon cœur bondit dans ma gorge. C'est un chihuahua à poil long – et il est sublime, avec un pelage noir soyeux, une tache de fourrure blanche au niveau de la poitrine et une tête qui me rappelle un tout petit ours. Les marques brunes au-dessus de ses yeux ressemblent à des sourcils curieux. Mieux encore, jusqu'ici, il ne m'a pas jappé dessus et ne m'a pas mordu les chevilles, ce qui me laisse penser qu'il est le plus amical de son espèce.

Je m'accroupis et caresse sa fourrure divine.

— Salut, toi. Qui es-tu ?

Le chiot se retourne sur le dos, révélant qu'il est un bon *garçon,* et pas une fille.

Une douleur douce-amère me contracte la poitrine pendant que je caresse le petit espace nu sur son ventre. Ça fait cinq ans que j'ai perdu Ablette, l'amour de ma vie canin, et c'était un chihuahua, lui aussi – en bien plus gros, bien moins amical avec les étrangers, et au pelage doux.

Aujourd'hui encore, quand je rencontre un nouveau membre de son espèce, une pointe de tristesse entache la joie de rencontrer un chien. Par chance, vu qu'ils sont petits, peu de gens décident d'éduquer leur chihuahua, et je n'ai jamais eu à refuser de client à cause de ça. Dans tous les cas, ma joie l'emporte bien vite quand je déplace les doigts pour caresser la poitrine duveteuse du chiot et qu'il donne l'impression de s'être shooté à l'héroïne.

— Tu aimes ça, hein, mon cœur, roucoulé-je.

Comme d'habitude, j'imagine la réponse du chien – et pour une raison inconnue, il parle avec la voix très grave de James Earl Jones, alias Dark Vador.

Si j'aime qu'on me caresse le ventre ? C'est comme si tu me demandais si j'aime hurler à la lune. Ou me lécher les boules. Ou manger...

Quelque part au-dessus de moi, j'entends quelqu'un pousser un soupir exaspéré.

Oh merde. J'avais oublié où j'étais. Ça m'arrive souvent quand des chiens sont présents.

Je me redresse de toute ma hauteur (qui est d'à peine plus d'un mètre cinquante) et plonge mon regard dans les yeux bleus de ma némésis, l'air défiant – ses yeux me semblent plus larges, soudain, comme des trous de pêche dans un lac gelé.

— Comment vous avez fait ça ? demande-t-il.

Je replace une mèche de cheveux derrière mon oreille, nerveuse.

— Comment j'ai fait quoi ?

Il fait un geste vers le chihuahua en train de remuer la queue.

— Colossus n'est jamais amical. Avec personne.

C'est peut-être un représentant typique de son espèce, finalement. Je ne peux m'empêcher de sourire.

— Colossus ? Il fait quoi, un kilo ?

— Un kilo dix, précise-t-il en conservant un air sévère. Vous avez du bacon dans les poches ?

L'impression de subir un procès, je retourne mes poches pour montrer qu'elles sont vides.

— Je ne donne jamais de bacon aux chiens. Même les meilleurs morceaux contiennent trop de gras et de sodium, sans parler des autres arômes qui…

— OK, m'interrompt-il d'une voix impérieuse.

Je le regarde en clignant des paupières.

— OK quoi ?

— Vous êtes embauchée.

Si vous souhaitez en savoir plus, veuillez consulter le site internet de Misha Bell : www.mishabell.com/fr/.

www.ingramcontent.com/pod-product-compliance
Lightning Source LLC
Chambersburg PA
CBHW011316310726
48973CB00011B/2945